进士群体与金代社会

姚雯雯◎著

中国戏剧出版社
CHINA THEATRE PRESS

图书在版编目（CIP）数据

进士群体与金代社会 / 姚雯雯著 . -- 北京：中国
戏剧出版社，2022.12
ISBN 978-7-104-05318-7

Ⅰ. ①进… Ⅱ. ①姚… Ⅲ. ①进士－研究－中国－金
代 Ⅳ. ① D691.3

中国版本图书馆 CIP 数据核字（2022）第 243953 号

进士群体与金代社会

责任编辑：肖　楠
项目统筹：康祎宁
责任印制：冯志强

出版发行：中国戏剧出版社
出 版 人：樊国宾
社　　址：北京市西城区天宁寺前街 2 号国家音乐产业基地 L 座
邮　　编：100055
网　　址：www.theatrebook.cn
电　　话：010-63385980（总编室）　　010-63381560（发行部）
传　　真：010-63381560

读者服务：010-63381560
邮购地址：北京市西城区天宁寺前街 2 号国家音乐产业基地 L 座

印　　刷：天津和萱印刷有限公司
开　　本：787mm×1092mm　1/16
印　　张：13.5
字　　数：243 千字
版　　次：2022 年 12 月　北京第 1 版第 1 次印刷
书　　号：ISBN 978-7-104-05318-7
定　　价：72.00 元

本书为黑龙江省哲学社会科学研究规划项目"金朝进士群体与教育关系考补研究"（项目编号：19EDE338）重要成果

前　言

金代建立初期阶段，统治者就自居为中华正统继承者，因此也在培养女真贵族群体的文化修养方面倾注了大量精力，执政阶层进行了自上而下的教育改革。金代女真皇族教育的方向主要有皇帝教育、皇太子教育、诸王宗室教育等。在教育受到统治阶级高度重视的背景下，金代的科举制度得以不断完善和发展，进士依然在社会组成和政治格局中扮演着文化精英分子的角色，并担负起向皇族成员传授儒家学术理论教育、培养儒学人才的职责。可以说，金代的进士群体在少数民族政权控制之下延续和承载着中原地区的传统儒家文化，不仅提升了女真皇族成员的文化素养，也对汉文化与女真文化的交流融合、传承发展起到了不可忽视的促进作用。

从金熙宗完颜亶开始，金代历朝的皇帝都对汉文化表现出了明显的兴趣，熙宗之后的海陵王完颜亮、金世宗完颜雍、金章宗完颜璟等帝王都拥有优秀的汉文化素养，并因此在所处的时代得以称颂一时，甚至为后世流传下了完整的汉诗文。从这类现象中，我们不难看出金代统治阶级对汉文化教育的重视程度。在金代，科举考试也得到了正规的制度化，进士群体正式进入了官僚体系，其中治学水平和个人品质优异者更是被授予接近皇族、向皇帝讲授儒家文化思想的荣誉，肩负着教育皇子、培养未来执政者的职责。如果深入分析金代历朝皇帝的教育人员的任用情况以及皇帝所接受的教育内容，可以发现，这些少数民族统治者显著的汉文化吸纳倾向。进士群体一直以来都是儒家文化的继承者和发言者，他们在金代不仅会专门教授皇帝儒家理念，更要引导皇帝将其转化在政治实践当中。

本书共分为八个部分。第一部分为绪论，包括选题缘起、研究对象及研究范畴、金代进士群体研究学术史回顾三部分。第一章主题为金代进士群体形成的制度基础，从历史研究视域中的金代进士群体、金代进士科制度沿革与发展两方面进行论述；第二章介绍金代进士称谓、科次、人数考释，共分为两节，金代各类"进士"称谓考释、金代进士科次及人数考释；第三章围绕金代进士辨正与增补展开论述，分别介绍了金代存疑进士辨正、金代进士增补；第四章主题为金代进士群体的政治参与，分为进士群体参与中央官僚机构政治运作、进士群体参与金代地方治理两节；第五章分析金代进士群体的文化参与，共包含三节，进士群体参与皇族教育承载儒家文化、进士群体参与官学教育宣扬儒家文化、进士群体参与私学教育传承儒家文化；第六章主要分析金代进士群体间的关系网络构造，从金代进士群体间的关系网络、金代进士群体间关系网络构造方式两个方面展开论述；最后一部分为结语。

在撰写本书的过程中，作者得到了许多专家学者的帮助和指导，参考了大量的学术文献，在此表示真诚的感谢！本书内容系统全面，论述条理清晰、深入浅出。限于作者水平，加之时间仓促，本书难免存在一些疏漏，在此，恳请同行专家和读者朋友批评指正！

2022 年 8 月

目　录

绪　论

一、选题缘起

金代（1115—1234）是女真族在中国北方建立的政权。金代具有上承辽宋，下启蒙元的重要历史地位，其汉化程度又远较辽、元为深。"金起东海，始立国即设科取士，盖亦知有文治矣。"[①] 随着金代科举制度逐渐发展，取士科目多样，取士范围扩大，录取人数增加，考试规则也渐趋完善。经由科举考试登第的士人成为官僚阶层的主要来源，对金代社会产生深刻影响。金代科举在形式和内容上沿袭唐、辽、宋以来的科举制传统，并进行极具女真民族特色的制度建设。金世宗大定十三年（1173）开设女真进士科，尽管在考试内容上较词赋、经义科简单，但在本质上体现出女真社会各阶层对儒学思想伦理价值观念的肯定与接纳。

随着学界对金代科举制度研究逐渐深入，大量关于金代科举制度研究的专著和论文成果问世，其中以薛瑞兆《金代科举》、李桂芝《辽金科举研究》、都兴智执笔《中国科举制度通史·辽金元卷》（金代部分）的研究最为系统详实。金代进士研究通常包含在科举制度研究范畴内，关注通过科举考试进入官僚机构的文化精英在金代政治领域中的实际作用。受金代文献资料散失严重，研究视角单一等因素制约，学界对进士作为社会群体在金代社会各个领域中的存在价值、存在状态、社会作用，及其与外在环境和其他阶层之间互动方式的相关研究仍有不足之处。

选择金代进士群体作为研究对象出于如下考虑：

第一，金代科举制度造就了数量可观以文才仕进的官僚阶层，其中进士出身者地位最为通显。进士入仕后任职于中央到地方的各级行政、监察、文教部门，

---

① （元）脱脱撰：《金史》，中华书局 2020 年点校本，第 2266 页。

参与金代各项政策制定与实施。目前学界对金代科举制度本身关注较多，对进士群体的内涵和外延缺乏准确认识。从现有的几种金代进士名录来看，没能对及第进士、诸科登第者、特赐进士、乡贡进士等概念进行清晰辨识。

第二，女真族从部落联盟开始，通过武力征服建立金政权，经过境内各民族文化碰撞融合形成独具特色的金文化，成为中华文化不可分割的部分。在复杂的文化冲突与融合过程中，各族文化精英阶层发挥着巨大的作用。进士作为精英阶层中文化素质更高且得到国家权力认证的群体，是否最终超越本民族文化约束，形成金代进士群体特有的政治观念、文化态度和伦理道德标准，这一点常被以民族为视角考察汉族士人或女真士人政治地位、文化理念的研究忽略。

第三，金代进士群体本身值得关注。金代统治下中国北方区域出现了显著的社会经济层面变化，塑造出进士成长的基本环境氛围。在通过科举考试进入官僚体系获取政治权力后，进士群体利用文化优势，对金代基层社会变革起到至关重要的作用。以社会史量化统计方法对进士群体进行研究，从以往对科举制度史考辨、教育学评价、政治学对比等角度转向社会史的中观考察，寻找金代科举的具体参与者和最成功者——进士群体在社会生活中的真实生存状态，有利于为当今社会政治、教育、文化提供有益借鉴。

全面系统研究金代进士群体的发展过程及其在社会生活中的真实作用具有重要意义。首先，金代立国不久就以科举取士作为主要选官制度，确立"以儒治国"的基本方略。凭借自身才学通过严格科考程序或皇帝直接赐第获得进士身份者逐渐进入官僚系统，对整个金代社会产生了深刻影响。现有金代科举研究成果中，对静态制度如科次、程式等研究较多，对动态过程如进士群体对金代社会深层次影响以及背后错综复杂的社会文化现实缺乏应有重视。其次，金代进士群体构成具有鲜明的民族特色。女真进士在政治上有出色表现，显示出金代君臣对提升女真子弟文治能力的期望。从多维度、多层面分析多民族构成进士群体的文化特质，才能深化金代科举制度与社会互动研究。进士群体与金政权的互动相伴始终，探索金代立国百余年间进士群体存在的真实面貌，及其在统治阶层与普通民众共同建构社会和共享文化过程中具有的特殊作用，具有重要意义和学术价值。

二、研究对象及研究范畴

随着金政权在北方地区的统治趋于稳定，科举制度逐步完备，成为金代重要的选官途径。经由科举考试，登第士人开始大量进入官僚阶层，并产生深刻的社会影响。"进士"称谓来源于科举制度。自隋朝进士科设置以来，直至北宋末年进士科因"诗赋经义之争"变为并立诗赋、经义两科取士。隋、唐、辽、北宋"进士"一词通行含义有两个：一是代指科举考试中常科贡举最重要的科目"进士科"；二是代指通过进士科最高级考试的考生，北宋开宝八年（975）殿试制度化[①]之前指通过礼部省试者，殿试制度化后专指通过殿试的进士科考生。北宋末年诗赋、经义两科取士后，指代通过诗赋、经义两科的考生，即有"进士"称谓者。

金灭北宋后，沿袭诗赋、经义取士传统，将"诗赋"改称为"词赋"，形成极具民族特色的科举取士制度。关于金代科举取士的科目记载不尽相同，见于文献主要观点如下：

其一，《三朝北盟会编》卷244引《金国图经》记载：

自侵辽后，所在处以科举取士。……程文分为两科，曰诗赋，曰经义各一场，殿试则诗赋加论，经义加试策。……科举由是而定。亶立又增专经、神童、法律三科为杂科。……迨亮杀亶自立，甚有尊经术崇儒雅之意，始设殿试。……次举又罢经义、专经、神童，止以词赋、法律取士，词赋为正科，法律为杂科。衮立

①　关于殿试制度起源时间，学界有武则天载初元年、南唐乾德二年及宋开宝六年之说。殿试有三个重要特征：第一，由君主亲自主持考试，最高权力直接介入是殿试最基本的内容；第二，必须是在与最高权力直接相关的殿廷试人，不能是礼部贡院或其他机构；第三，是常科即贡举考试中的最高级考试，不能是制举最高级考试或贡举礼部试后的第二次复试。武则天载初元年说依据《通典》卷15《选举典三》："武太后载初元年（690）二月，策问贡人于洛城殿，数日方了。殿前试人自此始。"（参见《通典》卷15《选举典三》，王文锦等点校，中华书局1988年点校本，第361—362页）马端临对此解释："武后所试诸路贡士，盖如后世之省试，非省试之外再有殿试也。唐自开元以前，试士未属礼部，以考功员外郎主之。武后自诡文墨，故于殿陛间下行员外郎之事。"（参见（元）马端临撰《文献通考》卷29《选举考二·举士》，中华书局2011年版，第830页）唐代史籍中明确记载举行过的殿试有18次，全部是制举科目。（参见李竹青：《唐代殿试研究》，陕西师范大学硕士学位论文，2009年，第4—5页）由此可见"殿前试人"非殿试，不符合殿试的第三个特征。南唐乾德二年及宋开宝六年的"殿试"应为"覆试"性质，即为礼部试后因正式考试出现问题有人上诉情况下，为覆实虚滥，革除学问不实者进行的第二次考试。（参见陈秀宏《殿试制度起源考辨》，《古籍整理研究学刊》2007年第3期，第85—88页。）

于府省试各添策论一场。①

其二，《登科记序》记载：

金天会元年始行科举，有词赋、有经义，有同进士，有同三传，有同学究，凡五等。②

其三，《金史·选举一》记载：

金设科皆因辽、宋制，有词赋、经义、策试、律科、经童之制。海陵天德三年，罢策试科。世宗大定十一年，创设女直进士科，初但试策，后增试论，所谓策论进士也。明昌初，又设制举宏词科，以待非常之士。故金取士之目有七焉。其试词赋、经义、策论中选者，谓之进士。律科、经童中选者，曰举人。③

《金国图经》是张棣自金归宋后，根据个人记忆，对金前期科举取士情况进行描述。撰写此书的目的是让南宋朝廷对金代各种制度有真实了解，作为时人记载，当为可信。据载金初科举取士科目最初只有诗赋、经义，熙宗增设专经、神童、法律三科为杂科。海陵王称帝后设殿试，罢经义、专经、神童，独留词赋、法律二科。

李世弼、李昶父子同登金兴定二年（1218）进士第，理应对金代科举制度有较深了解。其记载五类科目，即词赋、经义、同进士、同三传、同学究。词赋、经义进士为金代取士科目，同三传、同学究二科为唐代诸科名目，宋初沿用，后逐渐被摒弃在科举科目之外，未见于金代史料记载。李世弼《登科记序》中只分别介绍词赋、经义二科发展历程、程式条例、进士授官的基本过程，未提及其他科目。值得关注的是，《登科记序》提到了"乡贡进士"的概念。

《金史·选举一》记载取士科目包括词赋、经义、策试、律科、经童五科。海陵王天德三年（1151）罢策试科，世宗大定十一年（1171），提出创设女真进士科，即所谓策论进士。章宗明昌（1190—1196）初，又设制举宏词科。并且明确指出词赋、经义、策论三科中选者，称之为进士。律科、经童中选者，称之为举人。

为明确金代进士的内涵，对以上三条史料记载科目信息进行分析。

① （宋）徐梦莘编：《三朝北盟会编》，上海古籍出版社 2008 年影印本，第 1753 页。
② （元）王恽：《王恽全集汇校》，中华书局 2013 年版，第 3904 页。
③ （元）脱脱撰：《金史》，中华书局 2020 年点校本，第 1210—1211 页。

第一，关于词赋、经义两科在三种史籍中均有记载。词赋科是金代科举诸多科目中唯一从始至终没有发生变动的取士科目，通过词赋科登第者无所质疑地获得进士身份。经义科最早开科于天会六年（1128），所取经义状元孙九鼎。海陵天德三年（1151）"并南北选为一，罢经义、策试两科，专以词赋取士"，直到世宗大定二十八年（1188）恢复，共停考37年，此后一直延续到金末。天德三年前，大定二十八年后，通过经义科登第者获得进士身份。

第二，金代是否有"策试"进士。"策试"科见于《金史·选举一》记载，"海陵天德三年，罢策试科"和"罢经义、策试两科，只以词赋取人"。似乎存在一个与经义、词赋并立的"策试"科。但在《金史》所记226位进士中，并未见到"策试进士"记载。在金人文集中，也未见到"策试进士"登第信息。《金国图经》记载海陵王天德三年罢经义、专经、神童三科，只以词赋、法律取士，也未提到"策试科"。《金史》提到策试有两种含义：一种是考试科目，即所谓"时务策"。大定二十二年（1182），世宗命"敕进士章服后，再试时务策一道，所谓策试者也"。承安四年（1199），章宗命"后场廷试，令词赋、经义通试时务策，止选一状元"①。策试作为考试科目之一，即考查考生对当前重要事务的观点和看法。另一种是考试之意，赵翼记载"金大定间，策试女真进士于此"②。即大定十三年首次在悯忠寺进行女真策论进士考试，考试内容为时务策，所以称"策试"。金代科举取士无"策试科"，当然也没有以此科目出身的进士。

第三，策论进士是否应归属进士群体。《金史·选举一》记载："策论进士，选女直人之科也。"③最初仅试时务策，礼部以所学不同，未可称进士，时任国史院编修官的耶律履对曰："进士之科起于隋大业中，始试以策，唐初因之。至高宗时杂以箴铭赋颂，文宗始专用赋。且进士之初，本专策试，今女直诸生以试策称进士，又何疑焉？"④大定十三年（1173）开科，最初只试策，后逐渐增加诗、论。明昌、承安间加试弓箭、骑射、击球。尽管在考试科目、语言上，女真进士科与

---

①　（元）脱脱撰：《金史》，中华书局2020年点校本，第1218页。

②　（清）赵翼：《廿二史札记校正》，中华书局1984年，第588页。

③　（元）脱脱撰：《金史》，中华书局2020年点校本，第1220页。

④　（金）元好问撰、姚奠中主编：《元好问全集》卷27《尚书右丞耶律公神道碑》，三晋出版社2015年版，第502页。

词赋、经义科存在差异，但其设科目的是通过考试方式将道德修养、学术水平和治国能力较高的女真猛安谋克平民子弟选入政府机构，与汉进士科取士目的一致。女真进士科以女真文字作答，考试范围是儒家经典，"依汉人以文理选试"①，试题蕴含儒家治国思想，本质上与科举考试无异，因此通过女真进士科登第者获得进士身份。

第四，金代特恩赐第立足于科举制，是由皇帝特赐的科名，属于主流渠道考取科第出身之外的途径。特恩赐第的目的不一，早期目的是对主动归附者及其后裔的笼络，以稳定新附地区局势。后来主要赐予对皇帝信任的重臣或与皇室关系密切的教职人员。赐第同时，并赐年资，使其获取文资官更为优越的待遇。特恩赐第与皇权紧密联系，并与被赐第者特殊身份、门第相关。特赐进士尽管并未参与科考过程，但有进士称谓。具有特权阶层对进士身份热衷追求，说明统治阶层对进士代表的儒家文化价值的认同与重视。所以本书探讨的进士群体中包含特赐进士。

综上所述，本书讨论的金代进士包括四部分：第一部分，金代正式开科以来，至海陵王贞元二年（1154）正式实施殿试制度期间②，通过词赋或者经义科会试，获得进士身份者。第二部分，自贞元二年（1154）起，通过词赋、经义科两科殿试，获得进士身份者，其中包括符合恩例要求者。第三部分，自大定十三年（1173）起，通过女真进士科殿试，获得进士身份者。第四部分，自金代正式开科以来，因各级官员举荐、父祖功绩、个人政绩等原因，由皇帝亲赐进士身份者。而金代科举取士中的诸科（包括经童、明经或五经、律科）、制举、武举，不在本书研究对象之列。

三、金代进士群体研究学术史回顾

关于金代进士群体研究，起于金代末期，首推元好问、刘祁。元好问《中州集》《续夷坚志》《遗山先生文集》，刘祁《归潜志》等文献记载有多位具有相对完整姓名籍贯、仕宦履历、家族婚姻的进士，为研究金代进士群体提供了坚实的史料

① （元）脱脱撰：《金史》，中华书局 2020 年点校本，第 1727 页。
② （元）脱脱撰：《金史》，中华书局 2020 年点校本，第 1255 页。

基础。此外，王寂《拙轩集》、赵秉文《闲闲老人滏水文集》、王若虚《滹南遗老集》、李靖民《庄靖集》、蔡松年《明秀集》、段克己和段成己合著《二妙集》、白朴《天籁集》与元好问《遗山集》，合为"九金人集"。这些金人文集记载大量金代各个时期的进士，为研究金代进士群体的政治立场、社会风尚、生活状况留下了极为珍贵的第一手资料。

《金史》问世标志着关于金代进士群体研究进入新阶段。《三朝北盟会编》《建炎以来系年要录》记载大量金前期进士的信息。《元史》人物传记载金末进士在元初的政治立场、生活状况及文化传承。元人王恽《秋涧集》、同恕《榘菴集》、苏天爵《滋溪文稿》、姚燧《牧庵集》等著作提及诸多金中后期进士行状。清人编著《金文雅》《金文最》《全金诗》收录有大量金代进士诗文序、兴修庙学记、碑刻墓志铭等。清中后期直到民国初年，大量地方志出现，其中多设有专门纲目论及科目，保存了一定的进士资料。这些传世文献为研究金代进士群体政治地位、仕宦经历、基层治理、社会教化、文教事务、家庭婚姻等提供了基础史料。

20世纪三四十年代，辽金史研究学者开始关注金代科举问题。陈东原《辽金元科举与教育》、方壮猷《辽金元科举年表》、曾资生《宋辽金元的制举概略》等文章开始涉及金代科举相关内容，重点仍是对文献资料的整理和初步研究。[①]20世纪50年代以来，辽金政治、科举及士人研究逐渐升温。20世纪70年代台湾学者对金代政治运作、科举制度等问题表现出极大热情，陶晋生、杨树藩、汪其祥等学者对这一领域做了深入研究。20世纪80年代以来，学界对金代科举制度、汉族士人、进士家族、著名进士个案等方面做了大量研究，成果颇丰。摘其总要，分类概述，主要有以下几个方面。

（一）金代科举制度相关研究

研究金代进士群体的起点是考察其制度背景。关于金代科举制度的整体研究，近年来出版了四部重要的研究著作。薛瑞兆《金代科举》是第一部全面考察金代科举的专著，阐述金代科举的发展历程，社会影响和历史意义，细致梳理金

---

① 陈东原：《辽金元科举与教育》，《学风》1932年第10期，第11—25页；方壮猷：《辽金元科举年表》，《说文月刊》1944年第12期，第23—34页；曾资生：《宋辽金元的制举概略》，《东方杂志》1944年第17期，第38—43页。

代科举的科目、程序、监检和授官等内容，考订 1487 位金代进士，并附录金代
进士题名等重要资料。① 该书资料翔实，考订精深，堪称金代科举研究集大成者。
李桂芝《辽金科举研究》金代部分对进士科次、科目、程式条例、人才培养进行
了详细论述，对金代部分进士登第时间、姓名家世进行了考证。② 该书附录《金
代进士题名录》记载金代进士 1925 人③，但其中部分是参加会试而非殿试进士及
第者。都兴智《中国科举制度通史·辽金元卷》对金代科举制度的发展历程、四
级考试制度、考试科目、考官制度和试题、进士和诸科举人的授官制度、科举榜
次及魁元等问题进行了细致的考证梳理，书中附有《进士题名表》，共录有进士
1365 人。④ 裴兴荣《金代科举与文学》从科举与文学的关系角度，在前人研究的
基础上，梳理金代石刻文编中的进士资料，增补和考释进士信息，共增补进士 70
人。该书首次按照社会史研究方法分析金代进士的地理分布特征及其形成原因，
进士分布与学校教育之间的关系，探讨科举制下的文人心态、命题导向、科场事
件与奇古文风关系、状元的文学创作等。⑤ 2019 年 5 月 23 日，"历代进士登科数
据库"正式上线，其中收录金代进士 1492 人，著录姓名、籍贯、登科时间、科目、
在位帝王等信息，是金代科举研究领域的最新成果。

　　女真进士科是金代科举制度研究中极富特色且有重要研究价值的内容。金光
平、金启孮《〈女真进士题名碑〉译释》是 20 世纪 60 年代初期金代科举制度研
究的重要成果资料，对正大元年榜女真进士姓名、籍贯、甲第等信息进行完整释
读，为研究女真进士保存了重要史料。⑥ 都兴智《金代科举的女真进士科》对女
真进士科的创立、考试内容与方式、录取与授官等问题做了探讨。⑦ 关于女真进
士科的参与者，有学者认为女真进士科是专门为女真族设置的科举考试。张居三

---

① 薛瑞兆：《金代科举》，中国社会科学出版社 2004 年版。薛氏考订金朝进士包括词赋、经义、
策论、特赐进士，共 1487 人。
② 李桂芝：《辽金科举研究》，中央民族大学出版社 2012 年版。
③ 李桂芝：《辽金科举研究》，中央民族大学出版社 2012 年版，第 28 页。
④ 张希清、毛佩琦、李世愉主编，都兴智著：《中国科举制度通史·辽金元卷》，上海人民出
版社 2015 年版。都氏考订金朝进士包括词赋、经义、策论、特赐进士，共 1365 人。
⑤ 裴兴荣：《金代科举与文学》，中国社会科学出版社 2016 年版。
⑥ 金光平、金启孮：《女真语言文字研究》，文物出版社 1980 年版，第 281—320 页。
⑦ 都兴智：《金代科举的女真进士科》，《黑龙江民族丛刊》2004 年第 6 期，第 63—67 页。

《金代女真进士科》认为"女真进士科是针对女真士人而创建的科举形式，始创于金世宗时期，即金代科举创新发展的时期"[①]。多数学者认同女真进士科是为选拔女真人而设。反对观点仅见闫兴潘《金代女真进士科非"选女直人之科"考辨》一文，通过考辨"诸人、诸色人"，从制度基础上探讨女真进士科面向其他民族士子的可能性。[②] 女真进士科的开设对金代社会结构产生了重大影响。台湾学者徐秉愉《金代女真进士科制度的建立及其对女真政权的影响》通过分析女真进士政治表现以及对女真政权内部权力分配的影响，认为科举制度运作内容牵涉女真统治阶层对科举的看法及所赋予的作用，也影响到进士群体对于此制度的观感与重视程度。[③]

探讨科举与教育的关系，整理金代区域内教育资源与进士的养成关系，有助于探寻金代进士群体形成的社会环境。张博泉《金史简编》与《金史论稿（第二卷）》中较早论及科举与教育的关系。金初期急于得到汉族和其他各族知识分子的服务，始开科取士，为当时各族知识分子提供了入仕机会，促进了金代文教事业的发展。[④] 黄凤歧《论金朝的教育与科举》论述金代各类学校、教育管理机构、师资、教材、经费和学生来源，以及金代科举制度确立与发展，科举考试内容与科举制度利弊。[⑤] 杨军《女真文字、女真科举与女真汉化》认为女真文字、科举与女真汉化之间联系紧密，女真科举是女真社会发展到一定历史阶段的必然产物，改变了女真人的教育模式，女真人汉化是其更改教育模式不可避免的结果，是所有保持女真本俗政策失效最根本原因。[⑥] 兰婷《金代教育研究》是研究金代科举与教育关系最为系统的一部专著，分别从汉科举、女真科举、武举三个层面论述了科举与教育的关系。[⑦] 金代汉进士科与汉族教育体系相互影响，相辅相成。金

① 张居三：《金代女真进士科》，《文史知识》2007第2期，第61—65页。

② 闫兴潘：《金代女真进士科非"选女直人之科"考辨》，《湖北民族学院学报（哲学社会科学版）》2013年第1期，第107—111页。

③ 徐秉愉：《金代女真进士科制度的建立及其对女真政权的影响》，《台大历史学报》2004年第33期，第97—132页。

④ 张博泉：《金史简编》，辽宁人民出版社1984年版，第384—414页。

⑤ 黄凤歧：《论金代的教育与科举》，《北方文物》2002年第2期，第67—73页。

⑥ 杨军：《女真文字、女真科举与女真汉化》，《长春大学学报》2006年第1期，第39—42页。

⑦ 兰婷：《金代女真教育研究》，吉林大学出版社2010年版。

代女真科举和女真官学教育相互促进、相互制约，女真官学教育为女真科举提供人才保障，是女真科举的前提条件，形成了一个养士与选士相配套的体系，成为巩固金政权的重要保障。除专著外，兰婷在多篇文章如《金代女真科举与女真官学教育》《金代汉科举与汉族教育》详细论证了科举与教育关系。① 路远《金代京兆府学登科进士辑考——以西安碑林藏金代进士题名碑二种为据》对金代京兆府学"进士题名记""改建题名碑"两块珍贵碑刻内容进行释读，确定有姓名可考登科进士共计 22 科 76 人，这是考察进士与学校教育的直接史料。②

关于金代科举研究成果，国外和港台学者研究起步较早，研究深入，研究成果丰富。日本学者三上次男《金代的科举制度及其政治侧面》详细考述了金代科举发展经过与制度的内容。③1970—1972 年，日本中央公论美术出版社又先后出版了三上次男的日文版三卷本《金史研究》，其中有专门章节论及科举制度。陶晋生《金代政治结构》《金代用人政策》、包弼德（Petter K.Bol）"求同：女真统治下的汉族士人"（Seeking Common Ground:Han Literati under Jurchen Rule）等文章中阐述了女真统治阶层对科举的看法，也影响到汉族士人对科举的观感与重视程度。另外录取名额采取淘汰机制，能够掌握科举对整体汉人社会的影响层面，并能作为确定"科第社会"是否继续存在于金代华北的关键。④ 日本学者饭山知保《关于女真、蒙古支配下华北之科举受验者数》（女真・モンゴル支配下華北の科挙受験者数について）对金代科举各层级、各科目参加者不同时期的变化进行细致考证，认为世宗、章宗在位时期，科举考试参与者最多，后随着金代政局的变动而有所削减。⑤

---

① 兰婷：《金代女真科举与女真官学教育》，《黑龙江民族丛刊》2014 年第 6 期，第 93—97 页；《金代汉科举与汉族教育》，《黑龙江民族丛刊》2016 年第 5 期，第 90—94 页。

② 路远：《金代京兆府学登科进士辑考——以西安碑林藏金代进士题名碑二种为据》，《碑林集刊（第 17 辑）》，三秦出版社 2011 年版，第 234—264 页。

③ ［日］三上次男：《金朝的科举制度及其政治侧面》，《青山史学》第 1 号，1970 第 7 期。

④ 陶晋生：《金代的政治结构》，《中央研究元历史语言研究所季刊》，第 41 本 4 分，1969 年版，第 567—593 页。《金代用人政策》，《食货月刊》第 8 卷 11 期，1979 年，第 47—57 页。［美］包弼德（Petter K.Bol）"求同：女真统治下的汉族士人"（Seeking Common Ground:Han Literati under Jurchen Rule），*in Harvard Journal of Asiatic Studies* 47：2（1987），PP.461—538.

⑤ ［日］饭山知保：《关于女真、蒙古支配下华北之科举受验者数》（女真・モンゴル支配下華北の科挙受験者数について），《史观》157 期，第 40—57 页。

（二）金代士人相关研究

梳理对金代士人的相关研究，厘清"进士群体"与"士人群体"之间的区别与联系，对研究金代进士群体的特征及作用是至关重要的。学者关于"士人"界定各有侧重，但共同点在于"士人"必须具备一定的文化学识，士人即"文化阶层"。① 进士是士人群体当中通过国家设置最高水平各取士科目考试，与国家权力高度合作者，对政权和社会影响力也超越"士人"群体中其他部分。

学界对金代士人研究主要关注点在汉族士人领域，着重探讨汉族士人与金政权的互动关系。在少数民族政权统治下的汉族士人有着矛盾心态，一方面"夷夏有别"观念使汉族士人对少数民族政权本能地排斥和抗拒；另一方面汉族士人"内圣外王"理想只有通过政权力量才能实现。对女真、渤海、契丹等族士人关注相对较少，主要集中在民族整体研究和具有特殊身份士人个体研究中。

1. 金代汉族士人的政治表现和作用

关于汉族士人在金代社会结构中的特殊作用以及女真上层集团对待汉族士人的政策问题，董克昌发表《大金对待知识分子政策管窥》《金代知识分子政策浅析》等文，阐释了金代对待知识分子尤其是汉族士人政策的转变过程，认为金廷对待知识分子的政策，大致经历了"述以文事""好儒恶吏""好吏恶儒"三个阶段。② 宋德金《金代女真的汉化、封建化与汉族士人的历史作用》通过对金代不同历史

---

① 关于"士"的含义，学界进行了相当充分的讨论，共同点是强调士的精英身份和知识文化特征。余英时认为中国古代的士，其义相当于西方近代出现的被人称为"社会的良心"的知识分子，在中国史各阶段以不同面貌出现于世，但具备知识文化是士的基本要求。（参见余英时《士与中国文化》，上海人民出版社 2003 版，第 1—7 页。）阎步克认为经过社会分层过程，士逐渐成为贵族官员代称，发展为特权阶级。他们是官员阶级，是封建国家国务政事的承担者，也是拥有文化教养的阶级，是古代社会礼乐诗书传统的主要传承者。（参见阎步克：《士大夫政治演生史稿》，北京大学出版社 2015 年版，第 48—50 页。）包弼德在讨论士的转型问题中提出，官位、家世和学识是确定士的整体身份的首要因素，士掌握学识是为其彼此身份认同提供依据。他们的职能是在政府中出仕，他们认为自己有从政与指导天下的必要学识与技能。（参见［美］包弼德著、刘宁译：《斯文：唐宋思想的转型》，江苏人民出版社 2017 年版，第 4—5 页。）葛荃和萧启庆都强调士人的儒士特征。（参见葛荃：《权力宰制理性：士人、传统政治文化与中国社会》，南开大学出版社 2003 版，第 15 页；萧启庆：《元代多族士人圈的形成探析》，《元朝史新论》，允晨文化实业股份有限公司 1999 年版，第 206 页。）

② 董克昌：《金代知识分子政策浅析》，《社会科学战线》1996 年第 6 期，第 248—254 页。

时期汉化问题研究，肯定了汉族士人在中国北部传播汉族封建文化、发展文学艺术及自然科学所做的巨大贡献。① 刘浦江《金朝的民族政策与民族歧视》分析了金代汉族士人的两个重要组成部分"汉人"与"南人"势力消长情况，并从政治、法律、经济三个方面对汉族士人的地位进行了详尽解析。② 张其凡、惠冬《金朝"南人"胡化考略》考察了金代统治中原地区"南人"的习俗流变，指出金统治下汉人指代生活在金代的汉族整体，在政治地位、政治心态上趋同，表现为对金代统治的认同和拥护。③

金初汉族士人的来源驳杂，政治地位也不尽相同，女真统治者对汉族士人的选择和任用态度也不同。李秀莲从"异代"文士与皇权政治互动的视角，探讨了金初辽宋降金文士对金代政治制度的影响，指出其互动形式多样但大趋势是顺从皇权，最终造成士人与皇权政治的疏离。④ 和希格、都兴智考察了皇统党狱事件，认为皇权、权臣、汉族士人之间的矛盾不仅是表面政治斗争，实质是政权运行模式选择之争。从被定为朋党者身份来看，金初进士已经参与其中。⑤ 王崤以《遗山文集》碑文涉及的金代三次党狱资料为依托，考察皇统党狱、明昌党狱、贞祐党狱原因和细节，指出金代三次党狱对象都是汉官，金统治者在对待汉族文人的态度是既利用又防范，使部分汉族文人丧失了对金政权的认同。⑥ 王德朋《金代汉族士人研究》是研究金代汉族士人的代表著作，对金代汉族士人来源结构、政治地位、精神面貌、文献贡献、社会生活等进行了深入研究，从而对汉族士人与金代社会的关系做系统审视。金代汉族士人的政治作用体现在任职中央与地方。汉族士人任职中枢，参与国家重要事务决策。⑦ 孙孝伟《金朝宰相制度研究》通过对金代宰相制度进行了考察，认为金代宰相群体中科举入仕有进士身份者，数

① 宋德金：《金代女真的汉化、封建化与汉族士人的历史作用》，《宋辽金史论丛》第2辑，中华书局1991年，第86页。
② 刘浦江：《金朝的民族政策与民族歧视》，《历史研究》1996年第3期，第54—69页。
③ 张其凡、惠冬：《金朝"南人"胡化考略》，《史学集刊》2009年第7期，第47—52页。
④ 李秀莲：《金朝"异代"文士的民族认同之路》，中华书局2017年版，第23—27页。
⑤ 都兴智：《田珏之狱略论》，《北方文物》1995年第3期，第117—120页。和希格：《从皇统党狱始末看金朝政治》，《内蒙古大学学报（哲学社会科学版）》，1996年第2期，第17—20页。
⑥ 王崤：《〈遗山文集〉与金朝党狱研究》，《史学集刊》2016年1期，第105—107页。
⑦ 王德朋：《金代汉族士人研究》，中国社会科学出版社2006年版。

量多且发挥作用大。^①武玉环《论金朝县级官吏的选人与考核》、陈德洋《金朝地方官员与乡村社会控制研究》考察了地方官员与社会基层组织的互动，依据的史料主要为记载各族士人事迹的行状碑刻资料，为研究金代进士对地方基层影响提供了新的研究方法和思路。^②

2. 金代汉族士人的文化表现

王耘《金末士人群体与文化认同——以〈归潜志〉为中心的历史考察》以金人刘祁《归潜志》作为基础史料，从文化史角度思考南渡汴京之后的士人群体不分族别，有统一的政治文化认同，以金代人自居，对金末政治与文化提出建议与批评，在彼此交游和论道中，掀起繁盛学术思潮，奠定了金代在整个中国文化史的独特地位。^③白显鹏认为《归潜志》的作者刘祁对金代中后期士人群体的记述与品评体现出以儒家思想为核心的中原文化因素，同时融入了北方地域文化品格，对研究金代文学与文化具有重要认识。^④龙小松《冲突与融合——金代文化变迁》以汉文化与女真文化之间冲突与融合为主线，考察汉族士人在金代文化变迁以及诸文化层面中的活动。赵琦《金元之际的儒士与汉文化》对蒙金战争及金亡后二十余年儒士境况做了分类梳理，对研究金末进士生存境况及其对蒙元时期文化传承的作用给予客观评价。^⑤沈文雪《金源尚文崇儒与国朝文派的崛起》一文论述以蔡珪、王寂、党怀英、赵秉文等金代本土文人出现的历史背景，探讨金代汉族文人群体表现出的北方文化内涵。^⑥黄丹丹、李栋辉《论金代女真党争中的士风与诗风》以党争作为研究视角，从诗风中体现出的悲凉自适感情，映射出金代

① 孙孝伟：《金朝宰相制度研究》，吉林大学博士学位论文，2012年。

② 武玉环：《论金朝县级官吏的选任与考核》，《吉林大学社会科学学报》，2012第7期，第87—93页；陈德洋：《金朝地方官员与乡村社会控制研究》，《宋史研究论丛（第14辑）》2013年版，第619—648页。

③ 王耘：《金末士人群体与文化认同——以〈归潜志〉为中心的历史考察》，《北方论丛》2008年第4期，第75—78页。

④ 白显鹏：《金代文人刘祁〈归潜志〉对女真人的认同心理及文学活动》，《满族研究》2011年第1期，第80—83页；《行身立志 卓尔不群——论金代文人刘祁〈归潜志〉士人群体品评的价值取向》，《东北师范大学学报》，2011年第1期，第131—134页。

⑤ 赵琦：《金元之际的儒士与汉文化》，人民出版社2004年版。

⑥ 沈文雪：《金源尚文崇儒与国朝文派的崛起》，《古籍整理研究学刊》2014年第7期，第74—77页。

汉族士人的政治生态。① 王万志《金代区域文化研究》阐述了金源区域、辽海区域、燕云区域、豫鲁区域、陕甘区域的文化情况，介绍了几大文化区域的文化发展区域性差异以及汉族士人在其中的文化表现。②

3. 金代渤海、契丹族士人相关研究

金代渤海族士人研究散见于区域文化、民族政策、著名士人个案等领域中。王万志《金代辽海地区士人与地域文化的发展》从区域史角度出发，探讨了辽海地区各士人数量及其民族构成与文化成就，分析金代辽海地域文化的总体特色，认为金初在政治上优待渤海人，其中有很大一部分是具备一定文化素养的文人，金中后期，辽海籍渤海族士人文化成就更加突出，出现了王庭筠、李献可等著名进士。③ 刘浦江《渤海世家与女真皇室的联姻——兼论金代渤海人的政治地位》对渤海大族中的李氏、张氏、大氏与女真皇室联姻关系一直持续到章宗时期，文化修养较高的渤海世族知识分子凭借政治优势，在金代政治和文化发展过程中彰显自身特色。④ 孙炜冉、苗霖霖认为渤海世族通过与女真皇室联姻，取得较高的政治地位。金代渤海裔文化名人众多，是渤海人在金代社会享有特权的真实反映。⑤ 金代渤海士人文化成就较高，文学名士辈出。刘达科《论金代渤海文学》从宏观视角考察了金代渤海士人家族深厚文化底蕴通过家族联姻方式得以积淀和传承，指出民族迁移与文化融合是金代渤海文学繁盛的决定性因素。⑥ 李秀莲《金代"异代"文士的民族认同之路》以民族认同为视角，讨论金初渤海士人与女真人在政治目标一致前提下的民族认同。⑦

① 黄丹丹、李栋辉：《论金代女真党争中的士风与诗风》，《贵州民族研究》2015年第11期，第183—186页。
② 王万志：《金代区域文化研究》，吉林大学博士学位论文，2009年。
③ 王万志：《金代辽海地区士人与地域文化的发展》，《宋史研究论丛》2018年第1期，第290—305页。
④ 刘浦江：《渤海世家与女真皇室的联姻——兼论金代渤海人的政治地位》，《北大史学（第三辑）1995年第1期，第67—187页。
⑤ 孙炜冉：《辽末金初的渤海移民及其后裔在金代的社会情况》，《通化师范学院学报》2015年第3期，第17—21页。苗霖霖：《试析渤海世族家族与金朝皇权统治》，《辽金历史与考古》2017年第1期，第172—177页。
⑥ 刘达科：《论金代渤海文学》，《江苏大学学报（社会科学版）》2013年第3期，第39—44页。
⑦ 李秀莲：《金朝"异代"文士的民族认同之路》，中华书局2017年版。

　　金代契丹族士人研究散见于契丹族官员活动、契丹族文化发展、著名契丹官员个案等题目中，数量少，缺乏对契丹士人的整体认识。黄凤岐《金代契丹族文人探微》认为金代契丹文人的成就具有传承性、时代性、融合性诸多特征。[①] 刘达科对金元时期耶律氏家族的文学成就做了探讨，体现了对主题文化的认同、鲜明的民族个性、与古代中华总体文化发展走向一致等特征。[②] 夏宇旭对金代契丹人做了全面细致的研究，在考察金代契丹中央官、地方官、官员外交活动时，涉及具备较高文化素养的契丹人在其中发挥了重要作用，中央高级官员中宰执及六部尚书、御史台、谏院者占有一定比例。[③] 契丹人中担任金代路、府、州、县等各级地方官员者众多，金中后期部分契丹士人通过科举进入官僚系统。[④] 金代契丹官员凭借语言和文化优势，多次奉命出使宋、西夏、高丽、蒙古等周边政权，或接待外国使臣，契丹人的外交作用在金前期更为明显，为维护金王朝外交地位做出了贡献。[⑤] 闫兴潘《金代翰林学士院制度研究》统计了契丹族翰林官员 12 人，指出金前期出身比较复杂，中后期以进士为主。[⑥] 金代契丹士人担任史官参与《辽史》和金代国史编修，与熟悉辽朝史事，具有语言优势有关。[⑦]

　　金代渤海与契丹士人受汉文化影响颇深，在包括思想、文化、观念等较高级知识层面具有汉文化特征。他们以汉语作为工具，表达具有汉文化内涵的文史、艺术、儒学等内容。渤海、契丹士人与汉族士人共同参与词赋、经义科试，获得意义相同的进士身份，对金代汉化起到了重要作用。研究渤海与契丹士人的群体意识、政治理念、文化成就是了解金代进士群体的重要基础。

　　台湾学者陈昭扬博士论文《征服王朝下的士人——金代汉族士人的政治、社

① 黄凤岐：《金代契丹族文人探微》，《辽金史论集（第九辑）》，中州古籍出版社 1996 年版，第 337—346 页。

② 刘达科：《金元耶律氏文学世家探论》，《民族文学研究》2003 年第 2 期，第 48—54 页。

③ 夏宇旭：《金代契丹族中央官的政治活动及地位》，《社会科学战线》2013 年第 5 期，第 274—276 页。

④ 夏宇旭：《金代契丹族地方官的政治活动及作用》，《东北师大学报（哲学社会科学版）》2014 年第 6 期，第 132—135 页。

⑤ 夏宇旭：《论金代契丹族官员的外交活动及作用》，《史学集刊》2013 年第 5 期，第 97—102 页。

⑥ 闫兴潘：《金代翰林学士院制度研究》，武汉大学博士学位论文，2014 年，第 44 页。

⑦ 吴凤霞：《契丹族史官与金代史学的发展》，《史学史研究》2011 年第 2 期，第 74—109 页。

会、文化论析》在征服王朝视角下对金代汉族士人的政治意识、婚姻网络、学术活动等做了全面研究，在有关士人阶层的社会地位和法律制度上进行动态探索。尤其考查士人的教育活动和文艺活动，为研究汉族进士的教养环境奠定了基础。[①] 在其《金代汉族士人的地域分布——以政治参与为中心的考察》一文将金代疆域分成满蒙、河北、山西、山东、陕甘等六大区域，以士人、进士、宰执三种人物为统计样本，说明六大区域汉士分布状况，探讨金代汉士地域分布格局的形成原因。这两篇文章注意运用文化人类学、社会学理论，运用统计学抽样研究方法，为研究汉族进士群体的社会影响提供了新思路。

4. 国外学者对金代士人的研究成果

国外学者对金代士人的研究近年来呈关注趋势。日本学者对金代士人阶层的研究成果较为丰富且深入。三上次男《金朝前期的汉人统治政策》讨论金代任用汉族士人的客观条件。[②] 高桥文治《泰山学派的后裔——十二·三世纪山东学艺》（泰山学派の末裔たち——十二·三世纪山东の学艺について）《元遗山党争》（《元遗山と党争）两篇文章从金代山东地区的学术活动和元好问与金末党争出发，研究金代士人的活动。[③] 樱井智美《儒学提举司的起源与变迁——兼论宋金的学校管理》（儒学提举司起源与变迁——兼论宋金学校管理）从儒学提举司的起源和变迁切入，论及金代学校管理，其中提到教育管理者的身份，特别指出进士出身者对儒学提举司的重要性。[④] 日本早稻田大学高等研究所饭山知保教授专注于金、蒙元时期华北地区社会与士人科举与教育问题，撰写了《金代科举制度变迁与地方士人》《10—14世纪华北社会科举制度的接受及其历史意义》（10—14世纪华北社会における科举制度の受容とその歴史的意義）《金代汉地在地社会女真人的相位与"女真儒士"》（金代漢地在地社会における女真人の位相と「女真儒士」

---

① 陈昭扬：《征服王朝下的士人——金代汉族士人的政治、社会、文化论析》，台湾清华大学历史研究所博士学位论文，2007年。

② ［日］三上次男：《金朝前期的汉人统治政策》，《东亚研究所报》1943年第21期，第53页。

③ ［日］高桥文治：《泰山学派的后裔——十二·三世纪山东学艺》（泰山学派の末裔たち——十二·三世纪山东の学艺について），《东洋史研究》第45卷第1号，1986年；《元遗山党争》（元遗山与党争），《追手门学院大学文学部纪要》，第22号，1987年。

④ ［日］樱智美：《儒学提举司的起源与变迁——兼论宋金的学校管理》（儒学提举司起源与变迁——兼论宋金学校管理），《《阪南论集》人文·自然科学篇》，2002年。

について)《金初华北科举与士人阶层——天眷二年以前为对象》(金初華北における科挙と士人層—天眷二年以前を対象として—)等多篇文章。[①] 这些文章以金代士人阶层的动向，及其与科举关系为中心进行考察，认为科举对金国统治下的社会统合起重要的作用。金代至蒙古时代，华北士人阶层强烈认为契丹、金国是接受天命的中原正统王朝，在这个认识形成过程中，科举和士人阶层的动向具有指导意义。哈佛大学著名汉学家包弼德在《寻求共同基础：女真统治下的汉族士人（之一）》提出了"晚金思想复兴"的命题，从金代教育和科举制度的发展情况说明从 12 世纪 70 年代晚期开始，金王朝给予精英阶层形成以真正的支持，这些精英在受教育的基础上界定自己的身份，并与帝国利益保持一致，而汉人对此态度要比女真人积极。[②]

（三）金代进士群体相关研究

学界对金代进士群体的研究主要集中在四个方面：第一，关于金代进士总体数量和特定时间内的人数。有金一代进士总数的估计，陶晋生计为 16400 余人，周腊生计为 11227 人，薛瑞兆计为 6000 余人，李桂芝认为当在 5000～6000 之间，都兴智估计 6150 人。[③] 之所以差距如此之大，是因为陶、周统计数目中包括会试数目，薛、李、都在增加殿试后只统计殿试及第进士。裴兴荣据《全金石刻文辑校》等文献，辑得 70 名金代进士并考证其登第时间，对进士题名录做了重要补充。[④]

女真进士的录取人数，都兴智《金代科举的女真进士科》认为，自世宗大定

---

① ［日］饭山知保：《金代科举制度变迁与地方士人》，《科举学论丛，2010 年第 1 期，第 12—27 页；《从科举、学校政策的变迁看金代士人阶层》(科挙・学校政策の変遷からみた金代士人層)，《史学杂志》2005 年第 114 期，第 1—34 页；《10—14 世纪华北社会科举制度的接受及其历史意义》(10—14 世紀華北社会における科挙制度の受容とその歴史的意義)，博士学位学位论文，2007 年；《金代汉地在地社会女真人的相位与"女真儒士"》(金代漢地在地社会における女真人の位相と「女真儒士」について)，《满族史研究》，2005 年第 4 期，第 163—183 页；《金初华北科举与士人阶层——天眷二年以前为对象》(金初華北における科挙と士人層——天眷二年以前を対象として)，《中國——社會と文化》第 19 号，2004 年，第 136—152 页。

② ［美］包弼德、林岩、黄艳林：《寻求共同基础：女真统治下的汉族士人（之一）》，《华中学术（第六辑）》2012 年第 12 期，第 350—363 页。

③ 陶晋生：《女真史论》，台湾食货出版社 1985 年版，第 292 页。

④ 裴兴荣：《金代进士补考》，《山西档案》2015 年第 3 期，第 28—33 页。

十三年（1173）至哀宗正大七年（1230）共计开科 20 次，估计女真进士每科录取人数在 30～40 人左右，最多不会超过 50 人。金代史料中共搜检出女真人中进士者 91 人，其中 1 人中的经义科进士。① 张居三《金代女真进士科》认为女真进士科在金哀宗正大元年（1224）停考，共举行 16 次考试，取女真进士约 700 人。②

关于具体时间段内进士的相关记载，沈仁国连续发表 11 篇文章对天会年间的进士进行辑录、补充和辨疑，梳理了金天会年间进士的基本情况，得出金天会年间取进士应在 1200 人以上，现已搜检出 77 人。③ 侯震《金章宗明昌进士研究》以明昌二年、五年进士为研究对象，从明昌间科举取士的情况、明昌进士籍贯与家世、仕宦情况、政治作为、文学贡献等方面介绍进士情况。④ 张宝珅《金代卫绍王朝进士群体研究》对"大安元年""崇庆二年"两科进行了专门研究，分析了两科及第进士的籍贯分布、登第年龄、家世出身和人生结局，探讨这一群体的整体特点，为研究金后期进士提供了丰富资料。⑤《金代卫绍王朝进士辑录——兼谈其在金元文化传承中的地位》辑录出 49 名卫绍王朝时期进士，在文化学术领域起到上承唐宋、下启蒙元的作用。⑥ 张鑫《金代女真进士研究》梳理了女真进士的群体构成和地域分布，着重探讨了女真进士的政治作用、促进教育文化发展等方面的作用。⑦

---

① 都兴智：《金代科举的女真进士科》，《黑龙江民族丛刊》2004 年第 6 期，第 65 页。
② 张居三：《金代女真进士科》，《文史知识》2007 年第 2 期：第 61—65 页。
③ 沈仁国：《金天会二年进士辑补》，《江海学刊》2006 年第 1 期，第 90 页；《金天会十年进士辑补》，《江海学刊》2006 第 6 期，第 185 页；《金天会六年进士辑补（一）》，《江海学刊》2006 第 5 期，第 119 页；《金天会六年进士辑补（二）》，《江海学刊》2006 年第 7 期，第 66 页；《金天会六年进士辑补（三）》，《江海学刊》2006 年第 9 期，第 210 页；《金天会四年进士辑补》，《江海学刊》2006 年第 3 期，第 137 页；《金天会十一至十五年进士辑补》，《江海学刊》2007 年第 1 期，第 177 页；《不知科分的天会间进士辑录》，《江海学刊》2007 第 3 期，第 67 页；《金天会间进士辨疑（一）》，《江海学刊》2007 年第 6 期，第 69 页；《金天会间进士辨疑（二）》，《江海学刊》2007 年第 8 期，第 158 页；《金天会间进士辑考小结》，《江海学刊》2007 年第 9 期，第 176 页。
④ 侯震：《金章宗明昌进士研究》，吉林大学博士学位论文，2015 年。
⑤ 张宝珅：《金代卫绍王朝进士群体研究》，辽宁大学硕士学位论文，2018 年。
⑥ 张宝珅：《金代卫绍王朝进士辑录——兼谈其在金元文化传承中的地位》，《辽金历史与考古》第 10 辑，科学出版社 2019 年版，第 254—268 页。
⑦ 张鑫：《金代女真进士研究》，渤海大学硕士学位论文，2013 年。

　　第二，关注金代进士在政治、文化、社会活动中表现出的总体特征及其与金政权之间的关系，这方面相关研究数量少且方向比较零散。都兴智《金代汉进士授官制度考述》从中第后各种仪式出发，对金代各时期汉进士授官制度变化进行了系统总结，认为金代进士授官制度大体与唐宋辽制相似。① 裴兴荣从"科名前定"、功名观、婚恋观三个角度撰写了系列文章，探讨了科举制度下金代以进士为主体文人的社会心态，为研究金代进士群体社会生活与观念心态提供了新的思路。② 李闰民《金代状元刘㧑娶转运使雷思之女献疑》在进士联姻个案中对刘、雷家族成员年龄进行了细致考证，质疑王恽《浑源刘氏世德碑并序》中刘㧑娶雷思之女的观点，认为刘㧑之妻当为雷思之姑或姊。文章从考据史料角度揭示了进士家族之间的联姻关系，以及进士家族之间的互动对金代社会产生的深刻影响。③

　　第三，研究着重于对区域进士群体和进士世家进行探讨，这类研究不仅限于探讨进士群体，更侧重与金代文学、儒学等课题进行统合研究。郭九灵、李林霞《金代山西地区进士家族研究》着重探讨山西地区的进士家族，良好的家学、家风以及姻亲关系之间的相互扶持是金代山西进士家族出现的重要条件。④ 李静平《金代河东北路辖区的进士述论》对太原府周围的河东北路范围进士进行统计。⑤ 沈超《金代文学地理形态与文人群体的文化认同》主要探讨金代文学家的地理分布和文化认同，这些文人家族中进士出身者占有很大比例，如浑源刘氏、秀容元氏、丰州边氏等，为研究进士群体的文化水平、文学成就、教育贡献拓展研究思路。⑥ 杜成慧《金元时期浑源刘氏家族研究——以刘祁为中心》以科举世家浑源

① 　都兴智：《金代汉进士授官制度考述》，《考试研究》2014 年第 2 期，第 83—87 页。
② 　裴兴荣、王玉贞：《占卜梦兆与"科名前定"观念——科举制度下金代文人的社会心态（一）》，《山西大同大学学报》2017 第 6 期，第 39—44 页。裴兴荣、王玉贞：《阴德果报的功名观——科举制度下金代文人的社会心态（二）》，《山西大同大学学报》2017 年第 8 期，第 48—63 页。裴兴荣：《论金代进士的婚恋观——科举制度下金代文人的社会心态（三）》，《北方文物》2017 年第 4 期，第 96—100 页。
③ 　李闰民：《金代状元刘㧑娶转运使雷思之女献疑》，《山西大同大学学报》2011 年第 2 期，第 21—23 页。
④ 　郭九灵、李林霞：《金代山西地区进士家族研究》，《太原理工大学学报（社会科学版）》2016 年第 6 期，第 29—33 页。
⑤ 　李静平：《金朝河东北路辖区的进士述论》，《沧桑》2011 年第 6 期，第 25—27 页。
⑥ 　沈超：《金代文学地理形态与文人群体的文化认同》，渤海大学硕士学位论文，2013 年。

刘氏家族为研究对象，通过对刘㧑至刘祁、刘郁五代人进行考察，从生平到文学成就的思考中，挖掘进士家族之间的教育影响和文化传承的影响因素，对研究进士家庭教育提供了思考方向。① 杨忠谦《科举文化视野下的金代家族与文学》认为科举制度促使众多军功家族、方技家族、寒门庶族等转型成为科宦家族，从而使金代文学家族数量增多。在科举制度背景下，通过金代家族家学相传，中原学术在元代得到了传承。② 聂立申《金代泰山文士研究》对泰山文士进行了划分，其中金代自己培养的文人群体中，进士占有绝对的主体地位。蔡珪、王庭筠、党怀英、赵秉文等具有进士身份的文士，在应酬唱和或为政乡里时，对教育发展也产生深刻的影响。本书重视乡献证史的研究方法，注意搜集石刻和民间口头陈述资料，为史学研究方法提供借鉴。③ 张瑞芹《蒙元时期金遗民研究——以蒙元时期金遗民的特性为中心》在科举和儒家文化在北方民族政权的发展背景下，关注金末进士通过教育传递和继承文化的重要作用。④

第四，以金代著名进士个案为研究对象，将进士个体研究放置到时代背景下，探寻进士与社会整体发展的作用。研究主要集中在有重要影响或有文集流传于世的著名进士如赵秉文、元好问、刘祁、王若虚、王寂、王庭筠、徒单镒、完颜匡等。金代进士个案研究中最受关注的当属元好问研究。程千帆《对于金代作家元好问的一、二理解》是较早突破"忠君爱国"传统评判标准研究元诗的文艺理论研究论文。⑤ 20世纪六七十年代台湾学界关于元好问诗歌和诗论研究较多。姚从吾《金元之际元好问对于保全中原传统文化的贡献》认为元氏《癸巳上耶律中书书》是儒家大同文化在东亚昌盛绵延的重要文献。⑥ 吴美玉《元遗山诗研究》、王礼卿《遗

---

① 杜成慧：《金元时期浑源刘氏家族研究——以刘祁为中心》，中央民族大学博士学位论文，2005年。

② 杨忠谦：《科举文化视野下的金代家族与文学》，《民族文学研究》2011年第6期，第27—35页。

③ 聂立申：《金代泰山文士研究》，吉林大学出版社2014年版。

④ 张瑞芹：《蒙元时期金遗民研究——以蒙元时期金遗民的特性为中心》，《中国边疆民族研究（第九辑）》，2015年，第8—20页。

⑤ 程千帆：《对于金代作家元好问的一、二理解》，《文史哲》1957年第6期，第1—5页。

⑥ 姚从吾：《金元之际元好问对保全中原传统文化的贡献》，《大陆杂志》1963年第26期，第3页。

山论诗诠证》、李长生《元好问研究》等著作相继问世。这些专著对元好问的学术、诗作、人生观等做了细致研究。①20世纪80年代以来，学界对元好问的生平思想、诗论、诗歌、文集等研究更加丰富。其中比较有代表性是张博泉《时代与元好问》、黄时鉴《元好问与蒙古国关系考辨》等文章从辽金元社会形态整体变化角度阐释元好问的社会观、政治观、历史观。②程妮娜《〈遗山文集〉与史学》阐述了《遗山文集》在金史研究中的重要价值。③

王昕《赵秉文研究》对赵秉文的生平、文学创作进行了梳理，对赵秉文在改革科举制度上的努力以及其与元好问的师生情谊给予肯定，赵秉文的文学理念和理学思想是研究金中后期教育内容的重要资料。④程方平《赵秉文教育思想琐议》观察赵秉文的知贡举官理念和金末益政院皇帝教育的贡献，对其教育思想进行了论述。⑤李淼、张怀宇对王寂的生平、仕宦、文学作品做了详细研究，通过王寂交游情况和行部辽东的经历，了解东北地区的教育状况，以及进士交游过程中展现的教育内容。⑥胡传志《李纯甫考论》和王庆生《李纯甫生平事迹考略》二文取材基本相同，在论述上各有侧重，对李纯甫生平、交游、著作提供了比较可靠的科学结论。⑦

女真进士个案研究主要见于对金代著名女真进士徒单镒、完颜匡、夹谷中孚的研究。杨玉彬、丁峰、禹宏、徐蓓文通过考证徒单镒的生平、求学、仕宦历程，探寻汉文化在形式和实质上对女真人的影响。⑧闫兴潘以女真进士完颜匡作为个案，具体分析了女真进士的政治特征、文化价值取向等问题，探讨了女真进士群

① 吴美玉:《元遗山诗研究》，嘉兴水泥公司文化基金会1976年版。

② 张博泉:《时代与元好问》,《晋阳学刊》1990年第2期，第22—27页。黄时鉴:《元好问与蒙古国关系考辨》,《历史研究》1981年第1期，第127—140页。

③ 程妮娜:《〈遗山文集〉与史学》,《史学集刊》1992年第2期，第63—68页。

④ 王昕:《赵秉文研究》，黑龙江大学博士学位论文，2011年。

⑤ 程方平:《赵秉文教育思想琐议》,《教育科学》1988年第1期，第58—60页。

⑥ 李淼:《王寂交游考论》，辽宁师范大学硕士学位论文，2012年。张怀宇:《王寂文学研究》，黑龙江大学博士学位论文，2015年。

⑦ 胡传志:《李纯甫考论》,《社会科学战线》1996年第6期，第95—99页。

⑧ 杨玉彬、王颜贞:《略论女真族状元徒单镒》,《安徽文学》2008年第11期，第209页。丁峰:《金大定十三年进士第一名徒单镒故乡考》,《黑龙江史志》1996年第5期，第37—38页。禹宏、徐蓓文:《金代黑龙江的女真状元徒单镒》,《黑龙江民族丛刊》1996年第2期，第49—52页。

体的政治文化内涵和特征。① 薛瑞兆《从女真状元夹谷中孚看金代策论选举制度及其文化意义》是关于女真策论进士具有代表性的研究。文章依据元人碑记记载，结合《金史·选举一》记载女真策论进士迁转格推测夹谷中孚为大定二十五年女真策论第一，是研究女真进士科的重要成果。②

第五，以当前所见墓志、石刻等出土文献为中心，对金代进士数目进行增补。从墓志碑刻记载的进士出身家世、登第时间、仕途经历、婚姻交游等信息，与文献史料相印证，为探讨金代进士群体社会作用、社会结构和社会流动提供史料基础。李智裕依据《金赠光禄大夫张行愿墓志》，结合文献史料，提及张行愿子张浩及四孙进士张汝为、进士张汝翼、特赐进士张汝霖、荫补官张汝能的事迹。③ 孙勐通过考释吕嗣延墓志、东平县君韩氏墓志，为金代吕氏、韩氏进士数量，韩吕二族的联姻状况以及社会交往等提供了研究资料。④ 陈朝云、刘梦娜对《大金进义校尉焦君墓志》考释中提到一位由泽州迁徙到河南济源从事基层教育的墓主焦珪，其家族成员与进士联姻情况。⑤ 郝艾利依据墓志对河北宣化张氏家族在辽金时期发展状况进行了讨论，张氏家族成员中进士众多，如张辅、张煦、张熙、张时中，张氏姻亲进士王克温、刘景宽等，进士在基层社会地位较高，受乡里尊重。⑥ 都惜青对张雄墓志作了考释，张雄为辽末进士，其子张子贞登进士第，孙女与进士联姻，由此形成进士姻亲家族。⑦ 蔡春娟通过考释元好问撰写《杨府君墓碑铭》中的"前进士"一词含义，为解读金代文献中的"前进士"提供了思路。⑧ 从总体来看，这一部分研究多以科举制度下规定的人为中介，通过考察金代科举、

---

① 闫兴潘：《金代女真进士完颜匡研究》，《辽宁工程技术大学学报》2017年第9期，第462—470页。

② 薛瑞兆：《从女真状元夹谷中孚看金代策论选举制度及其文化意义》，《民族文学研究》2019年第2期，第22—30页。

③ 李智裕：《〈金赠光禄大夫张行愿墓志〉补释》，《北方文物》2015年第3期，第96—100页。

④ 孙勐：《北京出土金代东平县君韩氏墓志考释》，《中国历史文物》2008年第4期，第79—85页。

⑤ 陈朝云、刘梦娜：《大金进义校尉焦君墓志研究》，《文物研究》2017年第1期，第66—73页。

⑥ 郝艾利：《河北宣化张氏家族研究》，吉林大学硕士学位论文，2017年。

⑦ 都惜青：《金代〈张雄墓志〉考释》，《东北史地》2014年第2期，第34—38页。

⑧ 蔡春娟：《〈杨振碑〉与蒙元时期的"前进士"》，《隋唐辽宋金元史论丛》2012第1期，第370—385页。

人、社会三者间的关系来立论。

综上所述，通过对金代科举、士人、进士相关研究著述梳理，为研究金代进士群体在金代政治、文化、社会中的具体活动以及与金代各社会阶层的互动提供研究思路和方法。

现有学术论著大多旨在说明金代科举制度的发展过程时提到进士活动，或者在叙述金代士人群体时，涉及其中具有进士身份者。截至目前，学界仍未有一部能够对金代进士群体进行系统性、全方位审视考察的研究专著问世，一些研究热点、难点也尚未得出定论，限制了进一步研究的进程。因此，对于金代进士群体研究需要在当前现有研究资料与研究成果基础之上，更加注重史料的发掘，借鉴社会学理论，在文献史料、碑刻资料、宋元人笔记、金人文集中寻找线索，进一步寻找新的研究思路，拓宽视野，以期取得更大的进步。

第一章　金代进士群体形成的制度基础

金代自 1115 年建国后，历经约 20 年时间迅速占领了中国北方广大领土。为了维护占领区域的统治秩序，选拔大量知识分子进入官僚阶层是必然之举。金初科举考试是作为单纯以选拔占领区域官员为目的的权宜之计，直到海陵王贞元元年（1153）"定贡举程试条理格法"[1]，最终形成制度化科举取士之制。直至金亡国前夕，科举取士从未中断。女真进士科的出现，提升了女真子弟的文治能力，使金代科举制度具有女真的民族特色。随之而来的问题是，通过科举制考试者中的哪些人是真正意义上的进士？这些进士能否组成具有社会学意义上的群体？如何看待进士群体崛起的制度背景？本章拟对这两个问题进行讨论，以此重新审视、反思既有的研究路径与问题。

第一节　历史研究视域中的金代进士群体

一、历史学视域中的"群体"

群体作为人类历史演进过程中生存与发展的构成形式，形成了自身的内涵。从汉字结构来看"群"原位写作"羣"，在中国传统文化语境中可理解为"群体"，由"君""羊"组成，即群体包括首领—指挥者，与群众——追随者。古典文献对"群"有众多解释和描述，如《说文》曰，"群，辈也"[2]，《荀子·王制》曰，"人能群彼不能群也"[3]，《封建论》曰，"故近者聚而为群"[4]。从中可以看到"群"的含义：一是数量多，单一者不能为群；二是相似性，不同者不能为群；三是要形成

---

[1] （元）脱脱撰：《金史》，中华书局 2020 年点校本，第 1215 页。
[2] （汉）许慎：《说文解字》，中华书局 2012 年版，第 78 页。
[3] （战国）荀况：《荀子简释》，中华书局 1983 年版，第 109 页。
[4] （唐）柳宗元：《柳宗元集》，中华书局 1979 年版，第 69 页。

一定程度的社会关系；四是聚合。

近代以来，"群体"概念广泛应用于人文社会科学中，在各个学科中具有特性，但核心内涵基本沿用社会学的概念界定。社会学理论常把"群体"和"社会群体"作为同一范畴概念使用。早期功能主义社会学家涂尔干在"有机体论"的基本假设下，从社会事实入手，分析个人加入群体的机制，提出了著名的"群体意识"概念。① 社会学意义上的群体内涵广泛，边界比较模糊，不同标准下有不同的界定方式，大致可归纳为两种：狭义社会群体指由持续的直接交往联系起来的具有共同利益的人群，即"小群体"。"虽然社会群体一词可以应用到大到整个社会的各种单位，但它还是有更为具体的含义，这个词经常被社会学家与非社会学家用来表示小的、面对面的、成员彼此认识的群体。"② 广义社会群体是指具有独立特征的，通过持续社会互动或社会关系结合起来进行共同活动，并有着共同利益的人类集合体。③ 这种相对宽泛的社会群体概念主要是从德国社会学家费迪南·滕尼斯的"社会"概念引申出来的。④

任何社会独有的特征都主要取决于它包含群体的性质和活动。⑤ 社会群体的特征包括：明确的成员关系、经常性的社会互动、共同的群体规范、共同的群体意识。群体之所以存在的最重要核心特质是个体把自身理解为群体中的一分子，并且获得归属感和认同感。社会整体对这种身份归属有基本的共识，即社会中其他群体对其表示认可。社会学领域从时空关系到行为方式对社会群体的界定非常明确。共同的群体意识使得成员在群体活动中具有一致性，并把本群体视为整体，这是群体成员与群体外成员相区分的标志。从社会学群体特征来看，考察社会群体的基本标准，就是群体成员在一定时间和空间下形成直接关系。

社会学兴起于近代，关于社会群体的主要理论模型基本是以近代以来西方社会为观察对象所获得。中国古代社会遵循自身独特的文明发展道路，与西方文明

① Emile Durkheim. 社会组织的规则（*The Rules of the Social Organization*），Method New York:Free Press,1938:96.

② ［美］戴维·波普诺著，李强等译：《社会学（第十版）》，中国人民大学出版社 1999 年版，第 173 页。

③ 陈成文主编：《社会学》，湖南师范大学出版社 2005 年版，第 58 页。

④ ［德］费迪南·滕尼斯著，林荣远译：《共同体与社会》，商务印书馆 1999 年版，第 95—98 页。

⑤ ［美］伊恩·罗伯逊著，黄育馥译：《社会学》，商务印书馆 1991 年版，第 108 页。

发展路径大相径庭，中国史研究中的社会群体大多不符合"在一定时空下形成直接关系"的标准和特征。在概念与内涵上，史学研究中的社会群体与社会学学术传统意义上的各类社会群体既有共同特质，又有较大差别。[①] 历史学视域中的社会群体，既是基于社会学的一般理解，又具有历史学学科的独特性质。历史学研究通常在较大的时间和空间范围内进行，在宏大历史场景之下，社会群体不必要以直接的交往联系作为判断群体的身份特征。对于社会群体形成而言，相同的身份特征和身份一致感更为重要。这使得群体成员更容易形成共同利益目标和价值取向，尽管这种利益目标不能保证时刻一致，但在宏大历史叙事场景中不会有超越群体价值标准的利益目标差异。[②] 在明清社会研究中，社会群体的行为方式和价值观念受到研究者重视，从群体视角出发，对明代阁臣群体、明中后期儒学教官群体、中间群体等开展广泛深入的研究。[③] 因此，作为历史学研究对象的社会群体遵循社会学群体划分理念，也可以分为狭义和广义两类。狭义社会群体，也可以冠之以"小群体"概念，即能够直接而持续交往的有共同利益诉求，身份认同强烈的人群。广义社会群体在特定的历史时间和空间中，具备一致的身份特征与身份认同感，成员由具有共同利益和价值伦理取向的个体组成。

近年来关于辽金史研究中的群体研究逐渐增多，诸如武将群体、妇女群体、士人群体、吏员群体等，将具有某种特殊身份或特质者作为一个整体考察。这些人能否能够作为群体来研究，却尚缺乏相应的辨析和思考。辽金史研究趋势正从主要关注政治史和制度史朝向借鉴多种社会科学研究方法，注重社会史、区域史研究方向发展。在此基础上对各类群体研究设定是客观科学的。辽金史学领域中大多数群体研究均可归为此类。本书研究对象金代进士群体也是在广义社会群体的基础上进行关照和讨论。

① 刘祖云：《论社会学中的群体范畴》，《社会学研究》1986 年第 3 期，第 96—103 页。

② 吴琦：《明清社会群体的新趋向》，《华中师范大学学报（人文社会科学版）》2011 年 3 月，第 76 页。

③ 参见吴琦、洪早清《明代阁臣群体构成的主要特征》，《华中师范大学学报（人文社会科学版）》2007 年 5 月，第 86—91 页；孙岩：《明中后期儒学教官生存状况探微》，《华中师范大学研究生学报》2019 年 12 月，第 1—9 页；侯鹏：《地方行政、中间群体与地域社会的互动——评〈明清歇家研究〉》，《清华大学学报（哲学社会科学版）》2017 年第 3 期，第 106—112 页。

二、金代进士群体构成要素

依据广义社会群体的概念，历史视域中的社会群体应具有三个构成要素：特定的历史时间和空间，一致的身份特征与认同感，共同利益和价值伦理取向。金代进士能够作为群体进行研究，取决于是否具备以上三个构成要素。

（一）金代进士群体存在的历史时间和空间

金代自 1115 年立国，至 1234 年灭亡，立国 120 年。金代进士见于史籍记载最早出现于天会二年（1124），王恽《浑源刘氏世德碑》载刘撝"天会二年，肇开科场，公以词赋第一人中选"[①]。与刘撝同为天会二年进士者，还有杨晖、张国祯、邢具瞻、曹溥、张辅五人。天会二年是否能够作为金代科举制度的开始，学界尚有争论[②]，但金代进士出现在史籍记载确是此年。金代最后一次正式科举考试举行于正大七年（1230）。天兴二年（1234）金亡国后，金代进士称谓随之消失，成为蒙元史籍文献中的"前进士"。由此可知，金代进士出现在特定的历史时间范围之内，与科举制存在其他时段内的进士相区别，具有存在时间的特殊性。

皇统元年（1141），金、宋订立和约，确定两国边界，标志金代疆域业已形成。金代疆域，"东极吉里迷兀的改诸野人之境，北自蒲与路之北三千余里，火鲁火疃谋克地为边，右旋入泰州婆卢火所浚界壕而西，经临潢、金山，跨庆、桓、抚、昌、净州之北，出天山外，包东胜，接西夏，逾黄河，复西历葭州及米脂寨，出临洮府、会州、积石之外，与生羌地相错。复自积石诸山之南左折而东，逾洮州，越盐川堡，循渭至大散关北，并山入京兆，络商州，南以唐邓西南皆四十里，取淮之中流为界，而与宋为表里"[③]。即金东北远达吉里迷失人和兀的改人活动的黑龙江下游至江口一带，包括库页岛区域。北部疆界以火鲁火疃谋克为边，约在今外兴安岭以南博洛莫达河上游一带。[④]东南与高丽以鸭绿江为界。西北与蒙古各部沿界壕为边界。[⑤]西部与西夏边界经过反复争夺商讨，按《金史·地理志》所

①　（元）王恽：《王恽全集汇校》，中华书局 2013 年版，第 2565—2566 页。
②　关于金朝首次科举考试开始年代，有天会元年、天会二年、天眷元年三种看法。
③　（元）脱脱撰：《金史》，中华书局 2020 年点校本，第 589 页。
④　张博泉、苏金源、董玉瑛：《东北历代疆域史》，吉林人民出版社 1981 年版，第 212 页。
⑤　李昌宪：《金代行政区划史》，上海古籍出版社 2015 年版，第 7 页。

载以沿边堡寨为界。南部与宋经过皇统元年（1141）、大定四年（1164）、泰和八年（1208）三次和议，两国边界基本遵守西以秦岭、大散关为界，中端以唐、邓二州之南40里、西南40里为界，东以淮水中流为界。

金代疆域在较长时间内保持稳定，其疆域内部社会群体具有特定的存在空间。金初区域性选拔进士共有6次，分别是天会二年（1124）平州榜、朔州榜，天会四年（1126）真定榜，天会六年（1128）燕京竹林寺榜、蔚州榜，天会十年（1132）西京白水泊之试。这六次开科的共同特征是伴随着金对辽宋的战争形势，统治范围迅速扩大，急需选拔地方官员治理州县，增加新附地区稳定性的现实需求，选拔进士局限在区域内。"熙宗天眷元年五月，诏南北选各以词赋、经义两科取士。"[1]标志着金代科举制度的正式形成。自熙宗天眷二年（1139）至宣宗贞祐二年（1214）南迁汴京，期间疆域相对稳定，进士群体籍贯在地理空间分布上呈现大范围覆盖、小区域聚集的特点。南迁后，随着领土日蹙，进士群体空间分布范围随行政区域逐渐缩小。因此，金代进士群体在空间分布上与金代疆域空间同步。

金代进士群体存在于特定的历史时间和空间之中。时间上与金代科举制产生、完善与终结相始终，空间上与金代行政区域扩张、稳定和消亡共存。作为进士群体中的个体成员，尽管无法在时间和空间中进行大范围的直接交往联系，却在金代独特的社会文化背景中形成了特有的群体风格。

（二）金代进士群体具有一致的身份特征与认同感

社会群体之所以存在，是因为群体成员把自身理解为群体中的一份子，并获得认同感和归属感，并且这种身份归属有基本的社会共识，即获得其他群体或个体的认可。[2]金代知识分子通过最高级别科举考试中的特定科目，获得"进士"身份，以学识和仕宦作为确定进士身份的核心因素。学识是士人阶层的总体特征，作为文化阶层的士人，更多体现为对儒家经典的掌握。科举制产生后，士人想要具有社会政治精英的身份属性，就必须通过某种类型和级别的科举考试，在某类知识领域中获得国家承认的最高标准。金代进士群体通过金代举行的经义、词赋、

---

① （元）脱脱撰：《金史》，中华书局2020年点校本，第1214页。
② 方文：《群体符号边界如何形成？——以北京基督新教群体为例》，《社会学研究》2005年第1期，第32页。

策论三科考试获得进士称号和身份，也意味着在学识标准上获得金政权的认可。金代科举选士还有律科、经童、武举、明经、制举等科目，被称之为诸科。从考试内容对学识的要求来看与进士要求有较大差别，因此进士群体与科举取士中选的其他群体之间也有差异。

仕宦是金代进士群体的另一核心特征。学识出众的文化精英想要在政治上获取权力，并且把这种权力在家族后代中延续下去，最可行的途径就是通过科举考试获得入仕资格，进而成功进入行政机构。这与金初女真入主中原后巩固占领区域，扩充地方行政官员的现实需求一致。进士群体的开放性使不分民族和出身的读书人都有机会进入群体中，共同性是来自于他们生活方式和文化活动。即因为"仕"的价值以及入仕管道的开放性，进士群体规模扩张和延续，形成了金代特有的士人阶层。金初进士群体成员主要以汉人为主，还有少量渤海人和契丹人。随着女真政权对汉文化接受程度的不断加深，女真民族整体文化水平提升，科举考试中专门为女真人设置策论进士科，女真进士进入到进士群体中。进士群体成员释褐进入金代权力运行机构中，依据制度要求逐级迁转，通过仕宦过程与国家权力互动，以此对金代社会各领域施加影响。

通过对学识和仕宦两个核心特征进行观念建构，金代进士群体在成员身份上获得了一定程度的社会共识，进士个体对自己的身份也有了明确的认知，实现了群体身份认同。具备通过词赋、经义、策论三科最高级考试的学识，意味着与其他社会群体相比，拥有成为政治精英的文化属性。通过科举考试获得入仕资格，进士才能真正进入行政机构，在从基层官员逐渐迁转的仕宦过程中，实现进士群体特有的"君子之仕以行道"[①]的政治理想。

（三）金代进士群体的共同利益和价值伦理取向

金代进士群体在民族构成上呈现多样化趋势，不同民族出身的进士具有水平不同但内核一致的文化属性，成为政体中的精英。在文官选任部分，金代保持进士入仕官员在文资官系统中仕宦升迁的优越性，将进士科考试作为最重要的选官制度。进士凭借特有的文化价值和行政能力与政权合作，知识载体与官僚合二为

---

① （明）王阳明:《王阳明全集》，浙江古籍出版社 2010 年版，第 955—956 页。

一，成为官僚政治集团中的一员，被赋予管理者的身份和角色，担负起辅佐君主管理国家和社会的重任，同时也获得政治权力。对于进士而言，将自身与其他身份的人相区别，并将这种身份属性沿袭下去，这意味着能够长久分享政治权力。

元人郝经所撰《许郑总管赵侯述先碑铭》记载赵荣为其子赵甫分析在金代朝廷倡导文治观念并提供科举入仕通道的社会大环境下，获得进士身份入仕为自身及家族带来的现实利益："时方右文，天下靡然向风，掇膴仕，绾朱紫，颛岸炳燿，动炙耳目。顾谓其子曰'闾阎皆进士，唵嗫取富贵，吾子不可乎？大吾门闾，此其时矣'。"① 赵甫卒于泰和二年（1202），卒年38岁，"时方右文"正是大定年间科举制逐步完善，进士数量增多，政治地位迅速上升时期。金代取士之途虽多，但只有科举一途能使各族平民阶层知识分子摆脱民族、门阀、特权的约束，获取政治权力及其带来的现实利益。赵甫未竟心愿为其子赵璧完成，于兴定五年（1221）进士及第，三代人对进士身份的希冀终于实现。赵氏祖孙三代对进士及第的执着态度，希望成为进士登上仕途，汲取富贵，光耀门楣，分享政治权力的现实考量，正是进士群体的共同利益。

金代将尊儒重道思想确立为统治思想，其中"忠""孝""礼""义""仁""信"等儒家核心思想为科举制倡导。金代词赋、经义、策论三科以儒学为考试内容，儒家经典成为进士的必修教材。金代进士接受儒家伦理思想的教育，遵从儒家传统价值观念，在忠君、孝悌、重礼、仁政这些方面形成了一致的处理政治和家庭关系的行为规范。对儒家伦理思想的尊崇和践行，是进士作为社会群体的特有的价值观念，也是与勋贵、胥吏、近侍等群体在观念与行为上相区别的最重要因素。

第二节　金代进士科制度沿革与发展

金代的制度和法律，不仅具有辽宋成分，也带有唐制色彩。金初期确定官制形成的总体意见是"当唐之治朝，品禄爵轶，考覆选举，其法号为精密。尚虑拘牵，故远自开元所记，降及辽宋之来，参用讲求。又便于今者，不必泥古；取正于法

---

① （元）郝经：《郝文忠公陵川文集》卷35《许郑总管赵侯述先碑铭》，北京图书馆古籍珍藏本丛刊本，书目文献出版社1991年版，第791页。

者，亦无循习"①。对官制的设计构想不局限于辽宋制，更希望远溯盛唐，结合本民族制度，因时制宜，成一代之法。在科举制度的设计上，也体现出这种思想。"金承辽后，凡事欲轶辽世，故进士科目兼采唐、宋之法而增损之。"②金科举制兼采辽、宋之法，辽、宋多承唐制，因此需要以关注唐、辽、宋三朝进士科的运行机制与考试内容为起点，进而对金代进士科相关制度建设、运行机制与科考内容进行考察，理解金代进士群体形成的制度基础。

一、金代词赋进士科设置、沿革及考试内容

（一）金代词赋科设置和沿革

金代科举诸科中，词赋科开始最早，最受统治者和士人重视。金初先辽后宋的征服顺序，创科之始，即有重词赋的风气。"天会二年，肇辟科场，公以词赋第一人中选。"公即指刘撝，有记载金代最早具有进士称谓者。尽管学界对于金代科举起始时间仍有争议，多数学者认为这仅是选拔官员的权宜之计，并非朝廷举行的科举选士。③但天会二年平州榜、朔州榜是以辽词赋科考试内容作为选取官员标准当为无可置疑事实。李世弼《登科记序》记载："词赋于东西两京、或蔚、朔、平、显等州，或凉廷试。"可见，金代词赋科从最初仅作为占领原辽统治区域后的选官标准，到形成全国性选拔士人重要科目，经历了一段过程。熙宗天眷元年（1138），"诏南北选各以经义词赋两科取士"。至海陵王天德三年（1151），"并南北选为一，罢经义策试两科，专以词赋取士"④。词赋科在近三十年间成为录取进士唯一科目，直至大定二十八年（1188）经义复科。

（二）金代词赋科考试内容

"凡词赋进士，试赋、诗、策论各一道。"⑤金词赋科考试内容包括四部分，

---

① （宋）徐梦莘编：《三朝北盟会编》，上海古籍出版社 2008 年影印本，第 1198 页。

② （元）脱脱撰：《金史》，中华书局 2020 年点校本，第 1210 页。

③ 薛瑞兆：《金代科举》，中国社会科学出版社 2004 年版，第 47 页；李桂芝：《辽金科举研究》，中央民族大学出版社 2012 年版，第 134 页。

④ （元）脱脱撰：《金史》，中华书局 2020 年点校本，第 1214—1215 页。

⑤ （元）脱脱撰：《金史》，中华书局 2020 年点校本，第 1214 页。

赋作为选择为朝廷撰写制诰文字人才，需要严格依据律赋程式和用韵，最受时人看中，律赋名家辈出。刘祁《归潜志》记载："金代以律、赋著名者曰孟宗献友之、赵枢子克。其主文有藻鉴多得人者曰张景仁御史、郑子聘侍读。故一时为之语曰：'主司非张、郑，秀才非赵、孟。'律、赋至今学者法制。"① 金前期律赋写作已经形成比较稳定的格律风格，孟宗献少年下第后，研读思考金初刘㧑赋，终成为诗词可称的"孟四元"。诗为词赋科考试内容之一，是应试者必须掌握的内容。金代诗人名家辈出，与词赋科持续开设有密切关系。但从对"枇杷子""喜欲狂"等嘲讽中，可推断出应试者对诗的重视程度不如律赋。策、论考察内容不同，"策以究经济之业，论以考识见之方"，显示出统治者关注考生对现实问题的分析解决能力。大定十九年（1179），世宗要求词赋科殿试增加时务策，"观其议论，材可自见"，选拔出面对现实紧要问题有能力提出切实可行办法的治世人才。

"词赋之初，以经、传、子、史内出题，次又令逐年改一经，亦许注内出题。以《书》《诗》《易》《礼》《春秋》为此，盖循辽旧也。"② 金初科举初兴，命题范围看似宽泛，实则有规律可寻，士子只需要研习一部经典即可。正隆元年（1156），"命以五经、三史正文内出题"，重新扩大了考试内容范围。参考书籍用汉唐传统注疏，体现出金代学术重实用的倾向。

二、金代经义进士科设置、沿革及考试内容

（一）金代经义进士科设置和沿革

金代经义科开始时间有天会四年、天会五年和天会六年三种说法。天会四年（1126）说主要依据李世弼《登科记序》："经义之初，诏试真定府所放号七十二贤榜……盖循宋旧也。"③ 经义科考试是继承宋制，以北宋后期经义考试内容为参照，以熙宁四年为例，"士各占治易、诗书、周礼、礼记一经，兼论语、孟子"④。从真定榜题目"上皇无道，少帝失信"来看，既不归属任何一部经典内容，也没

---

① （金）刘祁：《归潜志》，中华书局1983年版，第81页。
② （元）王恽：《王恽全集汇校》，中华书局2013年版，第3904页。
③ （元）王恽：《王恽全集汇校》，中华书局2013年版，第3907页。
④ （元）脱脱撰：《宋史》，中华书局1985年点校本，第3618页。

有对经义、时务策的考查，可以看做是对新占领区士人的政治态度。周密《癸辛杂识》载：

> 皇子郎君破真定，拘境内进士，立试场。褚承亮字茂先，宣和中已擢第，至此匿不出。军中知其才，遂押赴安国寺对策，大抵以徽宗无道、钦宗失信为问。举人承风旨，极行诋毁……是时所考者七十二人，遂自号"七十二贤"。状元许必仕至郎中官……余无显者。①

本条史料与《金史·隐逸传》记载褚承亮就试内容基本相同，但明显带有南宋史家叙事色彩。金初对占领地士人的考试被描述成被迫参与，策试问题是让原宋地士人尴尬难答的态度问题。就试士人的态度明显分为两类：一类以褚承亮为代表仍然以宋为正统，秉承儒家君臣之义，对新统治者持消极态度，避世成为隐逸贤者；另一类以"七十二贤"为代表积极配合金政权统治，结局或猝死或湮没在时局中。褚承亮宋宣和年间已经中宋进士，重新被金政权征召任用，需要回答一道明显考验政治态度的题目。可见这次考试的真实目的并非选取治理人才，而是金初占领宋地后对知识分子态度的探察，作为对新占领区域制定统治策略的依据，因而将这次从目标、内容、形式、录取人员来看都与宋经义科相距甚远的真定试作为金代经义科之始很难有说服力。

天会五年（1127），金占领宋河南之地后，统治范围进一步扩大，占领区域逐渐稳定。金太宗下诏："河北、河东郡县职员多阙，宜开贡举取士，以安新民。其南北进士，各以所业试之。"②天会五年未见开科，诏书中所言"南人"当指宋人，"北人"当指辽人。天会六年（1128）由刘彦宗主持燕京竹林寺之试，践行诏书旨意，"引试南人，作南朝法，试三场"③。取北人240人，南人571人。取经义状元孙九鼎，其弟九畴、九忆均为经义进士。这次开科考试程序规范，录取人员数量明确，且有确切可考证的多名进士，因此可以看作经义进士科的开始。

---

① （宋）周密：《癸辛杂识·别集下》，中华书局1988年版，第275页。
② （元）脱脱撰：《金史》，中华书局2020年点校本，第63页。
③ （宋）徐梦莘编：《三朝北盟会编》，上海古籍出版社2008年影印本，第726页。

天会十年（1132），西京白水泊之试只试诗赋，不试经义。至天眷元年（1138）五月，熙宗"诏以经义、词赋两科取士"，天眷二年（1139）、皇统二年（1142）、皇统九年（1149）三次开科为词赋、经义两科取进士，经义状元记载明确，有多位经义进士仕宦经历保存完整。天德三年（1151），"并南北选为一，罢经义、策试两科，专以词赋取士"①。是年仍有经义进士记载，如贺扬庭、刘瞻。

海陵王诏罢经义科后，自贞元二年（1154）到大定二十八年（1188）34年间仅以词赋科取进士。金代于大定二十八年下诏重新恢复经义科，此后经义、词赋并存至金代统治结束。经义复科的原因是大定年间尊儒崇经的文化氛围及缺乏基层官员的现实需求。大定后期，世宗与张汝霖、李晏读新进士所对策，在讨论"县令阙员取之何道"的问题时，李晏给出复经义科的建议。此事在《金史》《中州集》中皆有记述。②许安仁撰《李文简公神道碑铭》记载更为详尽：

> 世宗叹人才难得，公奏曰："皇统间，诗赋、经义每举放第，两科不下百五十人，而北南两科同试皆以策论定高下。又有经童科，总之不下三百余人。今以词赋一科，擢第者常不满百数，是以得人为少，乞下有司议。"上然之。顾大臣曰："朕屡以问卿等，今得李晏对，使我晓然。"至今上即位，竟复经义、神童两科。③

经义复科的现实原因是世宗深感缺乏有才能的基层管理官员，"县令阙员"问题严重困扰执政者。金代入仕途径"自进士、举人、劳效、荫袭、恩例之外，入仕之途尚多，而所定之时不一"④。入仕途径众多，官员取额有定数，按照官品资叙正常升迁，应不会出现让世宗屡次与臣下讨论的严重阙员问题。"县令阙员"并非指数量上缺乏官员，实质是缺乏有足够文化修养和治理才能的基层临民官。世宗时期政局稳定，儒治氛围浓厚，地方官员基层管理教化职能愈加重要，对官员才能素质与文化修养要求都更高，只有扩大进士数量才能满足实际需要。

---

① （元）脱脱撰：《金史》，中华书局 2020 年点校本，第 1215 页。
② （金）元好问：《中州集校注》，中华书局 2018 年版，第 489 页。
③ （明）李侃修，胡谧纂：《（成化）山西通志》，中华书局 1998 年版，第 590 页。
④ （元）脱脱撰：《金史》，中华书局 2020 年点校本，第 1238 页。

（二）经义进士科考试内容

经义科考试内容《登科记序》载：初期"令《易》《书》《诗》《礼》《春秋》专治一经内出题"①。《金史》载："经义进士，试所治一经义，策、论各一道。"②明昌六年（1195），"经义进士，御试第二场，试论日添试策一道"③。经义考试内容主要以阐释经书大义为主，虽以汉唐注疏本作为阐发义理的主要教材，学术源流却非汉唐旧式注疏经学，而是吸纳继承宋北方理学传统。

金代传世文献多处提到"明经"。多以为"明经"为"经义"科的别称，实则是对"明经"含义理解偏差所致。明经是金代取士科目之一，但不是进士科科目，而应归属于诸科当中。《松漠纪闻》载："又有明经、明法、童子科，然不擢用，止于簿尉。明经至于为直省官，事宰执，持笔砚。"④这是金前期科举科目设立的情况，明经及第者从事高级官员的文书管理工作。承安四年（1199），章宗下诏明确"余虽有明经、法律等科，止同诸科而已"⑤。明经科作为诸科之一，考试与取材标准，与经义进士科相差甚远。金代未有关于明经科考试内容的详细记载，从唐宋明经科的内容推断，应注重记忆出处，而非灵活运用。这与经义进士科考察阐明经典大义，并答策、论，加试时务策，要求进士对经义能够经世致用的要求相差甚远。世宗对五经出身的孙必福给予"非独迟缓，亦全不解事"⑥的评价，可以看到经义科与明经科选人的差距及在执政者心中地位的高下。

史料中确实存在"明经"一词形容经义进士的表述方法，其真实含义应为明晰通晓儒家经典大义。刘祖谦承安五年词赋、经义两科及第。王若虚为承安二年经义进士，王鹗称之为"以明经中乙科"⑦。"明经"或许应理解成为明晰经书的内在含义，即"通经之大义"之意。李仲略回复章宗是否应该罢经义科问题时，给出的理由是"经乃圣人之书，明经所以适用，非词赋比"⑧。章宗对此表示赞同。

---

① （元）王恽：《王恽全集汇校》，中华书局 2013 年版，第 3904 页。
② （元）脱脱撰：《金史》，中华书局 2020 年点校本，第 1214 页。
③ （元）脱脱撰：《金史》，中华书局 2020 年点校本，第 1217 页。
④ （宋）洪皓：《松漠纪闻》，辽海书社 1984 年影印本 1995 年版，第 209 页。
⑤ （元）脱脱撰：《金史》，中华书局 2020 年点校本，第 1217 页。
⑥ （元）脱脱撰：《金史》，中华书局 2020 年点校本，第 2251 页。
⑦ （金）王若虚：《王若虚集（上）》，中华书局 2017 年版，第 4 页。
⑧ （元）脱脱撰：《金史》，中华书局 2020 年点校本，第 2256 页。

李仲略所指的"明经"明显非指明经科,而是通晓儒家经典大义之意。

三、金代女真进士科设置、沿革及考试内容

(一)女真进士科设置和沿革

女真进士科作为本科目名称,因所试内容以"策"为主,所取进士称为"策论进士"。女真进士科的开设经过长时间的准备,表现在注重女真字学和翻译经书两方面。自天辅三年(1119)完颜希尹创制女真大字以来,熙宗自制女真小字。女真文字的推广成为金代的既定政策,设立女真字学校,教授女真子弟,女真字学中学业优良者,可直接授官入仕。世宗大定四年(1164)地位初稳之时,即命颁行女真大小字所译经书,命每谋克选二人学习。后扩大女真字学规模,选取猛安谋克平民子弟为学生,多达三千人。世宗对女真字学的重视以及儒家经典翻译的初见成效,为女真进士科开科奠定了基础。大定九年(1169),选取各地女真字学中成绩优异者百人至京师深造,授业于女真字学名家温迪罕缔达,教授译为女真文的《贞观政要》《白氏策林》《史记》《汉书》等,学习进士科考试内容诗、策等。

对于女真进士科的施行,金世宗及朝臣进行了长时间的审慎思考。大定九年,在人才培养和经典翻译工作初见成效后,枢密使完颜思敬提出了"上书论五事"。其中第一是女直人可以依汉人以文理选试,第五是亲王府官属以文资官拟注,教以女真语言文字,受到世宗赞同。[①] 大定十一年(1171),尚书省议定:

> 初立女直进士科,且免乡、府两试,其礼部试、廷试,止对策一道,限字五百以上成。在都设国子学,诸路设府学,并以新进士充教授,士民子弟愿学者听。岁久,学者当自众,即同汉人进士三年一试。[②]

这次讨论的考试程式、内容、进士授职,实际上就是大定十三年(1173)女

---

① (元)脱脱撰:《金史》,中华书局 2020 年点校本,第 1726 页。
② (元)脱脱撰:《金史》,中华书局 2020 年点校本,第 2317 页。

真进士科首次开科的基本规定。值得注意的是，女真进士科最初设置的目的主要是选拔教授女真字的教授，这与汉进士科的选官目的有很大不同。女真进士科的开设，说明女真统治者在熟悉中原汉制选士制度后，认识到如果放任少数特权阶层凭借特定优势来进用官员，只能缩小人才来源，降低官僚素质，其结果"必然引起大多数被统治者与政权疏离"[①]。因此，建立理性化用人制度是最佳选择。世宗及其重臣从传承女真文字、振兴女真文化的角度，对女真进士科抱有极大期望。从完颜思敬任职经历来看，因罢废海陵时期无功所受猛安谋克产生大量失职者，如何才能量才授用，因此提出了让女真人参加科举考试，让才能优秀的文资出身官员担任亲王官属等意见。

大定十三年（1173），以徒单镒等三十余人为对象，举行了第一次考试，得策论进士 27 人。此后因生源不足暂停。直到大定二十二年（1182），重新出现了女真策论进士记载，开科直至金末，共开科 18 次。这与有学者估计女真进士科与哀宗正大元年（1224）被迫停考、共举行 16 次考试略有不同。[②]可以确定的是，至少在正大四年（1227），仍有女真策论进士的记载。王鹗在《汝南遗事》卷 1 记载："癸末，诏左右司郎中乌库哩富森如蔡都治巴纳。"其注曰："乌库哩富森即乌古论蒲鲜，字嘉甫，正大四年策论进士。"[③]

（二）女真进士科考试内容

女真进士科考试内容初期以比较简单易于掌握的"策"为主。随着女真生源的日益充足与译经事业的发展，考试内容逐渐与汉进士科接近。大定十一年（1171），"止对策一道，限字五百以上成"。大定二十年（1180），"以徒单镒等教授中外，其学大振。遂定制，今后以策、诗试三场，策用女直大字，诗用小字，程式之期皆依汉进士例"[④]。大定二十二年之后，进士科才真正步入正轨，形成府试、会试、御试三级制度，成为与汉进士类似的入仕途径。至大定二十八年（1188），经义科复科，世宗与宰执商议女真进士科能否试经义，经过慎重考虑，

① 陶晋生：《女真史论》，台湾食货出版社 1985 年版，第 59 页。
② 张居三：《金代女真进士科》，《文史知识》2007 年第 2 期，第 63 页。
③ （元）王鹗：《汝南遗事》，商务印书馆 1939 年版，第 1 页。
④ （元）脱脱撰：《金史》，中华书局 2020 年点校本，第 1221 页。

决定"今宜于经内姑试以论题，后当徐试经义也"①。章宗即位后，"诏许诸人试策论进士举"，又对猛安谋克试进士做了更加严格的规定，不再提供直赴御试的优待政策。女真进士考试内容是用女真语翻译的汉文典籍，目的是经由推广使用女真文字来复兴女真民族文化，在女真平民中选取贤能之士。

（三）女真进士科的重要影响

女真进士科开创以女真文字为载体，儒家学说为内容的取士形式。深入观察女真进士科设立目的和意义可以形成如下认识：第一，女真统治者希冀通过开设女真进士科奖励女真文字的学习，使得女真人能够保留延续其共同的文字和语言，形成更强烈的民族认同。但女真文字所承载的文化内容并非女真本族文化，而是中原地区汉族传统的儒家伦理文化，客观上加深了女真政权的汉化程度。第二，女真进士科的重点在于从女真整体民族中选拔文治人才，并不仅限于平民或贵族阶层。尽管世宗曾经建议在考试中给予皇亲和执政大臣亲族子弟以有限的优待，但范围并不广泛。女真进士多出身于平民，进入官僚体系后改变了金政权内部权力的分配格局。第三，女真进士科的实行标志着金代理性选官途径在各族间共同施行，但从女真进士的数量来看，这似乎又不是女真人首选入仕的途径。第四，对于女真进士而言，他们兼具女真统治族群与文臣两种身份，在女真政权发展过程中呈现出重要的影响力。与通过汉进士科入仕的文臣比较而言，二者对儒家伦理观念的理解基本相同，在政治观念、政治行为、文化素质等方面也具有相当高的一致性。

本章从厘清金代进士群体构成要素入手，明确在金代特定时间和空间内，进士以学识和仕宦两个核心特征进行观念建构以实现群体身份认同。进士群体有着共同利益，并且接受儒家伦理思想作为群体特有的价值观念。自唐代进士科创立以来，历经宋、辽对进士科制度和考试内容的丰富发展，为金代进士科提供了制度上的借鉴。金代科举制度中的词赋、经义、女真进士科是金代进士群体得以形成的制度基础。建立功能完备的进士科考试制度，并且稳定贯彻执行，凸显了金代统治者建立理性化用人制度的政治理想。

---

① （元）脱脱撰：《金史》，中华书局 2020 年点校本，第 1222 页。

第二章　金代进士称谓、科次、人数考释

《金史·选举一》曰："故金取士之目有七焉。其试词赋、经义、策论中选者，谓之进士。"[①] 明确指出金代进士是通过词赋、经义、策论三科考试获得进士身份的。见于史料的金人登科记有两部：一部是《中州集》提及金人孙镇撰《历代登科记》，现已轶失[②]；一部是李世弼所作《登科记》，正文也已经亡轶，现存《登科记序》是研究金代科举的重要资料。当前学界对于金代进士研究成就和水平较高者，当推较早进入此领域的薛瑞兆《金代科举》和稍晚但内容相对更丰富的李桂芝《辽金科举研究》两部专著。两部著作对金代正史、文集、地方志及金石材料进行搜集整理后，形成了金代进士题名录。2019月5月最新发布的《中国历代进士登科数据库》共收录了1492条金代登科者信息。现有成果的共同特点是所谓"进士名录"实际包含词赋进士、经义进士、策论进士、诸科、武举、部分乡贡进士，实质上是"金代登科录"。本章在前贤研究的基础上，从金代进士内涵出发，对各类进士称谓进行辨析，明确各类进士代表的文化内涵，对金代进士科开科次数及录取人数进行考辨。

第一节　金代各类进士称谓考释

进士是科第名称或科第名位（简称科名）中最重要的一种。[③] 其所指含义在科举制的历史演变中具有很大变化。唐代进士多指州府试得解，被举送参加省试者，少数情况指代登第进士。宋代进士主要指参加进士科考试而尚未登第的应试举人，其中包括获得发解资格未中省试的应试者，还包括省试中试但未殿试登第

---

① （元）脱脱撰：《金史》，中华书局2020年点校本，第1211页。

② （金）元好问：《中州集校注》，中华书局2018年版。

③ 刘海峰：《科举术语与"科举学"的概念体系》，《厦门大学学报（哲学社会科学版）》2000年第4期，第85页。

的应试者。金代进士作为科名，大多用以指称登第进士。金初至天眷元年（1138），由两枢密院、元帅府、齐国组织的地方性选官考试中选者称之为进士，如天会二年（1124）朔州刘撝、平州刘敏行等。天眷元年（1138）始分南北选之后，至海陵王贞元二年（1154）之间所开各科通过礼部会试者称为进士。贞元二年（1154）正式开始殿试之后，"进士"一词最主要的用法是指称词赋、经义、策论三科殿试登第者以及特恩赐第进士。

一、词赋、经义、策论、策试、辞科进士考释

（一）词赋、经义、策论进士

《金史·选举一》对词赋、经义、策论三个科目产生的最高科名给出了清晰的定义，"其试词赋、经义、策论中选者，谓之进士"[①]。李世弼《登科记序》载："金天会改元，始设科举。有词赋，有经义，有同进士……凡五等。"[②]张棣《金国图经》、洪皓《松漠纪闻》也分别记载金初取士有词赋、经义两科，按榜分别录取。[③]金代词赋、经义两科取士是毋庸置疑的，但词赋、经义进士的称谓对象仍需做进一步讨论。

"进士"作为科名概念中的一种，应当来源于科举考试中的进士科或与其内涵相似的科目，那么首先应当探讨的问题是金初几次考试是否应当算作科举考试。金初有考试记载的年份有天会二年（1124）沈州榜、显州榜、平州榜、朔州榜；天会四年（1126）真定安国寺榜；天会六年（1128）燕京竹林寺、西京蔚州榜；天会十年（1132）西京白水泊之试。《登科记序》记载金初词赋于东西两京，或蔚、朔、平、显等州，或凉廷试，考试时间和地点不定，考试范围是经史。张棣记载金初有沈州榜、平州榜、朔州榜、真定榜。这两条史料结合分析，共同榜为东京地区的沈州、显州考试，西京地区的蔚州、朔州考试，平州榜考试。其中只试词赋（诗赋）的有沈州榜、显州榜、平州榜、朔州榜、西京白水泊之试；仅试经义的有真定榜；词赋、经义都试的为燕京竹林寺之试、蔚州榜。

---

① （元）脱脱撰：《金史》，中华书局 2020 年点校本，第 1211 页。

② （元）王恽：《王恽全集汇校》，中华书局 2013 年版，第 3904 页。

③ （宋）徐梦莘编：《三朝北盟会编》，上海古籍出版社 2008 年影印本，第 209 页。

　　词赋进士各榜，最早进行的当是沈州榜和显州榜，缺乏明确出自二榜进士的资料。但可以推测的是，沈州、显州属辽东京道，是金对辽战争中较早征服的地区，在对辽战争中，士人成为不可或缺的角色，在汉化水平较高的渤海大族聚居区通过考试方式选取内政、外交人才是金统治者极有可能采取的做法。天会二年（1124）进士邢具瞻，籍贯为辽西人，极有可能是出自显州榜的进士。

　　平州榜和朔州榜情况相似，都是原为辽地，降宋后又归附金地区。平州地区于天辅七年（1123）降金复叛后，又被金占领。朔州在宋金之间几度反复，后处于宗翰等女真将领的实际控制下。两地原有官员忠诚度不可信，治下汉人又急需安抚，所以握有人事权的女真将领或在汉人谋臣的建议下，或直接委托最信赖的汉人选拔地方州县官员，以增加新附地区的稳定性。在诸多的选官方式中，最为汉人熟悉的操作方式是科举考试，也是各个地区汉族士人最认同和尊重的选官方式。关于平州榜，见于史籍的进士只有刘敏行一人，"刘敏行，平州人。登天会三年进士。除太子校书郎，累迁肥乡令"①。太子校书郎一职，见于《辽史·百官志三》②，并非金代官制，可见平州榜授官因袭辽制，考试程式、科名也极有可能依照辽代规制。天会二年（1124），朔州的实际控制者是左副元帅宗翰，拥有山西诸部汉官的除授权。宗翰作为女真贵族中主张维护女真旧俗的代表人物，能够采取考试方式选拔汉官，极有可能受到身边辽朝归降汉人谋士的影响。从韩企先的经历来看，"宗翰为都统经略山西，表署西京留守"③。宗翰天会元年（1123）任西南、西北两路都统，正是在此期间，上表请韩企先为西京留守，所以才有以宗翰名义进行的朔州试。天会二年（1124），确定为朔州榜登第进士只有刘撝，除此之外张辅、杨晖、张国祯也可能为朔州榜进士。杨晖，山西浑源人；张国祯，山西孟县人，此二人《（光绪）山西通志》记为天会二年（1124）进士，不见于其他史料记载。④张辅，宣化人，据其父张世本墓志记载："次子辅，天会二年进

① （元）脱脱撰：《金史》，中华书局 2020 年点校本，第 2914 页。

② （元）脱脱撰：《辽史》，中华书局 2016 年点校本，第 885 页。

③ （元）脱脱撰：《金史》，中华书局 2020 年点校本，第 1889 页。

④ （清）曾国荃修，王轩、杨笃等纂：《（光绪）山西通志》卷 15《贡举谱二》，光绪十八年本影印版，第 2 页。

士及第。"①宣化张氏从辽入金世袭延续清晰，宣化辽时归属于归化州，入金属西京路，与朔州距离较近，所以推测张辅为朔州榜进士。

天会十年（1132）的白水泊之试，只试词赋，不试经义。天会六年（1128），刘彦宗去世后，宗翰促成燕京与云中枢密院合并一事，华北地区基本在其控制之下。②从天会十年白水泊之试史料记载的7位进士来看，籍贯包括宛平、丰州、磁州、燕、真定、浑源，基本范围是河北、山西地区，因此可以确定本次考试仍然是负责华北地区的燕云枢密院对下辖区域汉官的一次选拔。

仅试经义进士榜次，李世弼认为："经义之初，诏试真定府，所放号七十二贤榜。"③观察这一榜的区域范围为真定，即刚从北宋手中夺取的河北汉地。将此次考试归结为经义科的首科似乎不够令人信服。从试题来看，"上皇无道，少帝失信"难以与任何一部经典联系，不符合经义科的出题规范。应试者不是自愿应考，而是在被押赴安国寺对策，无奈之下只能"承风旨，极行诋毁"。考试目的不是甄选人才，而是逼迫新占领区汉族士人明确表达效忠新朝的政治态度，与科举考试程式不合。所考者七十二人，遂自号"七十二贤"，并未通过考试选拔出合乎才学标准的进士，而是这些人似乎都在某种程度上过关，其中唯一一位留下姓名的状元许必堕马而死，其余人没有一位被史书所记载。从这些情况来看，安国寺之试作为经义科首科实在难以令人信服，而所谓"七十二贤"也难以作为进士考量。

词赋、经义两科俱有的天会六年（1128）的燕京竹林寺、西京蔚州试应为一次考试，只是在对宋战争仍在继续的情况下，由实际控制两地的枢密院具体操作。天会五年（1127），太宗下诏："河北、河东郡县职员多阙，宜开贡举取士，以安新民。其南北进士，各以所业试之。"④这道诏书是专门针对河北、河东郡县阙员情况做出的指示。第二年，河北地区军事行政机构燕京枢密院在刘彦宗的主导下进行了竹林寺之试，河东地区云中枢密院在韩企先、时立爱等人的主导下进行了蔚州试。这两次考试有共同的特点：第一，考试内容趋同，都是北人（原辽统治

---

① 《张世本墓志铭》，参见王新英《全金石刻辑校》，第160页。
② 李涵：《金初汉地枢密院试析》，《辽金史论集》第4辑，书目文献出版社1989年版，第185页。
③ （清）张金吾：《金文最》，中华书局1990年版，第652页。
④ （元）脱脱撰：《金史》，中华书局2020年点校本，第63页。

区）试词赋（诗赋），两河人（原宋统治区）试经义。第二，经义第一为忻州人孙九鼎，从籍贯来看应参加蔚州试。词赋第一为赵洞，未载其籍贯，难以判断其为哪一地区的词赋状元。但天会六年进士相关文献记载中，只有此二人。第三，天会五年宗望去世后，燕京、云中两枢密院有逐渐合并的趋势，天会六年的官员选拔考试也反映出金在燕云地区局势逐渐稳固之后，对官员选拔标准的统合。

金初天会年间的诸次考试的实质是选拔地方官员，安定新附地区的选官，处于"无定期、无定制、无定数"阶段，严格意义来说不是真正意义上的科举。[1]尽管只是借鉴辽宋科举的方法，还未有金代自身制度内容，但已经在选人思想上向科举取士的方向迈进。从天会二年（1124）各地区分别考试、分别榜次，到天会六年（1128）不同地区统一考试内容，统一榜次，再到天会十年（1132）统一地区考试，可见金统治者在对选官制度进行思考与选择过程中，最终认可了科举选拔人才方式。金初的词赋、经义进士很难按照严格的进士科选人标准去衡量，应该对这一时期的进士理解为金代赋予支持其统治的以汉人为主体各族士人一种称号和身份。这种身份使得原辽宋统治区域内的汉族士人，增强对金代统治的政治与文化认同。金熙宗天眷元年（1138）正式下诏南北选各以词赋、经义两科取士之后，经过海陵王设殿试、更定时期、并南北选、定贡举程式条理格法等一系列改革，经义进士、词赋进士才成为真正科举制意义上的金代进士。

策论进士是女真进士科及第者，出现于大定十三年（1173）。关于策论进士是否能给予进士资格，金代经过一番讨论：

> 初议以时务策设女直进士科，礼部以所学不同，未可该称进士，诏（移剌）履定其事，乃上议曰：'进士之科，起于隋大业中，始试以策。唐初因之，高宗时杂以箴铭赋诗，至文宗始专用赋。且进士之初，本专试策，今女直诸生以试策称进士，又何疑焉。'世宗大悦，事遂施行。[2]

从时间来看，讨论当在女真进士科开科之前。问题的焦点是，仅试策过于简

---

① 李桂芝：《辽金科举研究》，中央民族大学出版社 2012 年版，第 138 页。
② （元）脱脱撰：《金史》，中华书局 2020 年点校本，第 2228 页。

单，不符合进士科考试的标准。时任礼部尚书当是杨伯雄（大定六年—十二年）或张景仁（大定十三年以后）。杨、张皆为皇统二年（1142）词赋科进士，对进士科考试内容和程式非常熟悉，提出的异议就是策论考试科目少且题目容易，达不到进士科标准，不应该给予进士资格。耶律履熟悉科举制度的沿革历史，为世宗找到了回复礼部质疑的历史依据，奠定了女真进士科的地位。女真进士科在发展过程中逐渐增加难度，逐渐缩小与词赋和经义科的差距。策论进士在考试、授官、迁转过程中有着严格的规定，进士身份受到时人和后世史家的充分认可。

（二）策试进士、辞科进士

《金史·选举一》载："金设科皆因辽、宋制，有词赋、经义、策试、律科、经童之制。"① 海陵王天德三年（1151）"罢经义、策试两科，专以词赋取士。"② 按这两条史料记载，策试科应为金代取士科目，按照科名命名方式，应当有策试进士存在。且《金史·选举二》提到："二十六年格……策试进士，初录事、防判、二、三、四、五上令。其次，初上簿，二中令，三、四、五上令。又次，初中簿，二下令，三中令，四、五上令。"③ 大定二十六年（1186）对进士授官迁转的律格规定中，还有对"策试进士"迁转的规定。但现存金代文献中，并没有发现以策试科登第的进士。考辽、宋科举科目中，也并未存在策试这一科目。

从"策试"一词的起源考查，策试是汉代考察地方郡县选举至朝廷的贤良、方正、文学士人的内容和方法。唐代策试是取士科目中的一项考试内容，如明经试时策，进士试时务策五道，开元礼、三传、史科试策三道。④ 唐人封演对进士科试时务策有更为细致的说明："（进士）策问五道，旧例：三通为时务策，一通为商，一通为征事；近者，商略之中，或有异同。大抵非精博通赡之才，难以应乎兹选矣。"⑤ 唐代试策内容和形式体制是"以文取士"制度所致，面对当前紧要的现实问题，重在给出切实可行的办法。⑥ 宋代取士科目中进士试策五道，神

① （元）脱脱撰：《金史》，中华书局 2020 年点校本，1130 页。
② （元）脱脱撰：《金史》，中华书局 2020 年点校本，第 1134 页。
③ （元）脱脱撰：《金史》，中华书局 2020 年点校本，第 1242 页。
④ （元）马端临：《文献通考》，中华书局 2011 年版，第 827 页。
⑤ （唐）封演：《封氏闻见记》，中华书局 2015 年版，第 15 页
⑥ 陈飞：《唐代进士科"策体"发微》，《文学评论》2014 年第 5 期，第 195 页。

宗熙宁二年（1069）后，"议更贡举法，罢诗赋、明经诸科，以经义、论、策试进士。"①辽代常举科目主要有进士科、明经科和律学科。进士科多试诗赋题，没有发现辽朝科举中有试策的记录。从唐宋科举情况来看，可以确定的是科目当中无"策试"科，但有"策"的考试内容存在于科举诸科目当中。

金代进士、经义、策论三个进士科目中都有"策"的考试内容。词赋科试赋、诗、策、论各一道。经义进士试所治一经、策、论各一道。策论进士最初每场策一道，五百字以上成。大定十三（1173）年八月"策试进士于悯忠寺"②，指明首次女真策论进士的考试地点是悯忠寺及考试内容为"策"。海陵王天德三年（1151）"罢经义、策试两科，只以词赋取人"的记载应当理解为，海陵王出于维护自身统治地位的现实需求，取消了经义科科目以及词赋科目中的"策"，只留下"诗""赋"两个考试内容。所以在大定十九年（1179）平章政事唐括安礼上奏世宗："士人不以策论为意者，正为此尔。宜各场通考，选文理俱优者。"世宗对此给予肯定并要求："并答时务策，观其议论，材自可见。"③此处说明海陵王天德三年后的进士科考试中，缺乏策、论相关内容，所以士人才不以策论为意，也是世宗要去增加时务策内容的原因。

大定二十六年（1186）格中，"策试进士"授职迁转内容，应当源于世宗所要求增加时务策的诏令。金代进士及第即授官，不需要再经历唐代吏部"关试"或辽代"释褐授官"④的过程。大定二十二年（1182），世宗要求"敕进士章服后，再试时务策一道，所谓策试者也。内才识可取者籍其名，历任后察其政，若言行相副则升擢任使。是年九月，复诏今后及第人，策试中选者初任即升之。"⑤在二十三年、二十六年都执行了世宗的诏令。词赋取士重视格律，进士擅长写作制诰诗赋等文体，却对时事和实务缺乏关注。所谓"策试进士"就是指要求对词赋进士及第者加试时务策，以时务策的等级确定进士初授官职的高低。因此，金代进士各科目中，没有所谓的"策试进士"。《金史·选举一》没有对"策试"作为

---

①（元）马端临：《文献通考》，中华书局 2011 年版，第 906 页。

②（元）脱脱撰：《金史》，中华书局 2020 年点校本，第 578 页。

③（元）脱脱撰：《金史》，中华书局 2020 年点校本，第 1225 页。

④ 高福顺：《科举与辽代社会》，中国社会科学出版社 2015 年版，第 217 页。

⑤（元）脱脱撰：《金史》，中华书局 2020 年点校本，第 1241 页。

各科目考试内容，以及词赋及第进士的时务策考试决定授官等级进行辨析，给人以金代有"策试科"和"策试进士"的印象，以至于容易引起"策试进士"是"策论进士"误写的错误理解。

辞科进士仅见于《凤台县志》记载宋雄飞事迹：

> 宋雄飞，字云翔，真定人。由辞科进士任刑部检法司，出为通判郡事。明习法律，州有疑难诸狱，多所匡正。暇日与同僚游赏胜地，每得佳句，辄书于壁，书法遒劲可爱。仕至同知汾州事。①

《凤台县志》记载宋雄飞字为云翔，有误。据崇庆二年（1213）宋雄飞在泽州石刻诗后题记"崇庆癸酉孟下中旬，和安居士宋雄飞翔霄题，监场卢仔、监酒赵璧上石"②来看，宋雄飞字翔霄，而非云翔。薛瑞兆将宋雄飞归入律科中，认为"当是律科出身"③。从宋雄飞任职"刑部检法司""明习法律"来看，认为其出身律科是合理的，但仔细考证则尚有存疑之处。金代并无"刑部检法司"一职，只有"左三部检法司""右三部检法司"，宋雄飞最初授官任职刑部，当为"右三部检法司"。"检法，从八品，二十二员。"④右三部检法司检法是从八品官职。金代律科及第授官依据正隆元年（1156）格，初授将仕郎，皆任司候。大定十四年（1174）格，律科及第者授从九品下将仕佐郎。明昌五年（1194）"制仕二十六年之上者，如该廉升则注县令。"⑤金代律科授职迁转是比较严苛的，授官品阶低，且升迁年限漫长。文资官以进士为优，以大定十三年为例，进士第二甲以下，旧授从仕郎（从八品下），更为将仕郎（正九品下）。从授官来看，进士仅比律科高出一级，但进士迁转第二任或者第三任就可以注下令，而律科最快需要二十六年

---

① （清）姚学甲纂修，陈继三续纂：《凤台县志》卷5《宦迹》第四册，晋城县人民政府铅印本1983年版，第21页。

② （清）胡聘之：《山右石刻丛编》卷23《宋雄飞题诗碣》，清光绪二十七年刻本影印版（第二十二册），第41页。

③ 薛瑞兆：《金代科举》，第252页。

④ （元）脱脱撰：《金史》，中华书局2020年点校本，第1318页。

⑤ （元）脱脱撰：《金史》，中华书局2020年点校本，第1245页。

注县令。宋雄飞相关石刻最早见于章宗泰和元年（1201）三月十一日在陕西眉县观村老君庵的诗刻。①从诗作的年代来判断，宋雄飞主要任官时间当在大定后期至卫绍王时期。崇庆元年（1212）三月时任泽州同知的宋雄飞与李肯播等一行六人到高平开化寺游玩。②同年五月十五日，宋雄飞"承乏本路宪司，吏秩踰满，蒙恩叨忝郡事"。崇庆元年，任职同知汾州事。③汾州为刺史州，"同知一员，正七品，通判州事"④，与宋雄飞仕至同知汾州事相契合。

"辞科进士"仅见于宋雄飞一人，作为单独科目授予的进士显然不能成立。通过对宋雄飞生平和授官的考察，宋雄飞进士授官为正九品，升迁至从八品"右三部检法"，最后升任至正七品"同知汾州事"，中间大约经历了十二年左右时间，按照金代中后期按资升迁的常例是比较正常的。如果是律科出身，按照升迁最快的明昌五年格，要经过二十六年才能注授县令，很难仕至正七品同知汾州事。因此宋雄飞律科出身的可能性较小，辞科也就不能作为律科来理解。

进士作为金代士人最推崇的文资官身份，有其特定的表述规则，不能混淆使用。宋雄飞交往士人中包括李仲略子李肯播等地方名流和官员，相邀出游，在各地留下了石刻诗作，作品生动细腻，为人赞誉，因此更倾向宋雄飞为词赋进士。

二、特恩赐第进士考释

《金史·选举一》载："又有特命及第者，谓之特恩。"⑤金之"特恩"，与晚唐、五代时期之"赦赐及第"⑥、宋之"赐进士第"⑦、辽之"特恩赐第"的内涵一致。金代特恩赐第进士是指通过由皇帝直接赐予进士身份，而非通过正常进士科考试程序取得进士资格者。特恩赐第与恩榜不同，虽均为朝廷对文才之士的特殊恩典，但在施行目的、操作方式、授官标准等方面有很大差别。从施行目的来看，金代

---

① （清）沈锡荣：《眉县志》，陕西图书馆铅印本 1910 年版，第 256 页。
② 赵魁元，常四龙：《高平开化寺》，中国文联出版社 2010 年版，第 48 页。
③ （清）朱樟：《泽州府志》，凤凰出版社 1991 年版，第 283 页。
④ （元）脱脱撰：《金史》，中华书局 2020 年点校本，第 1399 页。
⑤ （元）脱脱撰：《金史》，中华书局 2020 年点校本，第 1214 页。
⑥ （五代）王定保：《唐摭言》，上海古籍出版社 2012 年版，第 64 页。
⑦ （元）马端临：《文献通考》，中华书局 2011 年版，第 297 页。

恩榜与宋之特奏名相似，都是对在最高级考试中落第之人的特殊照顾安抚，给落第举子做官机会，为士人保留希望。而特恩赐第目的更加多元，如给重臣赏赐进士资格作为奖励，或者根据各级官员推荐奖励朝廷提倡的各种道德品行，或对士绅阶层某些有利于国家的行为给予褒奖。从操作方式来看，恩榜具有制度性，需要经过各级考试程序，符合年纪、参加科举次数等条件要求，在正榜之后，被赐予出身或者官职。特恩赐第不需要参加考试，没有固定标准，凭皇帝喜好进行，对象也比较广泛。从授官标准来看，恩榜进士授官要较正榜进士低出很多，"女直人迁将仕，汉人登仕，初任教授，三十月任满，依本格从九品注授"①。这个标准基本上与律科、经童等诸科授官标准相同，与正科进士差距非常大。特恩赐第者，原本具有官职者居多，赐进士身份作为进一步升迁的政治资本。金代特恩赐第者进入宰执集团有张浩、胥持国、完颜匡等，出任省部官、台谏官、地方长官者甚多，完全融入金代官僚机构中，与正科进士一并升迁，远非恩榜出身者可比。金代恩榜延续宋代特奏名制度安抚困于科场落第士人之意，而特恩赐第则是将代表文资官最优的入仕管道运用皇权直接给予特制重要的人才，本质上体现出统治者对文治的认同。

金代特恩赐第类别较多，最具特点的是为受到皇帝重用的身居高位者特赐进士第，又要将其赐入到某科进士当中。清人赵翼对金代特恩赐第有明确论述：

> 金制已为显官特赐进士者，又必定为某科进士。如移剌履，明昌初礼部尚书兼翰林直学士，特赐大定三年孟宗献榜下进士及第。韩锡天德中为尚书工部员外郎，特赐胡砺榜下及第。胥持国拜参知政事，特赐孙用康榜下进士及第是也。②

移剌履（耶律履）为东丹王后裔，学识渊博，受世宗、章宗倚重，官至礼部尚书、参知政事、右丞。《金史·移剌履传》载：大定二十九年（1189）三月，

---

① （元）脱脱撰：《金史》，中华书局 2020 年点校本，第 1243 页。
② （清）赵翼：《陔馀丛考》中华书局 1963 年，第 589 页。

移剌履"进礼部尚书，兼翰林直学士，赐大定三年孟宗献榜下进士及第"①。元好问《中州集》载："入翰林，为修撰，历直学士、待制，礼部尚书。特赐孟宗献榜进士第。"② 以此推断，移剌履特赐进士当在大定二十九年（1189）任礼部尚书，非赵翼所说明昌初。赐进士原因则是章宗为感谢其"预淄王定策功，拜参知政事"，特赐大定三年榜进士，且赐年资二十六年，为其成为宰执官提供更加显耀的资历。胥持国经童出身，章宗明昌四年（1193）遽升至参知政事，特赐孙用康（皇统六年词赋状元）榜下及第，赐第同时赐年资四十七年，为胥持国任职参知政事，进尚书右丞积累足够的资历。

还有因功劳显著受到皇帝以进士资格作为特殊赏赐。曹望之担任户部员外郎期间，及时为镇压撒八契丹群牧反抗转运甲仗，以及在一日内完成为攻宋军队运米八十万斛由蔡水入淮两大重要任务。契丹诸部群牧反金在正隆六年（1161）五月，海陵王伐宋在正隆六年九月。③ 曹望之出色地完成这两个重要任务后被海陵王提升为户部侍郎，同时正隆六年被特赐进士身份。

给予功勋卓著的重臣子弟以特恩赐第殊荣，作为优抚功臣重要手段。贞元二年（1154），张汝霖被"赐吕忠翰榜下进士第，特授左补阙，擢大兴县令，再迁礼部员外郎、翰林待制"④。海陵王赐张汝霖进士及第，原因在于其父张浩顺利完成扩建燕京城的重任，同时也作为笼络辽东渤海大族的手段。刘仲诲，刘彦宗孙，刘筈子，"皇统初，以宰相子授忠勇校尉。九年，赐进士第，除应奉翰林文字"⑤。刘迎"显宗特亲重之"，章宗即位后，录旧学之劳，赐其子刘国枢进士第。⑥ 特赐功臣子弟为进士在金前期较为常见，中期以后数量有所减少。

金代常见各级官员举荐贤能之士被特恩赐第。"明昌三年（1192），尚书省奏'翰林侍读学士党怀英举孔子四十八代孙端甫，年德俱高，博通古学。济南府举魏汝翼有文章德谊，苦学三十余年，已四举终场。蔚州举刘震亨学行俱优，常充

---

① （元）脱脱撰：《金史》，中华书局 2020 年点校本，第 2238 页。
② （金）元好问：《中州集校注》，中华书局 2018 年版，第 2338 页。
③ （元）脱脱撰：《金史》，中华书局 2020 年点校本，第 128 页。
④ （元）脱脱撰：《金史》，中华书局 2020 年点校本，第 1983 页。
⑤ （元）脱脱撰：《金史》，中华书局 2020 年点校本，第 1885 页。
⑥ （金）元好问：《中州集校注》，中华书局 2018 年版，第 538 页。

举首。益都府举王枢博学善书，事亲至孝。'敕魏汝翼特赐进士及第，刘震亨等同进士出身，并附王泽榜"①。金章宗明昌三年（1192），集中特赐一批由包括中央和地方官员推荐的各地品德学问称道于世的士人，表示朝廷重视文教之意，获得了士人的认可。直到金末一直执行特恩赐第政策，作为笼络士人的手段。如王革正大中以六赴廷试赐出身，有呈同年诗"孤身去国五千里，一第迟人四十年"②表达对迟来进士身份的感慨。

特赐进士资格还给予纳粟入官、殁于王事之类对朝廷有特殊贡献者。更有甚者，皇帝凭借权力，随意将进士称号赐予不符资格之人。但总体来讲，这几种情况在金代并不常见。金代诸帝对特赐进士持谨慎态度，遵循文资官以进士为尊的原则，将特恩赐进士资格授予文才出众之士，体现了文治对金代政治理念的深层影响。现存史料中记载金代特赐进士74人，具体情况见附录一。

三、"前进士"考释

（一）金代史料中的前进士

"前进士"称谓最早见于唐朝史籍。《旧唐书·昭宗本纪》载：昭宗天祐元年（904）六月"前进士姚顗为校书郎，前进士赵颀、刘明清、窦专并可秘书省校书郎正字"③《新唐书·郑从谠传》也载："前进士刘崇鲁推官"④胡三省注《资治通鉴》"前进士刘崇鲁"条载："进士及第而于时无官，谓之前进士。"⑤唐人对于"前进士"称谓已有讨论。王定保《唐摭言》引李肇《国史补》"得第谓之'前进士'"观点，随即指出其不准确："近年及第，未过关试，皆称'新及第进士'，所以韩中丞仪尝有'知闻近过关试仪'，以一篇纪之曰：'短行纳了付三铨，休把新衔恼必先，今日便称前进士，好留春色与明年。'"⑥也就是说，举子进士及第之后，需要通过吏部关试，之后才能称其为"前进士"，指代获得吏部铨选资格，但还

① （元）脱脱撰：《金史》，中华书局 2020 年点校本，第 242 页。
② （金）元好问：《中州集校注》，中华书局 2018 年版，第 1951 页。
③ （后晋）刘昫：《旧唐书》，中华书局 1975 年版，第 781 页。
④ （宋）欧阳修、宋祁：《新唐书》，中华书局 1975 年版，第 5063 页。
⑤ （宋）司马光：《资治通鉴》，中华书局 1956 年版，第 8222 页。
⑥ （五代）王定保：《唐摭言》，上海古籍出版社 2012 年版，第 3 页。

未正式被授予官职的守选者。唐人对"进士"与"前进士"的称谓区分明确，如袁郊《甘泽谣·陶岘》载："客有前进士孟彦深、进士孟云卿、布衣焦遂，各置什妾共载。"① 《东观奏记》载："贬前乡贡进士杨仁赡为康州参军，驰驿发遣。仁赡女弟出嫁前进士于璘，纳函之朝，有期国恤，仁赡不易其日。宪司纠论，遂坐贬。"② 可见，唐人叙事过程中对乡贡进士、前进士身份给予明确区分。至于进士及第后，如果重游自己刻石留名之处，还要重新加上"前"字，以示身份不同往日。③ 因此，唐代"前进士"有明确的时间范畴，即及第进士通过吏部关试后，到正式授官前这段时间的称呼。

宋代"前进士"称呼在正史记载中不常见。《宋史·雷德骧传》载："令其兄前进士偁书写之。"④ 前进士刘偁为弟刘伟造伪印得试送铨的事件亦载于《续资治通鉴长编》。⑤ 单从这一事件的记载中，难以判断刘偁"前进士"身份的具体含义。《长编》又载："今流内铨以前进士开封李肃拟保顺军节度掌书记，有违元制，准格下。"⑥ 前进士李肃依格授官，当为进士及第后，经过守选过程的初授官职，因授予官职高于原有规定，所以以门下省将授官拟议驳回。李肃授官在太祖乾德五年（967）三月，刘偁伪造印在太祖开宝六年（973）六月。宋太祖时期承五代后唐之制，关试合格，才能释褐授官。至太宗太平兴国二年（977）下诏："亦既策名，即令释褐，不限选调，皆授以官，隆儒之风，可谓至矣。"⑦ 自此宋进士殿试及第即释褐授官，"前进士"一词成为及第进士授官后的一种自谦称谓。赵湘淳化三年（992）三月，登孙河榜进士第，四月，解褐授庐州庐江尉。淳化四年（993），做《王象支使甬上诗集序》自署"是月二十五日，前进士南阳赵湘序"，同年所作《送驾部刘侯赴阙诗并序》载："前进士赵湘始仕为庐江尉，走公庑下，幸为公

① （唐）袁郊：《甘泽谣，引自唐五代笔记小说大观（上册）》，上海古籍出版社 2000 年版，第 536 页。

② （唐）裴庭裕：《东观奏记（上卷）》，中华书局 1994 年版，第 95 页

③ （五代）王定保：《唐摭言》，上海古籍出版社 2012 年版，第 28 页。

④ （元）脱脱撰：《宋史》，中华书局 1985 年点校本，第 9454 页。

⑤ （宋）李焘：《续资治通鉴长编》，中华书局 2004 年版，第 303 页。

⑥ （宋）李焘：《续资治通鉴长编》，中华书局 2004 年版，第 192 页。

⑦ （清）徐松辑：《宋会要辑稿·选举》三之四《贡举杂录》，第 4263 页。

所知。"① 赵湘初授官职，为诗友和上司撰写文章不便自署官职，以"前进士"自称既凸显进士的文化内涵，又谦虚恭谨。陆游《入蜀记》载："新修未毕，有一碑，前进士曾华旦撰。"② 曾华旦是皇佑元年（1049）冯京榜进士。③ 陆游称北宋进士为"前进士"，其中蕴含时间上的前朝之意，似不是指关试后守选之意。随着宋代取消关试，增加殿试，宋代"前进士"含义较唐代有很大的变化，从关试守选期间称呼及第进士的特指称谓，到进士自称，后又增加时间内涵，这些变化对金代"前进士"称谓内涵变化有重要影响。

辽代存在"前进士"无疑，但史料较少，现存有"前进士"称谓者仅有郝云④、张嗣宗，"故前进士"王景运、郑弘节。⑤ 高福顺认为辽代科举制度承唐制，辽代"前进士"内涵与唐朝"前进士"之内涵应基本相似，是指贡生或举生进士擢第之后，释褐之前之进士称谓。⑥ 王昕认为从四位现存进士都有官职来看，与"进士及第而于时无官"的"前进士"定义不符合。⑦ 从现存史料来看，难以判断辽代是否进士及第后有守选的定制，但从两位"故前进士"的生平和身份来看，二人去世前具有较高品级的官职，墓主人是辽代进士出身汉人名臣张俭之婿，"前进士"身份更能凸显张氏家族的文化特质。以此观之，无论辽代是否有释褐试，"前进士"都是一种受人尊重的身份。由唐到辽、宋，"前进士"称谓的变化体现了历史书写的演变与发展，对金代"前进士"的内在含义有着不同程度的影响。

《金史》没有"前进士"记载，应当与金代进士及第即授官，不需要守选有关，所以没有官方"前进士"称呼。搜检金代史料，在大量石刻、墓志中存在"前进士"称谓，具体情况如下：

---

① 傅璇琮、祝尚书：《宋才子传笺证》，辽海出版社2011年版，第110—111页。
② （宋）陆游：《渭南文集》卷48《入蜀记第六》，景印文渊阁四库全书，台湾商务印书馆1986年版，第1163册，第683页。
③ （清）沈定均：《漳州府志》，中华书局2011年版，第555页。
④ 向南：《辽代石刻文编》，河北教育出版社1995年版，第93页。
⑤ 向南：《辽代石刻文编》，河北教育出版社1995年版，第268页。
⑥ 高福顺：《科举与辽代社会》，中国社会科学出版社2015年版，第140页。
⑦ 王昕：《辽代殿试考辨》，《文史哲》2018年第1期，第164页。

表2-1　金代史料中的"前进士"统计表

序号	姓名	籍贯	登第时间	任职	主要事迹	文献来源
1	李桌	京兆府	正隆二年前	—	撰《京兆府重修庙学记碑》	《全金石刻文辑校》，第101页
2	赵稷	山西陵川	大定三年前	—	撰《龙岩寺碑》	《全金石刻文辑校》，第122页
3	冯长吉	—	大定十五年前	—	撰《济源县重修岱岳庙记碑》（薛书认为正隆年间 前朝进士）	《全金石刻文辑校》第190页
4	贾绰	山西铜鞮	大定十五年前	—	撰《灵岩院敕黄记》（薛书认为正隆年间 前朝进士）	《全辽金文》第1659页。
5	屈师古	钧州	大安三年前	儒林郎濬州司候	为《钧州重修至圣文宣王庙碑》书丹	《八琼室金石补正·钧州重修至圣文宣王庙碑》，引自《辽金元石刻文献全编》一，第97页
6	王去非	平阴	大定十四年前	—	撰《清凉院敕牒碑》《博州新修庙学记碑》	《全金石刻文辑校》第186页。
7	刘瑾	宣德州文德县	大定十六年前	修武校尉	撰《刘中德墓志铭》《刘中德夫人王氏墓志铭》	《全金石刻文辑校》第203页

从金代石刻搜检出八位"前进士"，都是撰文或书丹后署名自称。金代殿试及第即授官，不需要进行关试或释褐试，也不需要守选等待，"前进士"自然不是及第进士之后到授官前这段时间的称呼。有学者认为金代石刻中的前进士是指在署名之前某科次中的及第进士。如《金代科举》认为冯长吉、贾绰大定十五年（1175）撰文，自称"前进士"应为海陵朝进士，靳子昭当在大定登第，屈师古当在泰和六年前登第。[①] 或者从进士所授散官官品和实职来判断"前进士"的具体身份。如裴兴荣认为刘瑾为修武校尉，从官职来看应为武举。[②] 这两种判断"前

---

① 薛瑞兆：《金代科举》，第118、148、180页。
② 裴兴荣：《金代科举与文学》，中国社会科学出版社2016年版。

进士"身份的方法有一定道理，但也各有问题。通过词赋、经义、策论三个科目的殿试（金前期为会试）即称为进士，授官后以官职相称呼。不需要加"前"字表示不是当前科次登第，而是之前某科次登第，所以在官方文献中不见以"前进士"称呼进士的记载。八位"前进士"都是自称，说明他们可能仅仅是有与"进士"关系紧密的身份，但不能自称进士，很有可能还没有获得及第进士身份。八人中李橐、冯长吉、贾绰、赵稷、王去非六人无官职仕宦经历，靳子昭、屈师古、刘瑾三人有官职和官品。冯长吉、贾绰、赵稷无法判断其具体身份。

王去非《金史》列入隐逸传："尝就举，不得已即屏去……大定二十四年卒，年八十四。"[①] 王去非生卒年为 1110—1184 年，经历了金前期和中期。《金史》记载其并未及第，以家居教授为业，当是在地方有威望的乡绅耆老，被族人和弟子尊称为醇德先生。[②] 王去非虽未进士登第，但却交游广泛，"士大夫闻先生之风，过者比见，居中必式焉"，是乡贤表率。王去非在大定十四年（1174）撰《清凉院敕牒碑》自称为"前进士"，而在大定二十一年（1181）撰《博州新修庙学记碑》时署名"石陕王去非记"。清凉院为寺院，寺院僧人私人请托地方名士撰文，所以依据撰者署名习惯，将自己最为看重曾经参加礼部会试资历，延续宋人称"前进士"做署名谦称的习惯撰写碑记落款。《博州新修庙学记碑》是王遵古任职博州主持修建庙学时所撰碑文，由王去非撰文，王庭筠书，党怀英篆额。此时王庭筠、党怀英都是进士及第多年，身居显职且有文坛盛名，是带有官方教化意义的撰文行为，所以省去官职和进士身份，仅书写姓名籍贯。

李橐生平经历不可知，从京兆府重修庙学记碑文有"学正来昌国帅其徒请记于橐"[③] 记载来看，李橐应是当地较高声望学问的名师宿儒，所以请其撰文，与王去非情况相似，因为某些原因没有通过殿试考试，所以自称"前进士"。赵稷、冯长吉、贾绰也可能归结为此类"前进士"，即没有获得词赋、经义、策论殿试及第进士身份，但可能已经通过礼部会试，所以依照唐宋旧俗，在非官方场合自称"前进士"，以表明文化意义上的身份象征。

---

① （元）脱脱撰：《金史》，中华书局 2020 年点校本，第 2901 页。
② 王新英：《全金石刻文辑校》，吉林文史出版社 2012 年版，第 286 页。
③ 王新英：《全金石刻文辑校》，吉林文史出版社 2012 年版，第 101 页。

靳子昭、屈师古二人有官职，又自称"前进士"。金代进士及第即授官，靳子昭明昌间任职朝散大夫、景州刺史，金制刺史为正五品，掌同府尹兼治州事，朝散大夫为从五品中。^①按照金代官员正常迁转自进士及第授官从八品下从仕郎，迁转到从五品中朝散大夫也至少需要十五年左右。靳子昭最初授官为邑主簿，至明昌二年（1191）"靳老余绪复稔闻"^②，推断其登第时间当在大定初年前后，自称"前进士"应与宋人自署"前进士"意义相同。屈师古为儒林郎，任职濬州司候，儒林郎为从七品，诸防刺州司候，正九品。进士初授官职为司候者，《金史》屡有记载，如张岩叟"大定十九年进士，调葭州司候判官"^③。从任职推测屈师古应进士及第不久，自称"前进士"以表达进士身份。

刘瑾大定十六年（1176）撰写《刘中德墓志铭》时，署名修武校尉、"前进士"族侄瑾撰写。大定十七年（1177）撰写《彭城郡夫人王氏墓志铭》时署名修武校尉、前霸州商酒都监族侄瑾撰。时间相差一年，二者称谓不同。修武校尉为从八品上，属于武散官较低阶品。泰和三年才有武举及第、中等迁修武校尉的规定，在大定年间并无此制，且武举需要首充亲军，不能任职霸州商酒都监。因此刘瑾是武举称"前进士"明显不符合金代武举任官规定。刘瑾称"前进士"可作此推测，以待新史料求证。大定十六年开科，刘瑾获得参加会试资格，所以大定十六年自称"前进士"，但在会试或者殿试中失利，未能登第，通过荫补或其他方式任职商酒都监一职。

金代石刻史料中的"前进士"可分为两种：一种是有实际官职，基本能判定为进士出身者，署名"前进士"延续宋代士人自谦的做法，自称"前进士"即能表达进士身份，给人不以官职为意的谨慎表现。另一种没有记载实际官职，无法判定其进士身份，可能参加或通过礼部会试，未通过殿试获得及第进士身份者，以"前进士"自称，完全成为一种知识身份的象征。清代毕沅对此给出解释"盖金制凡试有司者皆得谓之进士"^④。

---

① （元）脱脱撰：《金史》，中华书局2020年点校本，第1399页。

② （清）郭元釪编纂：《御订全金诗增补中州集》卷51《翟升》，钦定四库全书影印版，第12页。

③ （元）脱脱撰：《金史》，中华书局2020年点校本，第2275页。

④ （清）毕沅编纂：《山左金石志》卷19，引自国家图书馆善本金石组编《历代石刻史料汇编》第11册，北京图书馆出版社2000年版，第641页。

（二）蒙元史料中的"前进士"

蒙元时期，金遗民中的进士习惯在著作中自称或他称"前进士"，这是一种完全不同于以往的"前进士"概念。在原来"及第进士"这一含义之外，又增加了时间概念，即指代前朝及第进士。在蒙元时期，"前进士"一般指代金或南宋灭亡后生活在蒙元的进士。蒙古灭金后，"前进士不殁于兵，不莩于野，不殒于沟壑者固少"①。战乱中幸存下来的金进士以"前进士"自称，选择继续服务于蒙元政权，或者隐居乡里著书立说以存续文化。蒙元时期"前进士"是金代及第进士，现将蒙元时期史料中记载"前进士"的情况整理如下：

表2-2 蒙元史料中"前进士"统计表

序号	姓名	籍贯	登第时间	任职	主要事迹	文献来源
1	孟攀鳞	云内	正大七年	金陕州通判、灵台令、尚书省令史。入蒙元，陕西帅府详议官，翰林待制、同修国史	祖父孟鹤、父孟泽民皆金进士。入蒙元任职京兆路提举学校官，	《元史》卷164《庄靖集》卷8《孟氏家传》《甘水仙源录》卷5《湛然子赵先生墓碑》
2	高翿	益津	金后期	—	撰写《贫乐岩二圣堂碑》	《贫乐岩二圣堂碑》，《道家金石略》第1078页
3	张泰亨	—	金后期	同知钧州军州事兼荥泽令	—	《元好问全集》卷18《嘉议大夫陕西东路转运使刚毅王公神道铭碑》《山左金石志》卷21《新修惠灵公庙碑》
4	王宝英	赵城	金后期		张雄飞曾拜其为师，以"前进士"教授生徒。	《元史》卷163《（光绪）山西通志》卷15
5	陈纪	—	金后期		"河南甫罹兵乱，民不聊生，辟前进士杨果、陈纪为之佐"	《西岩集》卷19《大元故荣禄大夫中书平章政事赵公神道碑铭》
6	杨果	祁州蒲阴	正大元年	仕金偃师、蒲城令、入元怀孟路总管	登第前有教育事迹，任地方官修建庙学，依附史天泽，推荐到朝	《元史》卷164《秋涧集》卷59

① （元）张之翰：《西岩集》，上海古籍出版社2003年版，第475页。

续表

序号	姓名	籍贯	登第时间	任职	主要事迹	文献来源
7	李惟寅（字舜臣）	析津（大兴府）	金后期	入元，中书省"提空令史"	王恽称其为前进士	《王恽全集汇校》卷70 《归潜志》卷14
8	刘乙	——	金后期	谯县簿	——	元李谦撰：《翰林学士杨公神道碑铭》，《（乾隆）济阳县志》卷12，第1226页
9	谢良弼	济南	金后期	——	篆额，署衔前进士 元好问曾向耶律楚才推荐	《王宏墓碑铭》，引自《辽金元文献全编》三，第436页
10	梁彦升		金后期	——	前进士，有诗名	《秋涧集》卷70《梁彦升醮金疏》
11	王鹗	东明	金后期	——	自称慎独老人东明前进士王鹗撰	《道家金石略》第577页，《洞玄子史公道行录》
12	李好履	安喜	金中期	黎阳主簿	——	（元）李谦《中山前进士题名记》，康熙《定州志》卷10
13	李居道	安喜	金中期	——	李好履子	（元）李谦《中山前进士题名记》，康熙《定州志》卷10
14	康晔	高唐	金后期	郑州司候，东平路教官	康晔是东平严实延请的，作为县学教授，和进士教育有关。师从阎詠。	《元史》卷159、160、174. 《高唐州志·乡贤词记》，民国二十五年《高唐县志》
15	王磐	广平永年	正大四年	授归德府录事判官，不赴。入元官至翰林学士丞旨	年二十六登经义进士第	《元史》卷160
16	元好问	忻州秀容	兴定五年	内乡令、南阳令、尚书省令使、左司员外郎	文学家、诗人	《金史》卷126 《陵川集》卷35《遗山先生墓铭》
17	田信之	蒙城			做香林先生老饕赋	《秋涧集》卷71
18	李元	河南缑氏偃师	正大四年	元宝总库官	王鄂同榜进士	《秋涧集》卷80《中堂记上》
19	张徽	武亭	兴定二年	入元仕为陕西行中书省左右司郎中	杨振碑书丹	《全金石刻文辑校》第528页 《元史》卷175

续表

序号	姓名	籍贯	登第时间	任职	主要事迹	文献来源
20	王元礼	华阴	兴定五年	房州中部主簿，乾州奉天令，同知裕州防御使事	杨振碑篆额	《全金石刻文辑校》第528页《寓庵集》卷6《金故朝请大夫同知裕州防御使事王君墓志铭》
21	袁从义	虞田	——	——	撰写《唐纯阳真人祠堂记》	《元好问全集》卷31《全金石刻文辑校》第150页
22	李俊民	泽州	承安五年（经义第一）	应奉翰林文字	弃官教授乡里	《山右石刻丛编》卷24《重修太清观记》
23	王文统	大定府益都	金后期	入元为平章政事	参与谋划李璮之乱被杀	《秋涧集》卷80《中堂记上》

以上23位是金亡后在蒙元时期文献或石刻材料中有"前进士"称谓者，其中能够确定登第科次的7人，李好履、李居道父子在金中期登第，[①] 其余14人基本可以判断为金后期进士。金末战乱频繁，生存环境艰难，入蒙元的"前进士"大致有三种选择：第一种，远离政治，归隐山林，以教授乡里为业。如王宝英授徒于赵城，张雄飞往师之。[②] 李俊民"隐居嵩山，世祖在潜藩，以安车召之，延访无虚日。遽乞还山，世祖重违其意，遣中贵人护送之"[③]。第二种，依附于汉人世侯，作为幕僚出谋划策，振兴教育，最终入仕蒙元。如杨果依附于史天泽，"经略河南，果为参议"[④]，赵璧"河南甫罹兵乱，民不聊生，辟前进士杨果、陈纪为之佐"[⑤]；康晔、王磐受到东平严氏礼遇，被延请为教官。[⑥] 王鹗，"蔡陷，将被杀，万户张柔闻其名，救之辇归，馆于保州"[⑦]。汉人世侯自持武力依附于蒙古，在势力范围内优遇保护知识分子，所以依附于汉人世侯是蒙元初期"前进士"的主要选择。第三种，孟攀鳞、李元、李惟寅直接接受蒙元官职，成为蒙元官吏。"前

---

① 李修生主编：《全元文》，江苏古籍出版社1998年版，第72页。
② （明）宋濂等撰：《元史》卷163《张雄飞传》，第3819页。
③ （明）宋濂等撰：《元史》卷158《李俊民传》，第3733页。
④ （明）宋濂等撰：《元史》卷164《杨果传》，第3854页。
⑤ （元）张之翰：《西岩集》，上海古籍出版社2003年版，第515页。
⑥ （明）宋濂等撰：《元史》卷159《宋子贞传》，第3736页。
⑦ （明）宋濂等撰：《元史》卷160《王鹗传》，第3756页。

进士"选择与蒙古统治者接触，以拯救斯文为己任，促使他们尊崇儒学，以汉法治理汉地。"前进士"之间互相引荐，或做世侯幕僚，或见识于蒙古贵族勋臣。如元好问向耶律楚才上书要求保护的金末士人，大多数具有进士身份，"要之皆天民之秀，有用于世者也。"蒙古灭金战争中用兵残酷，大量金末进士亡于兵祸，"丧乱以来，三四十人而止矣。"[①] 这些金末进士入蒙元后成为"前进士"，很多人成为蒙元初期政府重要官员。"前进士"一词在元代文献中还有其他含义，但在蒙元初期根据具体文献语境分析，指代金代灭亡后幸存至蒙元的原金代及第进士是可以确定的。

四、金代乡贡进士、里人进士、乡进士

（一）乡贡进士

《金史》未记载金代乡贡进士，在金代文集如《中州集》《归潜志》等著作中也不常见，但在碑文石刻中，常用于自称。（详细资料见附录二《金代乡贡进士题名录（部分）》）

金代"乡贡进士"多出现在石刻材料和地方志当中，以《山西通志》为例，专门在贡举志中列出乡贡进士名录，保存了乡贡进士的珍贵信息。从对金代乡贡进士身份、参与活动、社会地位的分析来看，可以得出如下结论：第一，乡贡进士在地位和学识上无法与及第进士相比，但在地方乡里具有其他社会阶层难以替代的特殊作用。自署"龙山老人，前乡贡进士翟三俊"认为乡间旧友请求他为三清殿撰写碑文的原因是"知予素习六经，贡举儒业，兼参五行希夷之道，请予为记"[②]。可知能够被乡间请求撰写三清殿碑需要有"素习六经"的知识基础，更需要有"贡举儒业"之特殊身份。第二，乡贡进士可以深度参与乡村基层社会事务，如教育、宗教、丧礼等，熟悉各种礼制，使基层社会活动更具儒家文化仪式感。如《闻喜重修宣圣庙记》由乡贡进士晋康侯、祁午、解彦升等人倡导，请求有名望和能力重修县学的当地官员资助和组织重修闻喜县庙学，以"德礼教化"为本，

---

① （金）元好问：《元好问文编年校注》，中华书局 2012 年版，第 310 页。

② 王新英：《全金石刻文辑校》，吉林文史出版社 2012 年版，第 268 页。

以"狱讼簿书"为末。① 现存碑铭中，乡贡进士为寺院和神庙撰写、篆额、书丹碑记、跋文的记载较多，大多都是应寺院主持者和地方耆旧之约留下文记，彰显功德之说。请在地方有名望的知识分子撰写墓志铭是金代丧葬文化中的重要组成部分。如果墓主子孙中有乡贡进士，一般要参与其中，如"姜氏云亭房题名碑"的撰写者为"裔孙乡贡进士姜孝仪"②，象征家族的文化地位。第三，自称或者他称乡贡进士者的身份到底是通过地方府试，进入礼部会试者，还是殿试被黜落者？从称呼来看，现存材料中多次出现"应乡贡进士"称谓，如天会七年（1129）《封志安墓志》是"应乡贡进士李震书"③，明昌四年（1193）《姜氏云亭房题名碑》是"应乡贡进士石德润书"。④《姜氏云亭房题名碑》是山东泰安大族姜氏的归葬祭祀之所，碑记前三行载"裔孙乡贡进士姜孝仪编；特赐进士及第、将仕郎孔端录篆额；应乡贡进士石德润书"。三人分别有三种称呼，如果乡贡进士是通过地方府试，进入礼部会试者，那么可以理解应乡贡进士当为正在准备参加地方府试者。

乡贡进士与及第进士具有本质意义上的区别，在学识水平、仕宦途径、社会阶层上有着不同的发展轨迹。在深入分析金代进士群体文献资料过程中，现存的几种进士题名录中有不同程度把乡贡进士当成进士记录的情况。如段继昌，《陕西通志》记载为进士，但在承安四年（1199）撰写《重立邓太尉祠碑》时，署名为"乡贡进士"。⑤《中州集》记载："继昌字子新，白水人，自号适安居士。喜作诗，与华阴景伯仁相友善。家甚贫，而世间事皆不以挂。"⑥未记载段继昌进士及第的信息，甚至没有关于其为获得进士身份而努力的迹象。故缘于文集叙事风格推崇远离仕宦，有隐居名士风格有关，也进一步证明段继昌不是及第进士，而且很早就放弃了通过获得进士身份获得政治地位的真实情况。因此，考察乡贡进士有助于辨析各类进士称谓的真实含义，确定本书研究核心对象及第进士的准确身份。

---

① （金）张邦彦撰：《闻喜重县重修宣圣庙碑》，引自国家图书馆善本金石组编《辽金元石刻文献全编（一）》，北京图书馆出版社 2003 年版，第 220 页。

② 王新英：《全金石刻文辑校》，吉林文史出版社 2012 年版，第 363 页。

③ 王新英：《全金石刻文辑校》，吉林文史出版社 2012 年版，第 1 页。

④ 王新英：《全金石刻文辑校》，吉林文史出版社 2012 年版，第 363 页。

⑤ （金）段继昌撰：《重立邓太尉祠碑》，引自引自国家图书馆善本金石组编《辽金元石刻文编全编》（一），第 84 页。

⑥ （金）元好问：《中州集校注》，中华书局 2018 年版，第 1874 页。

（二）里人进士

"里人进士"见于《英公禅师塔碑》，书丹者大晦自署为"里人进士"[①]。金代"里人"一词多指代乡里，有同乡之意。《金史·张仅言传》载："在襁褓间，里人刘承宣得之，养于家。"[②]《善人白公墓表》载："先生往来两县之间，为人廉介沉默，为里人所尊。"[③] 武玉环《金代的乡里村寨考述》指出："金代乡村设有二级地方行政组织，即乡、里（或村、寨、庄、疃）。"[④] 里为乡村最基层行政组织，因此里人进士指本地同乡进士。按照金代进士称谓习惯，进士如释褐授官后会称呼官职，推测里人进士应为当地未通过殿试的"乡贡进士"，或大定二十八年刚刚及第，未被授官的新科进士。

（三）乡进士

乡进士称谓见于大安元年《陇西郡李公墓志铭》撰写者贾忻，署衔为"承事郎、乡进士"[⑤]《金史·百官一》载："正八品上曰文林郎，下曰承事郎。"[⑥] 关于进士授官"以（大定）十四年官制，文武官皆从下添两重，命状元更授承务郎，次旧授儒林郎，更为承事郎。第二甲以下旧授从仕郎，更为将仕郎。"[⑦] 以此来看，贾忻当为第一甲进士及第。

综上所述，金代各种进士称谓中，词赋进士、经义进士、策论进士、特恩赐第四种属于进士群体范畴。策试进士是对策论进士的误读。辞科进士为词赋进士在非正式场合的自称或别称。前进士、里人进士、乡进士是否具有进士身份，需要结合史料情境具体分析。乡贡进士则不能归属进士群体范畴，与及第进士具有本质意义上的区别。

---

① 罗福颐：《满洲金石志》卷3《英公禅师塔碑》，转引自国家图书馆善本金石组编《辽金元石刻文编全编》（三），北京图书馆出版社2003年版，第797页。

② （元）脱脱撰：《金史》，中华书局2020年点校本，第3003页。

③ （金）元好问撰、姚奠中主编：《元好问全集》卷24《善人白公墓表》，第449页。

④ 武玉环：《金代的乡里村寨考述》，《中国边疆史地研究》2013年第3期，第103—113页。

⑤ 王新英：《全金石刻文辑校》，吉林文史出版社2012年版，第485页。

⑥ （元）脱脱撰：《金史》，中华书局2020年点校本，第1304页。

⑦ （元）脱脱撰：《金史》，中华书局2020年点校本，第1241页。

第二节　金代进士科次及人数考释

金代科举文献大量散佚，现存金人李世弼《登科记序》、李俊民《题登科记后》等序跋及进士题名记碑、改建题名碑、女真进士题名碑等金石资料成为研究者关注重点。就现有研究成果来看，由于研究思路和史料运用的差别，学界对金代进士科的开科数目与进士人数研究存在一定差异，部分研究中仍然包含律科、经童和部分乡贡进士，导致对金代进士总数估计出现误差。本节即对此问题略作探讨，希望能够对理解金代进士研究基本问题提供思路。

一、金代进士科开科数目

金代进士科开科数目与进士录取人数，学者持不同意见，现将学界主要观点整理如表2—3。

表2-3　金代进士科开科数及进士录取诸说一览表

	学者	开科数目	进士总人数	搜检人数	成果发表时间	资料来源
1	方壮猷	——	10 000以上	——	1944年	《辽金元科举年表》，《说文月刊》第3卷12期，第23—34页。
2	陶晋生	45	16 484	——	1985年	《女真史论》，食货出版社1985年版，第51页。
3	赵冬晖	40	5 000左右	——	1989年	《金代科举年表考订》，《北方文物》1989年第2期，第94页。
4	张博泉等	41	6 150	——	1992年，都兴智执笔	《金史论稿（第二卷）》，吉林文史出版社1992年版，第399页。
5	周腊生	43	约15 000	——	1997年	《金代贡举考略》，四川大学学报（哲学社会科学版)1997年4期，第80—90页。
6	薛瑞兆	47	约6 000余	共 1487 人（包括词赋、经义、策论、特赐进士）	2004年	《金代科举》，中国社会科学出版社2004年版，第84页。

续表

	学者	开科数目	进士总人数	搜检人数	成果发表时间	资料来源
7	陈昭扬	31	约 4160	—	2007 年	《征服王朝下的士人——金代汉族士人的政治、社会、文化论析》
8	李桂芝	37	约 5000—6000 之间。	共 1925 人[1]（包括词赋、经义、策论、特赐进士、诸科及部分乡贡进士）	2012 年	《辽金科举研究》，中央民族大学出版社 2012 年版，第 189 页，第 191 页。
9	都兴智	36	6000 左右	共 1365 人（包括词赋、经义、策论、特赐进士）	2015 年	《中国科举制度通史·金代卷》，上海人民出版社 2015 年版，第 283、292 页。

关于金代开科次数和录取总人数，目前为止未能取得共识。开科次数在 31 至 47 次之间，主要原因是关于天会元年至五年间开科的性质是否属于正式的科举取士存在分歧，以及对所据史料性质存在不同看法所致。

学界对金代进士科开科年份的分歧主要集中于天会三年、天会七年、天会十一年、天会十二年、天眷元年、贞祐二年。太宗、熙宗年间对外战争频繁，内部权力不稳，科举初兴缺乏稳定的制度机制。海陵王天德以后，科举形成定制，开科年份趋于固定，基本遵循三年一选，直至金末没有太大变动。

天会三年（1125）开科见于《金史·刘敏行传》："平州人。登天会三年进士。除太子校书郎，累迁肥乡令。……凡九迁，为河北东路转运使。"[1]《畿辅通志》记载相同，但更为简略。平州降金复叛后，于天会元年（1123）十一月，被宗望讨平，重新纳入金代统治，于是有天会二年（1124）二月或八月的平州试。平州试的目的十分明确，即在宗望和刘彦宗主持下，从当地选拔一批有能力且忠于金代的士人管理地方基层事务，为即将开始的侵宋战争做准备。天会三年（1125）十月，宗望、刘彦宗"自南京入燕山"[2]参加对宋作战。综合这些信息，可知天会元

---

① 李桂芝：《辽金科举研究》，中央民族大学出版社 2012 年版。

① （元）脱脱撰：《金史》，中华书局 2020 年点校本，第 2914 页。

② （元）脱脱撰：《金史》，中华书局 2020 年点校本，第 59 页。

年至天会三年主政平州的是宗望，刘彦宗作为宗望谋主，熟知辽宋科举选士的程序，主持了天会二年的平州试。在平州局势渐稳、对宋战争在即、官员又已经得到补充的情况下，连续两年开科，似乎并无必要，因此刘敏行当为天会二年平州试的入选者，在天会三年正式授官"太子校书郎"一职，故史书记载为天会三年进士。

　　天会七年（1129），《三朝北盟会编》建炎三年八月二十四日条引张汇《金虏节要》载："粘罕自东平归云中，窝里嗢、阇母自滨州北归燕山，留挞懒守山东，后挞懒移屯蔚州。试举人于蔚州，辽人应词赋，两河人应经义，张孝纯主文，忻州进士孙九鼎为魁。"①《建炎以来系年要录》建炎三年条也记载此事："是秋，金国元帅府复试辽国及两河举人于蔚州，辽人试诗赋，河北人试经义，始用契丹三岁之制。……云中路察判张孝纯主文。得赵洞、孙九鼎诸人。"②《中州集》载孙九鼎为天会六年经义第一人。③《会编》记载来源于张汇，《要录》记载来源于宋人传闻，《中州集》是金末文集。无论是燕京竹林寺之试，还是西京蔚州试，都是在地方军政部门主管下的区域性考试，是在天会五年（1127）诏令"河北、河东郡县职员多阙，宜开贡举取士，以安新民"④的总体方略指导下各自进行的考试。在缺乏直接证据证明《会编》和《要录》记载失实的情况下，可以推断燕京试于天会六年稍早进行，蔚州试进展稍慢，于天会七年（1129）才最终完成，而这两次的考试结果最终汇总在一起进行发榜，实际上是金代前期从各地区自主选官向朝廷统一选官的过渡。宋史籍记载的是该科完成的时间，而金史籍则是按照开科最早地区的时间来记。从已经考证为天会六年登第的进士，如任才珍籍贯为汾阳⑤，赵会籍贯定襄⑥来看，蔚州试当归于天会六年（1128）科次。

　　天会十一年（1133），有进士郝俊彦。《宁海州志》载："天会癸丑，擢丙科进

---

① （宋）徐梦莘编：《三朝北盟会编》，上海古籍出版社 2008 年影印本，第 959 页。
② （宋）李心传：《建炎以来系年要录》，中华书局 1988 年版，第 559 页。
③ （金）元好问：《中州集校注》，中华书局 2018 年版，第 375 页。
④ （元）脱脱撰：《金史》，中华书局 2020 年点校本，第 63 页。
⑤ （金）元好问撰、姚奠中主编：《元好问全集》卷 29《忠武任君墓碣铭》，第 520 页。
⑥ 牛诚修辑：《定襄金石考》卷 1《故中散赵公之碣》，引自国家图书馆善本金石组编《辽金元石刻文献全编（二）》，北京图书馆出版社 2003 年版，第 914 页。

士，天德初由安德令累迁至齐都都尉，晋朝列大夫，太原开国男。"①郝俊彦是广宁子郝大通之兄，《太古集序》载："师俗姓郝，世居宁海，为州人之首户。昆季皆从儒学。兄绘俊彦，举进士第，官至朝列大夫，昌邑县令。"②郝俊彦登进士第是毋庸置疑的。郝俊彦为宁海州人，郝氏为州之大姓。宁海州"伪齐刘豫以文登、牟平二县立宁海军"③。大定二十二年升为州。④天会癸丑，即天会十一年（1133），正是齐阜昌四年，该科取士48人，且已经考出状元罗诱。⑤因此可以确定郝俊彦为齐阜昌四年进士，而金天会十一年并未开科。

天会十二年（1134），即南宋绍兴四年（甲寅），宋使魏良臣、王绘使金议和，归宋后撰《绍兴甲寅通和录》。其中记载金接伴官李聿兴与魏良臣、王绘对话：

> （聿兴）又言："今年本朝廷试进士，出赋题是'天下不可以马上治'。"某（王绘）答云："此可见大国息兵之意，天下幸甚。"（聿兴）又云："这赋题是本朝张炳文侍郎出。丞相见问'是谁意思'？左右云：'事见《前汉·陆贾传》。'丞相遂令人用番书译过，共传看后，大喜。遂与张侍郎转两官。"⑥

李聿兴作为金军统帅挞懒指定的接伴官，原为宋宣和六年（1124）进士第三甲及第，熟知科举程序。王绘为宣和三年（1121）进士，故而双方选择这个共同话题作为外交私下场合的闲谈主题，所以李聿兴在探问宋方内政和军事信息时，适时有选择性地谈到金代内政。"今年朝廷试进士"，当指金天会十二年（1134）本年开科。这次开科与以往不同的是，由金代廷主持，非由地方军政部门主持。张炳文侍郎其人，其他史料未载，不能知其具体身份和事迹，"丞相"当指完颜

---

① 舒孔安等编纂：《（同治）重修宁海州志》卷17《仕进》，"中国地方志集成"第54辑，凤凰出版社1991年版，第432页。
② （金）谭处端、刘处玄、王处一、郝大通、孙不二著，白如祥辑校：《谭处端 刘处玄 王处一 郝大通 孙不二集》，齐鲁书社2005年版，第389页。
③ （明）宋濂等撰：《元史》卷58《地理一》，第1375页。
④ （元）脱脱撰：《金史》，中华书局2020年点校本，第658页。
⑤ （宋）李心传：《建炎以来系年要录》，中华书局1988年版，第1077页：
⑥ 赵永春：《奉使辽金行程录》，北京：商务印书馆2017年版，第303页。

希尹。李聿兴对本次科举考试的试题、考官、主政者的情况描述得非常详细，目的是想表达金代廷对和议支持态度，不会为欺骗宋使信口开河。王绘等人奉使至金的具体时间是天会十二年（1134）十月，当年科考在此时间已经完成。天会十一年（1133）八月戊戌，太宗下诏："比以军旅未定，尝命帅府自择人授官，今并从朝廷选注。"① 这道诏令实质是要从把持地方军政大权的女真贵族手中收回人事任免权，为加强中央集权、改革官制奠定基础。因此，天会十二年进行一次以选拔官员作为主要目的、由金代廷主持的科举考试是符合历史发展趋势的。

天眷元年（1138）五月，熙宗"诏以经义、词赋两科取士"②。这是继天会十二年统一由金代廷下诏令进行科举考试的延续。洪晧《松漠纪闻》载："金人科举，先于诸州分县赴试……号为乡试。悉以本县令为试官。榜首曰乡元，亦曰解元。次年春，分三路类试，自河北至女真皆就燕，关西及河东就云中，河以南就汴，谓之府试。……至秋，尽集诸路举人于燕，名曰会试……"③ 洪晧居于冷山、燕京，对金代廷的情况是比较了解的，其记录的乡试、府试、会试三级考试过程正是熙宗时期制定。按洪晧的说法，天眷元年当是熙宗下诏开始进行科举取士的乡试阶段，到天眷二年（1139）进行府试和会试。这也能够解释天眷元年无考试官、试题和确切的登第进士信息，而天眷二年，无论从考试官、试题、及第进士的相关记载都相当准确。

大定五年（1165）并未开科，理由如下：大定三年开科后，至大定七年之间共有四年，尽管不完全符合三年一科的定制，时间间隔却也符合情理。大定五年并未查出一位确定登第进士，疑似该科进士有赵摅、周伯禄、李谕。《中州集》载："摅字子充，宛平人，自号醉全老人。"④ 按照诸状元排序来看，赵摅当是大定七年或十年科状元，十年状元确定为史绍禴，因而赵摅更可能是大定七年状元，而非吕忠嗣。据《吕嗣延墓志》来看，并未有吕忠嗣此人，更不可能是大定七年状元。⑤

---

① （元）脱脱撰：《金史》，中华书局 2020 年点校本，第 71 页。

② （元）脱脱撰：《金史》，中华书局 2020 年点校本，第 81 页。

③ （宋）洪晧：《松漠纪闻》，辽海社 1984 年影印本 1995 年版，第 208 页。

④ （金）元好问：《中州集校注》，中华书局 2018 年版，第 2387 页。

⑤ 孙勐：《北京石景山出土金代吕嗣延墓志考释》，《北方文物》2009 年第 3 期，第 58—70 页。

周伯禄,《滋溪文稿》卷 4 载:"大定五年进士,卒刑部郎官。"① 《金史·百官志》中并无"刑部郎官"一职。刑部郎官未见于金代史料,但于宋代史料中常见,如《宋会要·职官》载:"刑部郎官或二员或三员。"② 周伯禄于大定二十八年为大闵忠寺撰写碑记,署名"二十八年九月,朝请大夫行尚书员外郎上骑都尉周伯禄撰"③。《中州集》载:周伯禄"大定初,第进士,仕至同知沁南军节度使事"④。元好问与王若虚相交,对其家族信息应准确了解,记载更为可信,大定初当为大定三年。苏天爵记载周伯禄卒官有误,对其登第时间记载应存疑。李谕撰《创建泉池碑》时间为大定五年,自署进士,登第时间当在大定五年前无疑。

贞祐二年(1214)并未开科,但文献中却记载多位当年及第进士。从开科频次来看,崇庆二年(1213)、贞祐三年(1215)开科证据比较充分,已经打破了三年一科的惯例,如贞祐二年开科,则是连续三年开科。在外有蒙古入侵、内部政局不稳、人心浮动情况下,三年连续开科难以施行,因此御史台建议:"明年省试以中都、辽东、西北京等路道阻,宜于中都、南京两路试之。"⑤ 可证明贞祐二年在动荡的局势下,对贞祐三年开科进行提前规划,以适应严峻的环境。从现已搜检的进士来看,共 8 位明确记载为贞祐二年的进士。其中《金史》记载王宾,《中州集》记载王宾、张本、申万全、李过庭、李天翼、刘微,《秋涧集》记载田芝,《遗山集》记载赵安世。从进士出处来看,7 人出于元好问记载,1 人为元人王恽记载。贞祐二年,元好问时年二十五岁,是年春避兵于阳曲北山之羊谷,做《避兵阳曲北山之羊谷题石龛》⑥ 诗,后取道卫州至汴京准备秋试。贞祐三年春,汴京试未能登第,后有诗"二十年前走大梁,当时尘土困名场"⑦ 之句,可知元好问于贞祐三年赴汴京参加会试。由此推测,关于贞祐二年进士的记载,极有可能是元好问晚年回忆贞祐年间经历时混淆府试与会试的时间所致。

---

① (元)苏天爵:《滋溪文稿》,中华书局 1997 年版,第 55 页。
② 龚延明:《宋史职官志补正》,中华书局 2009 年版,第 173 页。
③ 王庆生:《金代文学家年谱》,凤凰出版社 2005 年版。
④ (金)元好问:《中州集校注》,中华书局 2018 年版,第 863 页。
⑤ (元)脱脱撰:《金史》,中华书局 2020 年点校本,第 1219 页。
⑥ (金)元好问:《元好问诗编年校注》,中华书局 2011 年版,第 11 页。
⑦ (金)元好问:《元好问诗编年校注》,中华书局 2011 年版,第 816 页。

二、金代进士录取人数

对金代进士总人数的估计，从约 4160 人至 16 484，相差几近 4 倍。研究者对金代进士估计相差如此之大，原因主要是对金代各时期进士身份理解的差异。近年来，随着对金代科举制度研究的深入，学界更倾向于金代进士的范围包括三部分：第一部分，太宗天会年间选拔出给予进士身份者；第二部分，熙宗天眷元年（1138）五月诏正式开科取士后，通过词赋科、经义科以及女真策论进士科最高一级考试，熙宗时为会试，海陵王天德三年后为殿试；第三部分，特赐进士及第给予进士身份者。

天会年间诸科取士根据形势而定，并无定制，录取人数难以估计。天会四年（1126）真定榜已知 72 人及第。可推断同为地区性考试的天会二年平州榜、朔州榜人数当不会过多，暂以 200 人记。天会六年（1128）燕京竹林寺与西京蔚州榜，取北人 240 人、南人 570 人，共取士约 810 人。[①]天会十年（1132）白水泊之试不选南人，只选北人，人数未知，暂以天会六年人数为标准，为 240 人。天会十二年榜材料过少，无法确定参加会试人数，估计应该少于六年录取数。以此来看，天会间进士录取进士数额当在 1900～2100 人之间。

熙宗定南北选后，天眷二年（1139）至天德三年（1151）共开五科。按照李晏的说法："国朝设科，始分南北选，北选词赋进士擢第一百五十人，经义五十人，南选百五十人，计三百五十人。嗣场，北选词赋进士七十人，经义三十人，南选百五十人，计二百五十人。"[②]天眷二年取士 350 人，接下来的四科，每科取士 250 人，共计 1350 人。

海陵贞元二年（1154）首次正式殿试取士，至大定十年（1170）开科共六次。这六次开科只有词赋进士一科，殿试及第者获取进士资格。这一时期，"只设词赋科，不过取六七十人"，正隆二年（1157）殿试进士 73 人可证。以 70 人计，此六次开科共计约 420 人。

大定十三年（1173）至大定二十五年（1185），期间共开科五次，词赋科与

① （宋）李心传：《建炎以来系年要录》，中华书局 1988 年版，第 304—305 页。史料引自赵子砥《燕云录》，李心传认为南人就试者实际较 570 人少。
② （元）脱脱撰：《金史》，中华书局 2020 年点校本，第 1216 页。

策论科并行。大定十三年策论进士录取 27 人，大定二十二年（1182）策论进士人数未知，当在前后两科人数之间。大定二十五年策论进士取士 50 人。[1] 词赋科进士大定十九年取士 60 人。[2] 二十二年录取 77 人。[3] 以此来看，策论进士三科取士估为 120 人，词赋进士每科在 60～80 人之间，已知两科分别为 60 人、77 人，其余三科估为每科 70 人，五科共计估为 377 人。此五科总计开科约为 497 人。

　　大定二十八年（1188）至正大七年（1230）间，词赋、经义、策论三科并行。大定二十八年取士数目应与二十五年接近，估计词赋进士约 80 人，经义进士约 40 人，策论进士约 40 人。明昌二年（1191）开科是章宗即位后首科，进士人数当较之前增加。官职至五品者，直赴御试。为增加廷试人数，章宗诏令有司"会试毋限人数，文合格则取"。这项诏令得到了彻底的贯彻执行。金人陈观所撰《平度金石志·莱州胶水县重修宣圣庙碑》载："复见养士数科，明昌二年登第者八百余名，乃见尚文之实。"[4] 登第八百余名，当指会试取士人数。此次取士录取人数增多是无疑的，估计取士人数在大定二十八年科至明昌五年科人数之间。明昌五年（1194）词赋进士 221 人。[5] 承安五年（1200），经义进士 33 人。泰和三年（1203）词赋进士 186 人。[6] 泰和六年（1206）录取词赋进士 28 人。[7] 兴定二年（1218）取词赋进士 62 人，经义进士 13 人。[8] 兴定五年（1221）策论进士取士 28 人（或

---

① （元）脱脱撰：《金史》，中华书局 2020 年点校本，第 2295 页。

② （金）元好问撰，姚奠中主编：《元好问全集》卷 16《沁州刺史李君神道碑》，第 344 页。

③ （元）苏天爵：《滋溪文稿》，中华书局 1997 年版，第 54 页。原文"大定二十二年三月二十日集英殿放进士七十六人，第一甲三人，第二甲七人，第三甲六十七人。"按三甲人数来看，应是 77 人。

④ （金）陈观：《平度金石志·莱州胶水县重修宣圣庙碑》，引自《石刻史料新编》第 3 辑 27 册，台湾新文丰出版公司 1986 年版，第 754 页。

⑤ （清）吴汝纶：《深州金石记·安平进士题名碑》，引自《石刻史料新编》第 3 辑 24 册，台湾新文丰出版公司 1986 年版，第 529 页。

⑥ （清）吴汝纶：《深州金石记·安平进士题名碑》，引自《石刻史料新编》第 3 辑 24 册，台湾新文丰出版公司 1986 年版，第 529 页。

⑦ （元）杨奂：《还山遗稿》卷上《跋赵太常拟试赋稿后》，四部丛刊本，第 7 页。据杨奂记载泰和六年取士 28 人。刘祁记载："泰和三年御试，上自出题《日合天统》以困诸进士，至取二十七人。"（金）刘祁：《归潜志》，中华书局 1983 年版，第 111 页。

⑧ （清）吴汝纶：《深州金石记·安平进士题名碑》，引自《石刻史料新编》第 3 辑 24 册，台湾新文丰出版公司 1986 年版，第 529 页。

27人）。[①] 正大元年（1224）词赋进士50人，经义进士5人，策论进士30人。[②] 以上诸科中，明昌五年词赋进士最多221人，泰和六年词赋进士最少估计约28人左右。章宗重文治，明昌两科、承安两科、泰和三年科词赋进士人数估计约在180～210人之间，每科以200计。大安、崇庆、贞祐年间，时局动荡，地域日蹙，词赋取士人数当在50～70人之间，与兴定、正大年间相近，以70人计。经义进士最多33人，最少5人，以30人计。从已知各科来看，策论进士基本在30～40人之间，除已知确切人数科次外，按每科35人计。考出金代特恩赐第进士74人。将现有数据分析汇总可知，金代进士总数估计当在6443人。由于现存金代进士登科人数材料过少，基本是按现有科次人数和科举政策做出的预估，考虑到皇帝赐第的个人因素以及金后期战乱失地导致会试参加人数减少等原因，金代进士实际录取人数应少于预估人数，在5500～6443人之间，与薛瑞兆、李桂芝的研究结果相近。

表2-4　金代各科进士录取人数统计

开科时间	词赋	经义	策论	开科时间	词赋	经义	策论
天会二年	（估）200	—		大定十九年	60		
天会四年	—	72①	—	大定二十二年	77		40
天会六年	240	570	—	大定二十五年	（估）70		50
天会十年	（估）240			大定二十八年	（估）70	（估）30	（估）35
天会十二年	（估）500②			明昌二年	（估）200	（估）30	（估）35
天眷二年	150	200	—	明昌五年	221	（估）30	（估）35
皇统二年	70	180	—	承安二年	（估）200	（估）30	（估）35
皇统六年	（估）70	（估）180	—	承安五年	（估）200	33	（估）35

① （元）脱脱撰：《金史》，中华书局2020年点校本，第1224页。

② 金光平，金启孮：《女真语言文字研究》，文物出版社1980年版，第281—320页。

续表

开科时间	词赋	经义	策论	开科时间	词赋	经义	策论
皇统九年	（估）70	（估）180	—	泰和六年	28（或27）	（估）30	（估）35
天德三年	（估）70	（估）180	—	大安元年	（估）70	（估）30	（估）35
贞元二年	（估）70	—	—	崇庆二年	（估）70	（估）30	（估）35
正隆二年	73	—	—	贞祐三年	（估）70	（估）30	（估）35
正隆五年	（估）70	—	—	兴定二年	62	13	（估）35
大定三年	（估）70	—	—	兴定五年	（估）70	（估）30	28
大定七年	（估）70	—	—	正大元年	50	5	30
大定十年	（估）70	—	—	正大四年	（估）70	（估）30	（估）35
大定十三年	（估）70	—	27	正大七年	（估）70	（估）30	（估）35
大定十六年	（估）70	—	—	特赐进士	74人	—	—
进士总人数	6443人						

注：1. 天会四年，因试原宋地士人，故归结于经义类，从试题来看，更接近于策论。

2. 天会十二年当为全金境内开科，人数应不多于天会六年，暂以500计。

综上所述，本章从对金代进士相关的各种称谓辨析开始，明确史料中出现的各类与进士相关之身份称谓的内涵。金代共开科37次，进士实际录取人数估计在5500~6443人之间。

第三章 金代进士辨正与增补

金代科举研究最初关注其作为选官制度的运行机制以及作为儒家文化承载工具的作用。随着研究深入进行，受社会史研究范式影响，逐渐开始对科举制度选拔出的最高层级文化精英进士群体的社会功能进行观察，期望从更广阔的研究视角了解金代进士群体社会作用。从这个目的出发，在现有条件下对每一个进士个体情况做出最准确的记录无疑是非常重要的。本章在前贤研究成果基础上，进一步辨正金代进士信息，并增补尚未见于以上题名录的 25 位金进士。

第一节 金代存疑进士辨正

薛瑞兆《金代科举》是第一部全面考查金代科举的专著，书中第三章依照科次顺序细致梳理金代进士信息，资料详实，考证精深，是金代科举研究的奠基之作。李桂芝《辽金科举研究》考证金代科举制度相关内容同时，对部分进士姓名、登第时间等进行考辨，并形成了内容丰富，数量庞大的进士题名录。裴兴荣《金代科举与文学》对薛、李著作中出现的有误之处分门别类进行专门辨正与考释，同时依据《全金石刻文辑校》增补 70 位金代进士。三位学者为完善订正金代进士信息付出艰苦努力，做出极大贡献。由于金代史料来源繁杂，散佚严重，进士人数众多，现有进士名录中仍存在一些问题，如进士姓名籍贯误记、进士家族事迹误记、非进士误收为进士等。这些问题或存在于某一著作中，或未能引起学者关注。本节拟在借鉴薛瑞兆、李桂芝、裴兴荣三位学者研究成果基础上，对前贤著作中存疑进士进行辨正，以期使金代进士信息更加完整准确。

一、进士姓名辨正

梁持胜本名询谊，字为仲经父（甫），可以称为仲经或经甫。《金史·忠义二》

载："梁持胜字经甫，本名询谊，避宣宗嫌名改焉。"① 元好问《中州集》载："持胜字经甫，绛州人。本名洵义，避宣宗讳改。"② 又《续夷坚志》载："梁仲经赴官咸平道中，有诗云：'山云欲雨花先惨，客路无人鸟亦悲。'"③《归潜志》载："梁翰林询谊，字仲经，父绛州人，户部尚书襄子也。"④ 梁持胜，本名询谊，是能够判定的，"询""洵"二字为不同写法，"谊""义"二字文义互通。梁持胜的字，诸家记载不同，有经甫和仲经两种记载。从《归潜志》记载来看，梁持胜为梁襄孙辈，与史实不符。《归潜志》载史学所作《哭屏山》诗中："梁子今为战血尘（原注：仲经父）。"⑤ 杨奂《有怀梁仲经父》⑥诗，父、甫可以互书⑦。可知梁持胜真实表字为仲经父（甫），可以称为仲经或经甫。

梁《辽金科举研究》记为"梁中宪"。⑧《秋涧集·跋御史梁公题祖隐君墓碑后》记载："当年中宪焕人文，景仰脩齐表隐君。三尺瑶镌堪唔语，一家庭训尽恭勉。诗书有种余金穴，簪绂傅芳见世勋。孝子思亲同一致，几回瞻洒太行云。"⑨ 从诗中可知，这首诗跋是题在御史梁公祖父墓碑之上的，大定二十七年（1187）进士，仕至南阳府少尹，中宪为官名。按《金史·百官三》载："诸府尹一员，正三品。同知一员，正四品。少尹一员，正五品。"⑩ "正五品上曰中议大夫，中曰中宪大夫，下曰中顺大夫。"⑪ 可知"中宪"非梁公之名，而是其文官阶品。大定二十七年并未开科，当是大定二十八年之误。御史之职为立碑者梁公之孙的官职。

许天民，《金代科举》记为："许先，字天明。"⑫ 泰和三年（1203）词赋状元。《京

---

① （元）脱脱撰：《金史》，中华书局 2020 年点校本，第 2812 页。

② （金）元好问：《中州集校注》，中华书局 2018 年版，第 1369 页。

③ （金）元好问：《续夷坚志》，中华书局 2006 年版，第 10 页。

④ （金）刘祁：《归潜志》，中华书局 1983 年版，第 48 页。

⑤ （金）刘祁：《归潜志》，中华书局 1983 年版，第 16 页。

⑥ （元）杨奂：《还山遗稿》卷下《有怀梁仲经父》，四部丛刊本，第 19 页。

⑦ 罗炳良：《金朝学者梁持胜表字辨误》，《廊坊师范学院学报（社会科学版）》2012 年第 10 期，第 53—55 页。文章认为梁持胜字为仲经父（甫），简称为"经甫"，但无论如何不能称为"仲经"。

⑧ 李桂芝：《辽金科举研究》，中央民族大学出版社 2012 年版，第 376 页。

⑨ （元）王恽：《王恽全集汇校》，中华书局 2013 年版，第 1015 页。

⑩ （元）脱脱撰：《金史》，中华书局 2020 年点校本，第 1397 页。

⑪ （元）脱脱撰：《金史》，中华书局 2020 年点校本，第 1303 页。

⑫ 薛瑞兆：《金代科举》，中国社会科学出版社 2004 年版，第 174 页。

兆泮宫登科题名记》碑[①]与《改建题名碑》拓片都明确写明"泰和三年状元许天民榜"[②]。泰和三年词赋状元的名字为"许天民"应无疑，而非"许先，字天明"。

吕宗礼，《元史·吕思诚传》载："吕思诚字仲实，平定州人。六世祖宗礼，金进士，辽州司户。"[③]《（光绪）山西通志·贡举谱二》载："吕宗礼，平定人，九年第，辽州司候判官。"[④]吕宗礼有《沾山集》为《（光绪）山西通志·经籍志》著录。[⑤]《大明一统志》载："吕允，平定人，远祖宗礼，举进士，为辽州司户。"[⑥]同书卷21又载："吕宗礼，辽州司户参军，有政绩。"[⑦]吕崇礼仅见于中华书局1990年点校版《（光绪）山西通志·贡举谱》，当属误记。[⑧]

赵芝，《金代科举》名为"赵隐芝"，当误。[⑨]元好问《同希颜、钦叔玉华谷还会善寺即事二首》其二云："诗翁彻骨爱烟霞，别似刘君住玉华。铁笛不曾从二草，头巾久已挂三花。"注释云："赵隐芝子端同年进士，令任城，为猾吏所诬，遂隐居，今年八十余，自言胎仙已成，不久去世云。"[⑩]赵芝，即诗中"诗翁"，王庭筠同年进士，大定十六年登第。因受诬，隐居于嵩山，与元好问、雷渊、李献能等交游，因其年长，故尊称其名为"隐芝"凸显赵芝隐世而居，不为功名利禄所诱的士人品格。

奥屯阿虎，即《金代科举》所记鄂吞阿古。[⑪]《金史》多处提及。贞祐年间任户部郎中，贞祐三年（1215）进言："诸色迁官并与女直一体，而有司不奉，妄生

---

① 《金石萃编·改建题名碑》，引自《辽金元文献全编》二，第587页。
② 路远：《金代京兆府学登科进士辑考——以先碑林藏金代进士题名碑二种为据》，碑林集刊（十七），第238、244页。
③ （明）宋濂等撰：《元史》卷185《吕思诚传》，第4247页。
④ （清）曾国荃修，王轩、杨笃等纂：《光绪山西通志》卷15《贡举谱二》，光绪十八年本影印版，第3页。
⑤ 薛瑞兆：《金代艺文叙录》，中华书局2014年版，第393页。
⑥ （明）李贤等：《大明一统志》卷19《山西布政司》，天顺五年御制序刊本影印版，第35—36页。
⑦ （明）李贤等：《大明一统志》卷21《大同府》，天顺五年御制序刊本影印版，第32页。
⑧ （清）曾国荃修，王轩、杨笃等纂，李裕民等点校：《（光绪）山西通志》卷15《贡举谱》，第1569页。
⑨ 薛瑞兆：《金代科举》，中国社会科学出版社2004年版，第131页。载其名为"赵隐之"。
⑩ （金）元好问撰、姚奠中主编：《元好问全集》卷11《同希颜钦叔玉华谷还会善寺即事二首》，第240页。
⑪ 薛瑞兆：《金代科举》，第143页，"完颜阿虎"当为"奥屯阿虎"。

分别，以至上下相疑。"① 贞祐四年（1216）参与变更钞法讨论。② 正大四年（1227）六月，曾经出使蒙古请和。③ 王鹗《汝南遗事》总论"而又敦崇儒术"注解："至于近侍亦必参用儒生如鄂吞阿古提点近侍局，完颜苏呼为近侍局大使，贾庭杨充奉御之类。阿古字舜卿，故参政忠孝之子，大定二十八年策论进士。"④《金文最·汝南遗事总论》记载事件相同，只有人名改为"奥屯阿虎、完颜素兰、贾庭杨"。⑤ 可知鄂吞阿古与奥屯阿虎同为一人，写法不同，当为人名音译之故。

任嘉言，字亨甫。《辽金科举研究》记有任亨甫，文献来源于《遗山集》卷29。《改建题名碑》载："正大七年李瑭下，任嘉言，汾州。"⑥ 元好问为任嘉言父亲撰写墓碑云："前沁阳令任嘉言亨甫，状其考忠武君之行……某于亨甫有州里通家之旧……"⑦ 元好问与任氏为旧交，对任嘉言名和字记载当可信。⑧ 因此，任嘉言与任亨甫为同一人。

刘轨，字子范。《辽金科举研究》记有刘范，当为以字代名之误。⑨《牧庵集》记载："往年燧在翰林，使有持宪节于山之南，曰马公煦者，驰书来，言吾邢之观台刘氏所自出。先夫人之兄轨，字子范，蕃字子荣，皆金文臣。其官所止，舅范京兆转运判官，荣汶上令。方范决科之年，池莲一茄数花十三，亦祥之不世有者，虽见之《夷坚续志》而略，愿持笔之……"⑩ 姚燧记载观台刘氏嘉莲之事非常详细，由刘氏外甥马煦亲自告知。《续夷坚志》也记载此事："同年康良辅说，磁州观台刘轨家，承安中，池莲一茎开十三花。是岁，轨登科。终于京兆按察判官。"⑪ 刘轨之名可见准确，并无刘范其人。

刚忠王，官顺州刺史。《秋涧集·跋玉田傅氏家传后》载："及金祚垂亡，其

① （元）脱脱撰：《金史》，中华书局2020年点校本，第1278页。
② （元）脱脱撰：《金史》，中华书局2020年点校本，第1162页。
③ （明）宋濂等撰：《元史》卷1《太祖本纪》，第24页。
④ （元）王鹗：《汝南遗事》，商务印书馆1939年版，第90页。
⑤ （清）张金吾：《金文最》，中华书局1990年版，第855页。
⑥ （清）张金吾：《金文最》，中华书局1990年版，第1211页。
⑦ （金）元好问撰、姚奠中主编：《元好问全集》卷29《忠武任君墓碣铭》，第520—521页。
⑧ 李桂芝：《辽金科举研究》，中央民族大学出版社2012年版，第475页。
⑨ 李桂芝：《辽金科举研究》，中央民族大学出版社2012年版，第481页。
⑩ （元）姚燧：《牧庵集》，中华书局1985年版，第395页。
⑪ （金）元好问：《续夷坚志》，中华书局2006年版，第33页。

伏节死义者皆前日之进士也。吾于北地得三人焉：顺州刺史刚忠王者，行部傅公父子是也。"① 三位金末殉国的进士分别是顺州刺史刚忠王、傅霖、傅辅之三人。"刚"为金元常见姓氏，如元人张起严撰《蓟国公张氏先茔碑》提到追封张应瑞"夫人刚氏，由清河郡夫人加封蓟国夫人。"② 刚忠王为人名，而非《辽金科举研究》载"王刚中""刚忠"或佚名者。③

杨达夫，字晋卿，耀州三原人，泰和三年进士。④《陕西通志》载："杨达夫，三原人，泰和初。"⑤《辽金科举研究》附录所载"杨达无（元）"文献来源为《陕西通志·选举志》，当误。

何信叔，元好问《续夷坚志·土中血肉》一则提及："何信叔，许州人，承安中进士。"⑥ 其登第在从承安年间，未知为二年或五年。路铎有诗《七夕与信叔仲荀会饮晚归有作》中提到信叔，或为何信叔，以待新史料论证。⑦ 何信叔为其名，《金代科举》《辽金科举研究》均记为"何叔信"，当误。⑧

二、进士登第科次辨正

曹望之特恩赐第时间有天德三年⑨、天德中⑩、海陵朝⑪ 三种说法，分别见于《辽金科举研究》《钦定续文献通考》《金代艺文叙录》。曹望之，"天德元年，调同知石州军州事，坐事免。丁母忧，久之，除绛阳军节度副使，入为户部员外郎。

---

① （元）王恽：《王恽全集汇校》，中华书局 2013 年版，第 3074 页。

② （元）张起严撰：《蓟国公张氏先茔碑》，引自李修生主编《全元文》卷 1142，凤凰出版社 1998 年版，第 129 页。

③ 李桂芝：《辽金科举研究》，中央民族大学出版社 2012 年版，第 489 页，王刚中；第 491 页，刚忠；第 492 页，文献来源都是《秋涧集》卷 73，当为刚忠王一人。

④ （元）脱脱撰：《金史》，中华书局 2020 年点校本，第 2848 页。

⑤ （清）刘于义等著：《陕西通志》卷 30《选举志》，四库全书影印本，第 51 页。

⑥ （金）元好问：《续夷坚志》，中华书局 2006 年版，第 7 页。

⑦ （金）元好问：《中州集校注》，中华书局 2018 年版，第 1038 页。

⑧ 薛瑞兆：《金代科举》，第 172 页。李桂芝：《辽金科举研究》，中央民族大学出版社 2012 年版，第 418 页。二书都写作"何叔信"，当误。

⑨ 李桂芝：《辽金科举研究》，中央民族大学出版社 2012 年版，第 338 页，曹望之记为天德三年进士。

⑩ （清）嵇璜、曹仁虎等撰：《钦定续文献通考》卷 34《选举考》，四库全书影印版，第 48 页。

⑪ 薛瑞兆：《金代艺文叙录》，中华书局 2014 年版，第 406 页。

……撒八反，转致甲仗八万自洺州输燕子城。运米八十万斛由蔡水入淮，馈伐宋诸军，期以一日。望之如期集事。进本部郎中，特赐进士及第。"① 由《金史》本传可知，曹望之天德间并未受到海陵王重用，坐事免，丁母忧，难以成为特恩赐第的对象。契丹诸部群牧反金在正隆六年（1161）五月，海陵王伐宋在正隆六年九月。② 曹望之出色完成这两个重要任务后被海陵王升任为户部郎中，同时正隆六年被特赐进士身份。

马柔德登第时间，《金史·马百禄传》载："天会初第进士，累迁翰林修撰，坐田珏党免官，迨世宗朝解党禁，复召用焉。"③《三朝北盟会编》载："马柔德字周卿，广陵人，状元刘仲渊榜及第，亶时与田谷等坐欺罔，党锢贬为庶人，葛王立复官，授刑部员外郎。"④ 马柔德登第时间有天会初与皇统二年两种说法，相差近二十年。田珏党案发生在皇统七年（1147），其中重要人物如邢具瞻，天会二年登第，至皇统七年任职"分掌词命文字，分判院事"的正五品翰林待制符合金前期官员任职规律。田珏与一位年长的翰林待制过从甚密，导致邢具瞻被杀。马柔德于田珏案发时任职从六品翰林修撰，被牵连流放，侧面反映因年轻资历轻，推断登第时间较晚，所以皇统二年刘仲渊榜更符合常理。从史源来看《会编》取材于张棣《金国图经·账族部曲录》，田珏党案在汉族士人中影响很大，张棣作为时人记载当可信。

魏氏父子登第时间，《辽史拾遗·科目》载："易水志曰：保宁九年，进士易州魏璟。统和二年，魏上达。五年，魏元真。"⑤ 厉鹗以此三人为证，推测景宗诏复贡院之前，南京就已设科。毕沅《续资治通鉴》"辽诏南京复礼部贡院"条下考异曰："辽史于复贡院不言其设科取士，至统和六年始开科举。然林煃章易水志，保宁九年有进士魏璟，是既开贡院，南京即有进士，或未及行于他处耳？"⑥《辽史纪事本末》载张俭举进士第一，考异也提到："林煃章易水志，保宁九年有进士

① （元）脱脱撰：《金史》，中华书局 2020 年点校本，第 2159 页。
② （元）脱脱撰：《金史》，中华书局 2020 年点校本，第 125 页。
③ （元）脱脱撰：《金史》，中华书局 2020 年点校本，第 2284 页。
④ （宋）徐梦莘编：《三朝北盟会编》，上海古籍出版社 2008 年影印本，第 1766 页。
⑤ （清）厉鹗：《辽史拾遗》，商务印书馆 1936 年版，第 331 页。
⑥ （清）毕沅：《续资治通鉴》，中华书局 1979 年版，第 209 页。

魏璟，则是时既开贡院，既有进士，或未及行于他处耳。"①可见，林氏《易水志》在清代广为流行，为诸史家所引，但关于这条辽代进士的记载没有其他史料为佐证，《易水志》所据文献，无以为考。辽代史料中也未能找到任何与魏氏父子相关的记载。与此条史料记载大相径庭的是《中州集》记载："道明字元道，易县人。父辽天庆中登科，仕国朝为兵部郎中。子上达、元真、元化、元道，俱第进士，又皆有诗学，仕至安国军节度使。暮年居雷溪，自号雷溪子。"②魏氏兄弟四人均是金进士。魏元真，皇统二年进士，韩汝嘉同年进士，有《寄元真同年》一诗为证。③魏道明《孟友之与西堂和尚帖跋》提及对孟宗献因系于科场，导致不能专心做古文写作，实现传文章道德的意义。"余往年尝亲见其为人，其学问渊源，度越流辈远甚。惜乎方少年进取，从事于场屋间……"④魏道明曾经亲见过孟宗献，从评价语言看，似是其前辈。王寂《鸭江行部志》载：明昌二年（1191）二月乙未，"乃左君锡、雷西仲、李子美、魏元道、李子安留题明秀亭诗榜，即命复置于亭上。何后政弗嗣，以至荒废如此？明秀诸人去此七年，已参大政。魏元道今为尚书，左、雷、二李皆登鬼录。"⑤魏元道在明昌二年仍活跃在朝堂之上，明秀亭诗榜中留有大定年间诸人留诗题名，明确记载魏道明在金中期与多位名士交往，据此可知魏氏四子实为金进士而非辽进士。

李元忠，字献可，武州人。少擢第，历清要。南渡，为工部尚书。⑥李元忠登第时间，《辽金科举研究》推测在贞祐前⑦，或可稍加具体。《金史·章宗本纪》载："泰和五年冬十月庚申，以刑部员外郎李元忠为高丽生日使。"⑧刑部员外郎为从六品，从进士登第授官升迁至从六品，大约需要三转或四转，即8～10年时间。李元忠南渡后为工部尚书，官居正三品。推测其擢第当在大定末，明昌初年。

---

① （清）李有棠撰、崔文印点校：《辽史纪事本末》卷21《耶律隆运柄用》，第421页。

② （金）元好问：《中州集校注》，中华书局2018年版，第2116页。

③ （金）元好问：《中州集校注》，中华书局2018年版，第2100页。

④ （清）张金吾：《金文最》，中华书局1990年版，第699页。

⑤ （金）王寂：《鸭江行部志》，上海书店出版社2013年版，第28页。

⑥ （金）刘祁：《归潜志》，中华书局1983年版，第50页。

⑦ 李桂芝：《辽金科举研究》，中央民族大学出版社2012年版，第443页。

⑧ （元）脱脱撰：《金史》，中华书局2020年点校本，第296页。

惠吉，《金代科举》《辽金科举研究》均将其归入泰和三年进士。[①]《陕西通志·选举志》载："泰和三年许天民榜，刘彬，录事司人第三甲。惠吉，云阳人，第三甲。"[②]据《京兆泮宫登科题名记》碑拓片录文明确载："承安五年状元阎纺榜下，第三甲刘彬，录事司。惠吉，云阳县。"[③]可见惠吉确实为承安五年词赋进士，当以碑文记载为准。

李暐，《金代科举》《辽金科举研究》均将其归入承安五年进士中。[④]《陕西通志·选举志》载："泰和三年许天民榜……李暐，高陵人，第三甲。孙嘉祥，录事司，第三甲。"[⑤]据《京兆泮宫登科题名记》碑拓片记载："泰和三年状元许天民榜，第三甲李暐，高陵县。孙嘉祥，录事司。"[⑥]可见李暐实为泰和三年（1203）进士，当以碑文记载为准。

赵谦牧[⑦]，《重修兖州宣圣庙碑》载："同知泰宁军节度使赵公谦牧作新宣圣庙于鲁邦之巽维……世居幽都，硕儒继代，幼举神童，壮登桂籍。"[⑧]金经童之制，初行于天会十四年（1136），天德三年罢，至章宗即为，复行此科。[⑨]从时间来看，赵谦牧于天眷三年（1140）撰写碑文之时任职"同知泰宁军节度使"，为正五品官，通判节度使事。因此，赵谦牧不可能是金初经童。辽代科举中并没有经童或神童科，但有一些幼时聪慧能文的"神童"。[⑩]赵谦牧幼年聪慧，受到时人所知，成年后登进士第。从籍贯来看，赵谦牧世居幽都，极有可能是天会六年（1128）燕京

---

① 李桂芝：《辽金科举研究》，中央民族大学出版社 2012 年版，第 423 页。

② （清）：刘于义修，沈青崖纂：《陕西通志》卷 30《选举志》，四库全书影印本，第 50 页。

③ 路远：《金代京兆府学登科进士辑考——以先碑林藏金代进士题名碑二种为据》，碑林集刊（十七），第 239 页。

④ 薛瑞兆：《金代科举》，第 169 页。李暐，承安五年进士。李桂芝：《辽金科举研究》，中央民族大学出版社 2012 年版，第 413 页。李暐，承安五年进士。

⑤ （清）：刘于义修，沈青崖纂：《陕西通志》卷 30《选举志》，四库全书影印本，第 51 页。

⑥ 路远：《金代京兆府学登科进士辑考——以先碑林藏金代进士题名碑二种为据》，碑林集刊（十七），第 239 页。

⑦ 李桂芝：《辽金科举研究》，中央民族大学出版社 2012 年版，第 316 页。

⑧ 《重修兖州宣圣庙碑》，引自国家图书馆善本金石组编《辽金元史可文献全编（一）》，北京图书馆出版社 2003 年版，第 630 页。

⑨ （元）脱脱撰：《金史》，中华书局 2020 年点校本，第 1243 页。

⑩ 周峰：《辽金时期的神童》，《辽金历史与考古（第二辑）》，辽宁教育出版社 2010 年，61—65 页。

竹林寺之科登第进士，历经十余年时间，于天眷三年任职正五品同知泰宁军节度使一职。

刘焕，字德文，中山人，"登天德元年进士"[①]。《畿辅通志·选举志二》载："天德元年已巳，刘焕，定州人，辽东路转运使有传。"[②] 天德元年即为皇统九年，刘焕当为皇统九年（1149）及第进士。

三、进士籍贯辨正

李修籍贯，史籍未载。《辽金科举研究》认为李修为陕西籍进士。[③] 李修为大定二十八年（1188）状元，记载见于《陕西通志》"大定二十八年李修榜"[④]。《京兆泮宫登科题名记碑》记载相同，表述方式例如：

> （大定）二十二年状元张甫榜
>
> （第）三甲萧贡，录事司
>
> （大定）二十八年状元李修榜
>
> （第）三甲孙通祥，录事司
>
> （明昌）二年状元王泽榜下
>
> （第）二甲窦璋，录事司
>
> 曹谦，录事司
>
> ……

按碑记表述，将每一科次状元至于最上一行，下面按照个甲次顺序依次记载本府籍贯进士。张甫，辽阳人；王泽，太原人。[⑤] 李修未见于其他史料记载，但就此推断籍贯为陕西，证据不足。

田谷籍贯，史籍中有两种记载：上海古籍出版社影印许刻本《三朝北盟会编》

---

① （元）脱脱撰：《金史》，中华书局 2020 年点校本，第 1916 页。

② （清）黄彭年等纂：《畿辅通志》卷 34《选举二》，商务影印光绪十年本，第 1128 页。

③ 李桂芝：《辽金科举研究》，中央民族大学出版社 2012 年版，第 375 页。籍贯记为陕西。

④ （清）刘于义等纂：《陕西通志》卷 30《选举志》，四库全书影印本，第 49 页。

⑤ 关于张甫、王泽具体信息，参见《附录一》。

载:"田谷,广陵人,状元石琚榜及第,亶时坐欺罔党锢贬为庶人。葛王立,复官除工部员外郎。"① 景印文渊阁四库全书收录《三朝北盟会编》载:"田谷,广宁人,状元石琚榜及第。"② 广宁府,本辽显州奉先军,天德二年隶咸平,后隶东京,地处辽东。广陵,属山东东路,益都府寿光属镇。③ 田珏党狱牵连的众多官员如马柔德、邢具瞻等人为辽西、燕京籍贯,成员多为原辽籍汉族文士。广陵地处山东东路,属齐国范围内,后为汴京行台管辖。因此,田谷籍贯当为广宁,"广陵"为许刻本误写。

四、进士经历辨正

张汝霖,张浩第三子,出身渤海大族。天德二年(1150),"专志于学"④,尚未出仕。《金史·张汝霖传》载:"贞元二年,赐吕忠翰榜下进士第,特授左补阙,擢大兴县令。"⑤ 张汝霖参加本科考试在赋题中有"方今,将行郊祀"语,触怒了海陵王,被杖三十。⑥ 张汝霖参加贞元二年(1154)考试未中进士,特恩赐第。正隆二年(1157),"乃使子聃与翰林修撰綦戬、杨伯仁、宣徽判官张汝霖、应奉翰林文字李希颜同进士杂试"⑦。这次考试的结果"及开卷,景纯果第一人。杨伯仁、张汝霖中选"⑧。许刻本《三朝北盟会编》载:"张汝霖字仲泽,辽阳人。太师浩之子。亮时特赐及第,寻复正奉名及第。亮时在翰林,葛王立迁吏部侍郎。"⑨ 张汝霖通过特赐及第入仕,直到正隆二年进士登第。

刘迎,《中州集》载:刘迎"大定十三年进士,任职豳王府记室,改太子司经。显宗特亲重之,二十年,从驾凉陉,以疾卒"⑩。刘迎大定末撰《左丞唐括安

---

① (宋)徐梦莘编:《三朝北盟会编》,上海古籍出版社 2008 年影印本,第 1766 页。
② (宋)徐梦莘编:《三朝北盟会编》,上海古籍出版社 2008 年影印本,第 451 页。
③ (元)脱脱撰:《金史》,中华书局 2020 年点校本,第 654 页。
④ 《金赠光禄大夫张行愿墓志》,引自国家图书馆善本金石组编《辽金元史可文献全编(三)》,北京图书馆出版社 2003 年版,第 779 页。
⑤ (元)脱脱撰:《金史》,中华书局 2020 年点校本,第 1983 页。
⑥ (元)脱脱撰:《金史》,中华书局 2020 年点校本,第 2097 页。
⑦ (元)脱脱撰:《金史》,中华书局 2020 年点校本,第 2873 页。
⑧ (金)元好问:《中州集校注》,中华书局 2018 年版,第 2373 页。
⑨ (宋)徐梦莘编:《三朝北盟会编》,上海古籍出版社 2008 年影印本,第 1764 页。
⑩ (金)元好问:《中州集校注》,中华书局 2018 年版,第 538 页。

礼碑》载："尹大兴时，迎午休吏，燕雀语堂下，人不知有官府。"[1] 唐括安礼，"大定二十一年拜右丞相，晋封申国公。是岁薨"[2]。刘迎为唐括安礼撰写神道碑当在大定二十一年（1181）之后。世宗大定二十年、二十二年两次至凉陉，刘迎应卒于大定二十二年（1182）。

张泰亨，金后期进士。元好问撰《嘉议大夫陕西东路转运使刚敏王公神道碑铭》载："女五人……次适同知钧州军州事兼荥泽令张泰亨。"[3] 蒙古宪宗四年（甲寅，1254）撰写《新修惠灵公庙碑》，自署"济南路参议前进士长山张泰亨"[4]。王扩是金后期进士，出身著名官员，他为女儿选择的姻亲进士出生可能性更大。王扩卒于兴定二年（1219），享年 63 岁。推测其婿约 30 岁左右，已经登第任职荥泽令。宪宗四年（1254），附蒙古国任济南路参议，时年约 65 岁，撰写庙碑。但《元史·张泰亨传》载："张泰亨，堂邑县人。父山，为管军百户。泰亨袭职，从攻宋钓鱼山及樊城，征女儿阿塔，有功。中统二年，授银符，侍卫军总把。三年，从围李璮，有功。至元四年，赐金符，升京东归德等处新军千户。从征西川有功，授元帅府镇抚。六年，改省都镇抚。七年，从攻襄阳，矢中右臂。十年，从攻樊城。十二年，进武略将军、管军总管。寻进明威将军。从攻潭州，矢中鼻，拔矢奋战，却敌兵。十三年，赐虎符，进阶武德。从征广西，破静江府。十四年，还军潭州，金疮发，卒。"[5] 从生平可知，此张泰亨为武将出身，承袭父职，曾参加对南宋作战的著名战役钓鱼山战争。从生平来看，一直活跃在战争一线，未有金末中第的记载。从年龄推断，钓鱼山战役发生于至元二年（宋咸淳元年，1265），张泰亨已经 75 岁左右，直到至元十四年（1277）去世，一直活跃在战争一线，似乎不可信。因此推测，王扩婿荥泽令张泰亨与元将堂邑县张泰亨为两个人，不能混为一人。[6]

---

[1] （元）王恽：《玉堂嘉话》，中华书局 2006 年版，第 117 页。

[2] （元）脱脱撰：《金史》，中华书局 2020 年点校本，第 2085 页。

[3] （金）元好问撰，姚奠中主编：《元好问全集》卷 18《嘉议大夫陕西东路转运使刚敏王公神道碑铭》，第 373 页。

[4] （清）毕阮编纂：《山左金石志》卷 21《新修惠灵公庙碑》，引自国家图书馆善本金石组编《历代石刻史料汇编》第 11 册，北京图书馆出版社 2000 年版，第 713 页。

[5] （明）宋濂等撰：《元史》卷 166《张泰亨传》，第 3901 页。

[6] 薛瑞兆：《金代科举》，第 216 页。李桂芝.《辽金科举研究》，中央民族大学出版社 2012 年版，第 486 页。二书记载张泰亨都是将元史作为材料出处，混将两位张泰亨看作一人，当误。

五、进士重出辨正

马讽与马俸都是金前期进士，但并非同一人。[①]《金史·马讽传》载："马讽字良弼，大兴漷阴人。……宗翰克汴京，讽归朝，复登进士第。"[②]《畿辅通志·选举志二》"天德二年"条记载："马讽，通州人，先登宋宣和六年第，历官刑部尚书。"[③]马讽于宣和六年（1124）登宋进士第。宗翰天会四年（1125）克汴京，马讽复登进士第。从时间来看当在天会年间，极有可能参加天会六年燕京竹林寺之试。《金史》本传载其事迹，天德初为宁州刺史，后迁南京副留守，入为大理少卿。马讽在天德初年已经任职正五品地方主官，不可能在天德年间登第。按照其仕宦进程看，海陵王贞元元年高桢任职御史大夫，马讽此时任职从三品御史中丞，及第时间推测当为天会年间。除登第时间有误外，《金史》本传与《畿辅通志》记载生平仕宦一致。《三朝北盟会编》载："马俸，燕人。石琚榜及第，亮时为御史中丞，葛王立除为御史大夫。"[④]马讽与马俸除在海陵王时期任职御史中丞外，登第时间、仕宦经历均有不同，更可能是前后登第时间不同的两位进士。

孔端甫与孔端肃为一人。孔端甫为孔氏四十八代，明昌四年（1193）三月丙子特赐及第。明昌初，"学士党怀英荐其年德俱高，读书乐道，该通古学。召至京师，特赐王泽榜及第，除将仕郎、小学教授，以主簿半俸致仕"[⑤]。《金史》记载多处，均名为"端甫"。明昌三年（1192）九月，孔端肃做《游泰山题名记》，并未记载官职和及第信息，说明此时尚未被赐第。[⑥]明昌四年七月，为《姜氏云亭房名碑》篆额，落款"特赐进士及第、将仕郎孔端肃"[⑦]。金代特恩赐第数量不多，规程比较严谨。孔端甫（肃）为第四十八代孔氏后人于明昌四年以事高，被赐进士第，且授"将仕郎"，赐第时间与官职相一致，当为一人。

[①] 李桂芝：《辽金科举研究》，中央民族大学出版社 2012 年版，第 311、320 页，两次记载马讽，并认为马讽与马俸为同一人。

[②] （元）脱脱撰：《金史》，中华书局 2020 年点校本，第 2119 页。

[③] （清）黄彭年等纂：《畿辅通志》卷 34《选举二》，商务影印光绪十年本，第 1128 页。

[④] （宋）徐梦莘编：《三朝北盟会编》，上海古籍出版社 2008 年影印本，第 1766 页。

[⑤] （元）脱脱撰：《金史》，中华书局 2020 年点校本，第 2447 页。

[⑥] （清）张金吾：《金文最》，中华书局 1990 年版，第 340 页。

[⑦] 王新英：《全金石刻文辑校》，吉林文史出版社 2012 年版，第 363 页。

潞州进士王良臣、文山进士王良臣。《归潜志》载："王翰林良臣，字大用，潞州人。长于律诗，尖新、工对属。南渡，在馆。后从李天英北征，遇害。"① 《中州集》记载基本与《归潜志》同，增加了"承安五年进士，与李献能友善，殁于军中，赠孟州防御使。"② 这两则史料基本记载了承安五年进士王良臣的生平、仕宦、文学成就，是为一人，即山西潞州进士王良臣。撰写于贞祐二年（1214）的《圣水岩玉虚观记》，书丹者是文山进士王良臣。③《玉虚观记》碑立于山东东路宁海州，王良臣籍贯文山县是山东宁海州下辖属地，登第时间当在贞祐二年前，与前述王良臣非同一人，是另一位同名进士。④

薛居中，字鼎臣。辟举法行后，兴定二年（1218）冬十月，薛居中由王屋令调任登封令，有惠政。⑤ 赵元有诗《薛鼎臣罢登封》，诗后注曰："鼎臣材大夫宰登封有惠政，今以例罢，故有上句。"⑥ 元好问有诗《薛明府去思口号七首》⑦，并于兴定三年（1219）撰《登封令薛侯去思颂》载："侯名居中，字鼎臣，泰和中进士乙科。释褐滏阳簿。"⑧《（正德）彰德府志》载："居中字鼎臣，性明断所至著称，登封令。"⑨《（雍正）河南通志》将薛居中与薛鼎臣作为两位进士，记载于章宗年间登第。⑩ 薛居中，章宗泰和年间登第，但不能确定为泰和三年进士。⑪ 薛居中，薛鼎臣为一人，至于侯居中则是对史料的误读。⑫

李惟寅、李舜臣。李惟寅，字舜臣。《归潜志》收录"析津李惟寅舜臣"诗

---

① （金）刘祁：《归潜志》，中华书局 1983 年版，第 39 页。

② （金）元好问：《中州集校注》，中华书局 2018 年版，第 1289 页。

③ 王新英：《全金石刻文辑校》，吉林文史出版社 2012 年版，第 525 页。

④ 李桂芝：《辽金科举研究》，中央民族大学出版社 2012 年版，第 445 页，王良臣（二）从籍贯、仕宦、引用文献混淆两位同名进士。

⑤ （元）脱脱撰：《金史》，中华书局 2020 年点校本，第 2927 页。

⑥ （金）元好问：《中州集校注》，中华书局 2018 年版，第 1421 页。

⑦ （金）元好问撰，姚奠中主编：《元好问全集》卷 11《五言绝句》，第 227 页。

⑧ （金）元好问撰，姚奠中主编：《元好问全集》卷 38《登封令薛侯去思碑》，第 683—684 页。

⑨ （明）崔铣：《（正德）彰德府志》卷 7《选举志》，天一阁藏明嘉靖刻本，上海书店 1964 年影印版，第 3 页。

⑩ （清）田文镜：《（雍正）河南通志》，光绪二十八年补刻本影印版，第 9 页。

⑪ 薛瑞兆：《金代科举》，第 175 页。薛居中纳入泰和三年科，史料不足。

⑫ 李桂芝：《辽金科举研究》，中央民族大学出版社 2012 年版，第 427 页，有泰和中进士侯居中、薛鼎臣，当误。

作。[①] 王恽《中堂事记上》载："李惟寅，字舜臣，西京人，前进士。"[②] 王恽《秋涧集》收录《前进士李舜臣侄求子妇醵金疏》："前进士李公舜臣之侄元德求婚，纳徵有日。"[③] 刘祁、王恽记载之李惟寅当为一人，金末登第，入蒙元为官，舜臣为其字。[④] 另有名为李舜臣之进士，撰写天会十三年（1135）《傅肇墓志铭》载：墓主傅肇女"长曰七娘，适进士李舜臣"[⑤]。李舜臣登第于天会十年前，墓主人为山东济南人，去世时间为齐阜昌乙卯年，则李舜臣当为齐阜昌五年前登第。

李山，两位同名金进士。《归潜志》载："李陈州山，字夏卿，一字安仁，大名人。少擢第，历清要。南渡，同知开封府，迁陈州防御使。"[⑥] 按《金史》诸府同知一员，正四品。李山南渡后任职同知开封府，推测其登第时间当在大定、明昌时期。张献臣所撰《清丰县重修宣圣庙碑》载："大安元年，洺水宋鄂者，方为县簿，……亲破己俸，劝诱进士李山等，补漏完缺，创修斋廊挟厦二十余间，经之营之，不日成之。"[⑦] 两位同名进士，一位籍贯大名，登第约在大定、明昌时期，任职地方主官。另一位籍贯河南清丰，协助本县官员修葺县学，助益地方教育。[⑧]

张仲周与刘仲周是为两人。张仲周，字君美，临漳人。《彰德府志》载："性醇静，终日默坐，亡戏谈，不臧否人。虽休沐，惟览诵经史。自监察御史授大府丞。冬，监卒取木炭皮为仲周爨。仲周曰：'此亦官物。'却之。"[⑨]《（雍正）河南通志》将其记为章宗时期进士。按府志叙述，张仲周为官清廉，坚守职责，性格端方。刘仲周记载于《归潜志》："御史大夫裴满阿虎带、吏部侍郎刘仲周等诣北兵告和，

---

① （金）刘祁：《归潜志》，中华书局 1983 年版，第 178 页。

② （元）王恽：《王恽全集汇校》，中华书局 2013 年版，第 3312 页。

③ （元）王恽：《王恽全集汇校》，中华书局 2013 年版，第 2982 页。

④ 李桂芝：《辽金科举研究》，中央民族大学出版社 2012 年版，第 485 页。将李惟寅和李舜臣记载为两人，史料来源于《秋涧集》。

⑤ 王新英：《全金石刻文辑校》，吉林文史出版社 2012 年版，第 14—15 页。

⑥ （金）刘祁：《归潜志》，中华书局 1983 年版，第 51 页。

⑦ （清）张金吾：《金文最》，中华书局 1990 年版，第 1170 页。

⑧ 李桂芝：《辽金科举研究》，中央民族大学出版社 2012 年版，第 434 页。李山当是两位不同籍贯进士。

⑨ （明）崔铣：《（正德）彰德府志》卷 7《选举志》，天一阁藏明嘉靖刻本，上海书店 1964 年影印版，第 3 页。

不从。"①刘仲周与崔立关系密切，有姻亲关系，刘祁将其视为崔立亲信，由礼部侍郎升任参知政事，在崔立之变中扮演了重要角色。从二人的经历和性格分析，当为两人。《金代科举》张仲周条将《彰德府志》与《归潜志》所记刘仲周事迹杂糅，当误。②

李撝，字谦甫，崇庆二年（1213）进士，李俊民侄。③《庄靖集》"癸西榜后寄侄谨甫"注释曰："王道衡、李撝更三举，二人亦高第。癸西省试王道衡第二，御试撝第二，道衡第十一。"④《庄靖集·李氏家谱》："撝谦甫，进士第一科。"⑤癸西即崇庆二年，贞祐三年（1215）任职河南福昌簿，在战乱中将叔父李俊民接到安全住所。李撝与李谦甫同为一人。

赵璧，冀州人，兴定五年进士及第。元人郝经《陵川集》载："赵璧，字敏之，登兴定五年进士第。释褐泗州司户，累迁朝列大夫尚书省掾权尚书户部主事。"⑥天兴元年（1232）二月死于兵难。赵璧曾祖父宋末金初居家迁居冀州，祖父有志于学，父亲未能中举而卒。《秋涧集·卢龙赵氏家传》载："保宜府君之子曰璧，字国宝，穆之叔祖。资沉雄，有才干，涉猎经史，中武举第，官广威将军、宣宗丽妃位奉事。"⑦此赵璧武举中第，为辽大族赵思温家族后裔。与前述冀州赵璧为两人。⑧

李俌，《棣州重修庙学记》载：明昌三年（1192），"既又厌次进士曰李俌亦以钱币为助，副以梁檼众材直百千。"⑨棣州庙学于明昌三年开始修建，李俌当在

① （金）刘祁：《归潜志》，中华书局 1983 年版，第 122、129 页。

② 薛瑞兆：《金代科举》，第 236 页。

③ 薛瑞兆：《金代科举》，第 187 页，李谦甫。李桂芝.《辽金科举研究》，中央民族大学出版社 2012 年版，第 480 页，将李撝记为金后期进士。

④ （金）李俊民：《庄靖集》，三晋出版社 2006 年版，第 142 页。

⑤ （金）李俊民：《庄靖集》，三晋出版社 2006 年版，第 431 页。

⑥ （元）郝经：《郝文忠公陵川文集》卷 35《许郑总管赵侯述先碑铭》，北京图书馆古籍珍藏本丛刊本，书目文献出版社 1991 年版，第 791 页。

⑦ （元）王恽：《王恽全集汇校》，中华书局 2013 年版，第 2267 页。

⑧ 李桂芝：《辽金科举研究》，中央民族大学出版社 2012 年版，第 458 页。混淆冀州赵璧和卢龙赵璧。

⑨ 王新英：《全金石刻文辑校》，吉林文史出版社 2012 年版，第 656 页。

此前及第，而非明昌五年进士。①《（乾隆）山东通志·选举志》卷："李俌，阳信人。"②《山东通志》中未记载李俌登第时间，《金史·地理中》载："棣州，上，防御。"③下辖厌次、阳信、商河三县。李俌为棣州籍贯进士，为修建本州庙学提供资金支持，所载当为一人。

王仲元，字清卿，平阴人。承安五年四举推恩，擅长书法。《还山遗稿》载其"改陕西东路转运司盐铁判官"。④《归潜志》载为东平人，卒于京兆判官。⑤《中州集》载为平阴人，历京兆转运司幕官，并其诗作三首。⑥《山东通志》载金进士"王仲元，须城人，判官。"⑦王仲元为山东东平府籍贯，须城为东平下辖县，当为一人。⑧

《中州集》记载两位赵文昌，一位登第于大定二十二年（1182），另一位为明昌二年（1191）进士。"文昌字当时，陵川人。仕至京兆转运副使。"⑨《金进士盖公墓记》提及赵文昌与赵泂、周昂等人均为大定二十二年进士。⑩从《中州集》记载来看，陵川赵文昌诗曾得到王庭筠的赞赏。"文昌字公权，平阳人，明昌二年进士。仕至辽东路盐使。博学好持论，周常山甚爱之。"⑪周常山，即周昂，与陵川赵文昌为同年进士，但与平阳赵文昌相交颇有年长者对后辈欣赏亲昵之意。两位同名进士籍贯不同，一为河东南路泽州，一为河东南路平阳府；登第科次不同，一为大定二十二年，一为明昌二年。官职不同，一为京兆转运副使，一为辽东路盐使。二者易混淆，当正确区分。

---

① 薛瑞兆：《金代科举》，第158页。载李俌为明昌五年进士，且认为有另一同名进士。第232页。

② （清）杜诏纂：《山东通志》卷15《选举志》，钦定四库全书（史部），第24页。

③ （元）脱脱撰：《金史》，中华书局2020年点校本，第656页。

④ （元）杨奂撰：《还山遗稿》卷上《锦峰王先生墓表》，四部丛刊本，第8页。

⑤ （金）刘祁：《归潜志》，中华书局1983年版，第42页。

⑥ （金）元好问：《中州集校注》，中华书局2018年版，第2214页。

⑦ （清）杜诏纂：《山东通志》卷15《选举志》，四库全书影印版，第25页。

⑧ 薛瑞兆：《金代科举》，中国社会科学出版社2004年版。第169页、第233页分别记载王仲元，从籍贯来看，当为一人。

⑨ （金）元好问：《中州集校注》，中华书局2018年版，第2154页。

⑩ （元）苏天爵：《滋溪文稿》，中华书局1997年版，第55页。

⑪ （金）元好问：《中州集校注》，中华书局2018年版，第2179页。

六、非金进士而误收录者辨正

金代尚未有完整进士题名录流传至今，《金代科举》《辽金科举研究》《中国科举制度通史·金代卷》等专著之中进士名录部分从浩繁复杂的文献资料、石刻碑文等史料中细致选校出数量庞大的金代进士，做了大量富有成效的工作，研究成果显著。但对金代文献搜检整理后，查阅各家进士名录发现，仍有一些非及第进士或非金代进士混于其中，现考释如下。①

（一）辽进士、元进士而误收为金进士

鲜于茂昭，辽进士。《辽史·圣宗本纪》："开泰二年，于茂昭等六人及第。"②金代史料未见名为鲜于茂昭的进士。③

沈璋，《金史·沈璋传》载："沈璋字之达，奉圣州永兴人也。举进士业。"④《金史·耶律余睹传》亦载："奉圣州降，其官吏皆遁去，余睹举前监酒李师虁为节度使，进士沈璋为副使……"⑤奉圣州降金在辽保大二年（1122）⑥，即金太祖天辅六年。⑦此时金尚处对辽战争时期，并未开科取士。由此可知，沈璋为辽进士无疑。

吕允，《大明一统志》载："吕允，平定人，远祖宗礼，举进士，为辽州司户。宗礼子仲堪亦举进士，仲勘孙钊为千夫长，死国事。钊生成德，成德生允，累官汉中道廉访金事，以子思诚贵，追封齐国公。"⑧《山西志辑要》亦载："吕允，初仕燕南按察司……后迁汉中肃政廉访使，致仕。以子思诚贵，封齐国公。"⑨吕允不是金进士的原因有二：其一，吕允子吕思诚生于元至元三十年（1293），卒于元至正十七年（1357），按时间推测其父吕允应为金末或金亡后出生，与金末最后

---

① 本文研究对象为金代词赋、经义、策论进士以及特恩赐第进士，因此考辨对象为非金代及第进士，已经明确为经童、律科、乡贡进士者不在此例。
② （元）脱脱撰：《辽史》，中华书局2016年点校本，第191页。
③ 李桂芝：《辽金科举研究》，中央民族大学出版社2012年版，第510页。
④ （元）脱脱撰：《金史》，中华书局2020年点校本，第1830页。
⑤ （元）脱脱撰：《金史》，中华书局2020年点校本，第3004页。
⑥ （元）脱脱撰：《辽史》，中华书局2016年点校本，第1306页。
⑦ （元）脱脱撰：《金史》，中华书局2020年点校本，第39页。
⑧ （明）李贤等：《大明一统志》卷19《山西布政司》，天顺五年御制序刊本影印版，第35—36页。
⑨ 山西省史志研究院编：《山西志辑要》卷8《直隶平定州》，中华书局2000年版，第526页。

一次开科时间也有很大差距，故此不能为金进士。其二，吕允所任官职来看，燕南按察司、汉中道廉访佥事均为元代官职。因此吕允非金进士。①

（二）非进士而误记为金进士

路铎，冀州人，路伯达子。《金代科举》《辽金科举研究》均将其记载为进士。②路铎活跃于金明昌、承安、泰和时期的政坛，以直言敢谏闻名。贞祐二年（1214）正月，蒙古兵攻占怀州，投水死节。《畿辅通志》载："严毅、路钧莱州观察使，路铎有传，以上三人俱冀州人。"未记载路铎登第科次。③《陕西通志·选举志》载同州人路铎。④路铎相关记载在《金史》《中州集》多处出现。《金史·路伯达传》载："子铎、钧。钧字和叔，登大定二十五年进士第，终莱州观察判官。铎最知名，别有传。"⑤路铎本传并未载如何入仕，明昌三年（1192）任职左三部司正，正八品。路伯达明昌二年（1191）作为副使出使南宋。⑥返回后请求致仕，并将使宋所获得金银献给朝廷助边，不久后去世，章宗感念其忠诚，赠官大中大夫。其子路铎即入仕任官，最大可能即是荫补入仕，并非登进士第，故此不提入仕方式。路铎文学修养极高，曾经在冀州乡中闲居时与元德明⑦、赵秉文⑧、周昂⑨、王庭筠⑩等人交往，《遗山先生墓铭》载："（元好问）年十一，从其叔父官于冀州，学士路宣叔赏其俊爽，教之为文。"⑪路铎与少年元好问有短暂的师生情谊，时间约在承安五年（1200）前后，又与元德明交好。《中州集》中收录路铎诗26首，说明元氏父子对其经历非常熟悉，如是进士出身一定会在小传中体现。路铎知名于时，从其

---

①　李桂芝：《辽金科举研究》，中央民族大学出版社 2012 年版，第 487 页。

②　薛瑞兆：《金代科举》，中国社会科学出版社 2004 年版，第 140 页；李桂芝：《辽金科举研究》，中央民族大学出版社 2012 年版，第 373 页。

③　（清）黄彭年等纂：《畿辅通志》卷 34《选举二》，商务影印光绪十年本，第 1133 页。

④　（清）：刘于义等著：《陕西通志》卷 30《选举志》，四库全书影印本，第 51 页。

⑤　（元）脱脱撰：《金史》，中华书局 2020 年点校本，第 2267 页。

⑥　赵永春：《奉使辽金行程录》，北京：商务印书馆 2017 年版，第 432—444 页。

⑦　（金）元好问：《中州集校注》，中华书局 2018 年版，第 2714 页。

⑧　（金）赵秉文：《闲闲老人滏水集》，中华书局 1985 年版，第 28 页。

⑨　（金）元好问：《中州集校注》，中华书局 2018 年版，第 863 页。

⑩　（金）元好问：《中州集校注》，中华书局 2018 年版，第 747 页。

⑪　（元）郝经：《郝文忠公陵川文集》卷 35《遗山先生墓铭》北京图书馆古籍珍藏本丛刊本，书目文献出版社 1991 年版，第 772 页。

父路伯达传、金史本传、各种文集中均未记载其进士出身。其弟路钧在当时的影响远远小于兄长路铎，却明确记录在正史中。如果路铎进士登第，却不记录史册，着实不合常理。从《畿辅通志》记载来看，将路钧、路铎都记为金代不知科分进士，本身就显现出对《金史》记载缺乏细致推敲。因此可知，路铎并非进士出身，最有可能是章宗感念路伯达功绩，以其长子荫补入仕。陕西同州进士路铎，推断可能为另一同名进士，以期新史料佐证。

边元恕，丰州人。《中州集》载："元鼎字德举，丰州人，兄元勋、元恕俱有时名，号三边……天德三年第进士。"① 又载："元勋字辅臣，丰州人，后迁云中。祖贯道，辽日状元。辅臣天会十年进士，终于河间路转运使。与弟元鼎、元恕。"② 《中州集》记载边氏兄弟事迹详尽，元鼎、元勋皆为进士，且有具体登第时间。未载元恕为进士，说明元恕未登进士第。《续夷坚志》记载边元恕所纪二事，并未提及其身份，且内容毫不掩饰金初期对占领地区的残暴行为，似非进士及第入仕者作为。《辽金科举研究》将边元恕认定为熙宗朝进士③，缺乏有力证据，当为非进士。

王藏器，乡贡进士，非及第进士。王藏器于大定二十二年（1182）做《济源县创建石桥记》，署名为"进士王藏器"。④ 以此为据，将王藏器认定为及第进士。⑤ 出土于河南省孟州市的《大金故进义校尉焦君墓志铭》作于大定二十六年（1186），撰者署名"乡贡进士王藏器"。⑥ 河东南路孟州属县有四，济源其中之一。⑦ 二者当为一人，王藏器至少到大定二十六年仍然是"乡贡进士"，之后也未有其登第的记载，所以不能确定为及第进士。

---

① （金）元好问：《中州集校注》，中华书局 2018 年版，第 450 页。
② （金）元好问：《中州集校注》，中华书局 2018 年版，第 2082 页。
③ 李桂芝：《辽金科举研究》，中央民族大学出版社 2012 年版，第 307 页。
④ （清）张金吾：《金文最》，中华书局 1990 年版，第 1056 页。
⑤ 李桂芝：《辽金科举研究》，中央民族大学出版社 2012 年版，第 366 页。
⑥ 陈朝云、刘梦娜：《大金进义校尉焦君墓志研究》，《中原文物》2017 年第 2 期，第 67—68 页。
⑦ （元）脱脱撰：《金史》，中华书局 2020 年点校本，第 686 页。

梁甫即梁肃，云中三老之一。沈仁国、侯震将其误认为明昌进士。[1]金人刘祁《归潜志》载："金代名士多出北方，世传云中三老图，魏参政子平宏州顺圣人，梁参政甫应州山阴人，程参政晖蔚州人，三公皆执政世宗时，为名臣。"[2]魏子平，《金史》有传，登第时间推测为熙宗、海陵时期。[3]程晖（辉），皇统二年进士。[4]梁甫，《金史》中未见记载其人事迹。元人骆天骧《类编长安志·胡相别墅》载："从此云中传盛事，画图不独魏、梁、程。"诗句下注曰："魏子平、梁肃、程辉，皆云中也，大定间，相继以参知政事致仕，居燕山，画师赵绍隆做云中三老图，当时诗人歌詠为盛事。"[5]梁肃，天眷二年（1139）进士，其籍贯一说为奉圣州，[6]一说为广宁。[7]从地域上看，奉圣州与应州都归属金西京路，属于云中地区。从任参知政事时间来看，梁肃于世宗大定二十一年（1181）由彰德军节度使升为参知政事，正与《归潜志》所述相符。魏子平、梁肃、程辉三人登第时间相近，官职升迁途径都是由进士登第释褐授官，由低级官员向高级官员逐级升迁，直至参知政事。由此可知，《归潜志》中所提到云中三老之一是梁肃，并未有金进士梁甫其人。[8]梁肃籍贯广宁一说载于《续夷坚志·天降夫人》一则，志怪色彩浓厚。梁肃年轻求学时期曾经在广宁府居住过，有事迹流传。梁肃为天眷二年进士，将其误认为明昌进士当误。

聂谦，《辽金科举研究》载为进士。[9]据《大金故聂公碑》载：墓主人聂训"字彦，一兄二弟，许、诜、谦，许即中大夫也，诜前判南京警巡院，官承信校尉；谦累进士第，早世"[10]。由此可知，聂谦为墓主人聂训之弟，屡次试进士，未登第

---

① 沈仁国：《金明昌进士辑补》，《庆贺邱树森教授七十华诞史学论文集》，华夏文化艺术出版社 2007 年版，第 84 页。侯震：《金章宗明昌进士研究》，吉林大学博士学位论文，2015 年，第 33 页。

② （金）刘祁：《归潜志》，中华书局 1983 年版，第 118 页。

③ （元）脱脱撰：《金史》，中华书局 2020 年点校本，第 2098 页。

④ （元）脱脱撰：《金史》，中华书局 2020 年点校本，第 2238 页。

⑤ （元）骆天骧：《类编长安志》，中华书局 1990 年版，第 283—284 页。

⑥ （元）脱脱撰：《金史》，中华书局 2020 年点校本，第 2104 页。

⑦ （金）元好问：《续夷坚志》，中华书局 2006 年版，第 45—46 页。

⑧ 李桂芝：《辽金科举研究》，中央民族大学出版社 2012 年版，第 348 页。

⑨ 李桂芝：《辽金科举研究》，中央民族大学出版社 2012 年版，第 382 页。

⑩ 王新英：《全金石刻文辑校》，吉林文史出版社 2012 年版，第 227—228 页。

即早逝，故此并非及第进士。

毛矩，《辽金科举研究》载为进士。① 据《遗山集·毛氏宗支石记》载：毛矩"字仲方，承安元年由州掾属保随朝吏员试秋场，中甲首。二年，补吏部覃科令史，转黄科房长"②。金代科举府试之期为八月下旬至九月上旬，会试于府试次年正月进行，御试于三月下旬至四月中旬。③ 从时间来看，承安元年秋季举行的当为府试，殿试应在承安二年举行。毛矩参加的显然不是承安二年的进士科考试。金代六部吏员多有品官子弟荫补或地方吏员试补来充任。地方吏员想要进入中央机构需要通过相应考试。④ 章宗大定二十九年（1189）曾有取消州府吏人试补随朝吏员的争论，尚书省给予的答复："吏人试补之法，行之已久，若止收承荫人，复恐不闲案牍，或致败事。"⑤ 因此州府吏人得以继续参加规定考试进入中央各机构。毛矩参加随朝吏员秋试正是这类考试，取得第一名的成绩，因此获得吏部覃科令史的职任，进入吏部掌管选授、封赠的科署。因此可知，毛矩未参加进士科考试，非及第进士。

张著，《辽金科举研究》载为进士。⑥ 元好问《中州集》载："著字仲扬，永安人。泰和五年，以诗名召见，应制称旨，特恩授监御府书画。"⑦ 金人刘祁《归潜志》载："明昌承安间，作诗者尚尖新，故张耆仲扬由布衣有名，召用。"⑧ 其诗《宋张择端清明上河图跋》自署"张著"⑨，当是一人。刘勋《读张仲扬诗因题其上》："布衣一日见明君，俄有诗名四海闻。"⑩ 张著为布衣，受皇帝特恩擢升为监御府书画，并未提及为其特恩赐第。当归属为非进士。

李贞，黎阳人，《辽金科举研究》载为进士。元人王恽《秋涧集·碑阴先友记》

---

① 李桂芝：《辽金科举研究》，中央民族大学出版社 2012 年版，第 405 页。
② （金）元好问撰、姚奠中主编：《元好问全集》卷 34《毛氏宗支石记》，第 616 页。
③ （元）脱脱撰：《金史》，中华书局 2020 年点校本，第 1227 页。
④ 王雷：《金代吏员研究》，吉林大学博士学位论文，2010 年，第 46—47 页。
⑤ （元）脱脱撰：《金史》，中华书局 2020 年点校本，1260 页。
⑥ 李桂芝：《辽金科举研究》，中央民族大学出版社 2012 年版，第 426 页。
⑦ （金）元好问：《中州集校注》，中华书局 2018 年版，第 1870 页。
⑧ （金）刘祁：《归潜志》，中华书局 1983 年版，第 85 页。
⑨ （清）张金吾：《金文最》，中华书局 1990 年版，第 674 页。
⑩ （金）元好问：《中州集校注》，中华书局 2018 年版，第 1897 页。

载：“李贞子彦祥，黎阳人，先考同年吏员，转尚书户部掾，性温粹以善淑称。”①《元史·王恽传》载：王恽，“父天铎，金正大初以律学中首选，仕至户部主事”②。王恽为其父撰写墓志铭记载其父生平：“先府君讳天铎，字振之，族王氏…正大初，自州户曹辟，权行部令史…正大四年，用元帅完颜公荐，挟所能，试京师，擢吏员甲首，时年二十有六。”③从王恽记载来看，其父王天铎并未中进士，正大四年（1127）参与吏员选拔考试，获取甲首。所谓“先考同年吏员”，当理解为一起参加正大四年的吏员考试，升至户部掾，而非进士同年。由此可见，李贞并非及第进士。④

赵天瑞、张仲和，《金代科举》《辽金科举研究》均载为进士。⑤《续夷坚志》载：“崇庆元年冬十月，北京进士赵天瑞、张仲和辈十五人，赴试回，晓行道中，日中见二物。”⑥崇庆元年无科，崇庆二年（1213）开科取人颇多。从时间来看，府试之期在八月下旬至九月上旬，赵、张等人应是崇庆元年（1212）参加完设于北京路大定府的府试返乡途中遇到的奇异见闻。因此所谓北京进士赵、张二人，仅是通过府试，并非及第进士。

丁居实，《辽金科举研究》载为进士。⑦《秋涧集》载：其墓铭“公讳居实，字仲华。……公少孤，稍长，力学不倦，每以藉荫人杂流为慊。遂去，习城旦书。用明威资，中正大四年部掾甲首，例补尚书吏部令史”⑧。为抑制任子苟进之风，自大定二十九年（1189）定制散官五品而任七品，散官未至五品而职事五品，其兄弟子孙已承荫者并许投试，而六部令史吏人试补者仍旧。⑨金制，明威将军，武散官正五品下，正符合投试要求。因此，丁居实参加正大四年六部吏员考试，

---

① （元）王恽：《王恽全集汇校》，中华书局2013年版，第2603页。
② （明）宋濂等撰：《元史》卷167《王恽传》，第3932—3933页。
③ （元）王恽：《王恽全集汇校》，中华书局2013年版，第2316页。
④ 李桂芝：《辽金科举研究》，中央民族大学出版社2012年版，第435页。
⑤ 薛瑞兆：《金代科举》，第188页。李桂芝：《辽金科举研究》，中央民族大学出版社2012年版，第442页。
⑥ （金）元好问：《续夷坚志》，中华书局2006年版，第77页。
⑦ 李桂芝：《辽金科举研究》，中央民族大学出版社2012年版，第472页。
⑧ （元）王恽：《王恽全集汇校》，中华书局2013年版，第2408页。
⑨ （元）脱脱撰：《金史》，中华书局2020年点校本，第1258页。

并非进士及第。

刘琢，《辽金科举研究》载为进士。① 《畿辅通志》载为正大间进士："刘琢，中山人有传。"② 《归潜志》详细记载刘琢生平经历："刘琢伯成，中山人，刻苦为学，事母教弟，以孝友闻朋友。居邓州，人甚重之。正大初，举进士南京，余始与相识。俄下第归。久之河南乱，闻在武仙军中。仙喜也。又作古剑诗，极工。陈陷，死。"③ 《金史·武仙传》提及刘琢在武仙军中，出使南宋之事。以《归潜志》所记来看，刘琢并未进士及第。

刘冲，字进之，《金代科举》《辽金科举研究》均载为进士。④ 但现存文献并未有其为进士相关记载。《秋涧集·文通先生墓表》载奉常赵衎、郝斡进士、太原刘冲、邑大夫李瑞签四人为王恽父王天铎作谥文。⑤ 同卷《秋涧集·碑阴先友记》载："刘冲字进之，太原人。性刚克敦友义，嗜学安贫，乐道人善。事与心会，激节感慨，有幽并豪杰气，尤长于《左氏春秋》。"⑥ 刘冲与王恽父王天铎相交甚深，如是进士及第，当在文中有记。又《续夷坚志》载："太原士人刘进之，客卫州。所居近河，三夜闻哭声，访之邻里，云：'旁近无哭者，当是鬼哭欤？'进之忽忆临河有汴宫天庆殿所撤大木，将作筏下河，候涨落乃行，云是彰德帅欲用修药棚者。"⑦ 三则材料均详细记载刘冲生平事迹，并未记载刘冲及第进士身份。暂将其列入非进士，以待新史料考证。

王构，东平人。《辽金科举研究》载为进士。⑧ 《元史·王构传》载："王构，字肯堂，东平人。……弱冠以词赋中选，为东平行台掌书记。参政贾居贞一见器重，俾其子受学焉。"⑨ 元太祖十五年（1220），严实以彰德、大名、磁、洺、恩、博、浚、

---

① 李桂芝：《辽金科举研究》，中央民族大学出版社 2012 年版，第 477 页。
② （清）黄彭年等纂：《畿辅通志》卷 34《选举二》，商务影印光绪十年本，第 1133 页。
③ （金）刘祁：《归潜志》，中华书局 1983 年版，第 26 页。
④ 薛瑞兆：《金代科举》，第 226 页。李桂芝：《辽金科举研究》，中央民族大学出版社 2012 年版，488 页。
⑤ （元）王恽：《王恽全集汇校》，中华书局 2013 年版，第 2602 页。
⑥ （元）王恽：《王恽全集汇校》，中华书局 2013 年版，第 2605 页。
⑦ （金）元好问：《续夷坚志》，中华书局 2006 年版，第 80 页。
⑧ 李桂芝：《辽金科举研究》，中央民族大学出版社 2012 年版，第 482 页。
⑨ （明）宋濂等撰：《元史》卷 164《王构传》，第 3855 页。

滑等户三十万来归，以实行台东平，领州县五十四。^① 严实行台东平后，东平府学繁盛，延请名士教授，培养大批人才。又元人袁桷《清容居士集·翰林承旨王公请谥事状》载："公幼岁肄业郡学，试词赋入等，杜先生仁杰深器之。"^② 王构生于乃马真后称制四年（1245），卒于元武宗至大三年（1310），年六十六岁。元史本传载为六十三岁，与袁桷记载此稍异。可知王构非金进士。

刘秉忠，《辽金科举研究》载为进士。^③ 考其生平经历主要仕于蒙元，非金进士。《元史·刘秉忠传》载：刘秉忠"八岁入学，日诵数百言。年十三，为质子于帅府。十七，为邢台节度使府令史，以养其亲。"^④ 从出身和经历上看，刘秉忠为金降臣刘润之子，按照蒙古习俗，把归降者的子弟作为质子，刘秉忠十三岁在帅府为质，任职于蒙古军中，无法参加金末南渡后的几科考试。

高鸣，真定人。《辽金科举研究》载为进士。^⑤ 主要仕于蒙元，非金进士。元好问《送高雄飞序》撰于壬子年（1152）七月，旭烈兀征西域三次征召时任漕司从事的高鸣为幕僚，后荐其为彰德路总管。高鸣生于金大安元年（1209），卒于元至元十一年（1274），年六十六岁。^⑥ 元人鲜于枢《困学斋杂录》载："吏部高先生鸣字雄飞，岢岚人。历彰德路总管召为翰林学士。至元五年至侍御史，迁礼部尚书，终于官。"^⑦ 元好问和鲜于枢为金末、蒙元时期文人，与高鸣多有交往，都未记载其为金末进士。且金最后一次开科为正大七年（1230），高鸣时年二十一岁，如早慧登科，必会为时人称誉记载。以此推测，高鸣非金末进士。

陈时可，《辽金科举研究》载为进士。^⑧ 元人鲜于枢《困学斋杂录》载："寂通老人陈时可，字秀玉，燕人。金翰林学士。仕国朝为燕京路课税所官。"^⑨ 金翰林院诸官职中进士出身者占有极高的比重，但也有非进士出身的翰林院官，如王浍。

① （明）宋濂等撰《元史》卷58《地理一》，第1365页。
② （元）袁桷：《清容居士集》卷32《翰林承旨王公请谥事状》，钦定四库全书（集部），第9页。
③ 李桂芝：《辽金科举研究》，中央民族大学出版社2012年版，第484页。
④ （明）宋濂等撰：《元史》卷157《刘秉忠传》，第2462页。
⑤ 李桂芝：《辽金科举研究》，中央民族大学出版社2012年版，第485页。
⑥ （明）宋濂等撰：《元史》卷160《高鸣传》，第3758页。
⑦ （元）鲜于枢：《困学斋杂录》，新文丰出版公司1985年版，第310页。
⑧ 李桂芝：《辽金科举研究》，中央民族大学出版社2012年版，第486页。
⑨ （元）鲜于枢：《困学斋杂录》，丛书集成新编本，新文丰出版公司1985年版，第311页。

贞祐三年（1215），宣宗"诏授隐士王浍太中大夫、右谏议大夫，充辽东宣抚司参谋官。"四年又下诏："复迁中奉大夫、翰林学士，仍赐诏褒谕。"① 李汾正大七年（1230）落第后，入国史院充书写，后被武仙所害，元好问诗"李翰林亡陕府兵"②。因陈时可曾为金翰林学士，推测其为进士，证据不足。暂做非进士，以待新史料。

王好问，《辽金科举研究》载为进士。③ 元人魏初《青崖集》载：王好问"明经三赴殿试，补御史台掾，有能名"④。明昌初年，李完为监察御史建言："尚书省令史，正隆间用杂流，大定初以太师张浩奏请，始纯取进士，天下以为当。今乞以三品官子孙及终场举人，委台官辟用。"⑤ 章宗于明昌二年（1291）"诏御史台令史以终场举人充。"⑥ 王好问明经三赴殿试，未能中第，补御史台吏员，因此非进士及第。

《辽金科举研究》载刘芝，当为谢芝误。⑦《元好问全集·大中大夫刘公墓碑》载：刘汝翼"女二人，一适进士谢芝，一适士族张简"⑧。刘汝翼婿名为谢芝，刘芝为误写。

时需、时蒙，《辽金科举研究》载为进士。⑨《畿辅通志·选举志一》载："时需，新城人，举明经。时蒙，新城人，举明经。"⑩ 金明经为诸科，非进士科，时需、时蒙二人非进士。

郑赡，《辽金科举研究》载为进士。⑪《定兴县志·郑赡墓碑》载：其子郑仲国"方六七岁，诣学亲师，文卷在手若宿习之。至十八岁通经中第，特授将仕

① （元）脱脱撰：《金史》，中华书局 2020 年点校本，第 339、345 页。
② （金）元好问撰、姚奠中主编：《元好问全集》卷 9《四哀诗·李长源》，第 171 页。
③ 李桂芝：《辽金科举研究》，中央民族大学出版社 2012 年版，第 489 页。
④ （元）魏初：《青崖集》，台湾商务印书馆 1986 年版，第 767 页。
⑤ （元）脱脱撰：《金史》，中华书局 2020 年点校本，第 2283 页。
⑥ （元）脱脱撰：《金史》，中华书局 2020 年点校本，第 239 页。
⑦ 李桂芝：《辽金科举研究》，中央民族大学出版社 2012 年版，第 492 页。
⑧ （金）元好问撰、姚奠中主编：《元好问全集》卷 22《大中大夫刘公墓碑》，第 423 页。
⑨ 李桂芝：《辽金科举研究》，中央民族大学出版社 2012 年版，第 489 页。
⑩ （清）黄彭年等纂：《畿辅通志》卷 33《选举一》，商务影印光绪十年本，第 1100 页。
⑪ 李桂芝：《辽金科举研究》，中央民族大学出版社 2012 年版，第 321、384 页均有记载。

郎，积十六迁至奉政大夫。明昌二年（1191）十二月致仕迁朝列大夫"[①]。郑赡大定二十一年（1181）去世，以其子故，赠儒林郎。通经中第者并非郑赡，而是其子郑仲国，明昌二年致仕，为其父亲立碑。因此郑赡非进士，郑仲国当属诸科，亦非进士。

孙必福，《辽金科举研究》载为进士[②]，《金代科举》载为律科[③]。《金史·黄久约传》载："必福五经出身，盖诸科人，故上问及之。"[④]《金史·选举二》载："五经及第，未及十年与关内差事，已十年者与关外差使，四十年除下令。正隆三年，不受差使，至三十年则除县令。大定二十八年复设此科，每举专主一经。"[⑤]五经为诸科之一，与进士无论在授官、迁转、职任都有很大差距。

宋元佐、李抚、权纲、王迁善、薛楚，属明经科，《辽金科举研究》载为进士。[⑥]《陕西通志·选举志一》"明经科"条载："宋元佐，郃阳人；李抚，澄城人；权纲，澄城人；王迁善，韩城人；薛楚，韩城人。"[⑦]金明经为诸科，非进士科，此五人非进士。

陈赓、陈庚、赵鼎、赵禹，属明经科，非进士。《（光绪）山西通志·选举志二》载："陈赓，猗氏人擢明经，中书省议官；陈庚，赓弟，明经。提举平阳学校；赵鼎，定襄人；赵禹，鼎子，并举明经。"[⑧]金明经为诸科，非进士科，此四人非进士。金明经科归属诸科，与经义科从考试内容、考试难度有很大差别。二者及第待遇、授官迁转也相差甚远。世宗与黄久约关于孙必福五经出身的讨论，可以看出进士与五经出身差距。章宗直接将明经科归于诸科类。地方志中将金明经及第者与进士区别记载，进一步证实金代科举选士中进士科目与其他诸科目的差异。

---

① （清）杨晨等编纂：《定兴县志》卷17《郑赡墓碑》，转引自引自国家图书馆善本金石组编：《辽金元石刻文献全编（二）》，北京图书馆出版社2003年版，第888页。

② 李桂芝：《辽金科举研究》，中央民族大学出版社2012年版，第347页。

③ 薛瑞兆：《金代科举》，第252页。

④ （元）脱脱撰：《金史》，中华书局2020年点校本，第3252页。

⑤ （元）脱脱撰：《金史》，中华书局2020年点校本，第1245页。

⑥ 薛瑞兆：《金代科举》，第229页。李桂芝：《辽金科举研究》，中央民族大学出版社2012年版，第499、495、491、510页。

⑦ （清）刘于义修，沈青崖纂：《陕西通志》卷30《选举一》，四库全书影印本，第24页。

⑧ （清）曾国荃修，王轩、杨笃等纂：《（光绪）山西通志》卷15《选举志二》，光绪十八年本影印版，第15页。

　　王好古，字进之，赵州人，《金代科举》载为进士。[①]《古今图书集成》载："按《古今医统》，王好古，字进之，号海藏，古赵人。性明敏，通经史，好医方，师李明之。"[②]《四库全书总目提要》："好古字进之，赵州人。官本州教授。据好古所作《此事难知》序，盖其学出于李杲。"[③] 麻革为《阴证略例》所作序言载："海藏先生王君进之，家世赵人，早以通经举进士，晚独喜医。"[④] 王好古博通经史，为本州教授，并未有其进士登第或者明经登第的记载，以待新史料考证。

　　周从善，荣河人，《金代科举与文学》载为进士。[⑤] 金人段成己《创修栖云观记》载："至元十八年五月甲午，荣河栖云观张直觉介清风观主人王志瑞、乡进士周从善，状其师立观始末，绘而图之，就平阳寓舍来谒文志其事。余以王、周二君积年相向之诚，虽耄老懒惰，使余不得违也。越翼日，三子来告归……"[⑥] 此文撰于至元十八年（1281），段成己为金正大七年（1230）金最后一科进士，卒于元至元十九年（1282），[⑦] 作此文已经八十二岁。从文意来看，段周二人相交多年，且段成己远较周从善为长，如周从善为金进士，也当年近八旬，与碑铭中记载"三子"身份不符，可知周从善不是金进士。"乡进士"之称，更可能来源于至元十年（1273）的"戊戌选试"。

　　解装，《辽金科举研究》载为进士。[⑧] 元好问《济南行记》载："予与解装回泉上者三四日，然竟不见也。"[⑨] 进士解飞卿陪同元好问游览济南金线泉，"解"即指

---

① 薛瑞兆：《金代科举》，第 228 页。

② （清）陈梦雷、蒋廷锡编纂：《古今图书集成·博物汇编艺术典医部》卷 509《医部》，中华书局 1934 年影印版。

③ （清）永瑢等撰：《四库全书总目》卷 104《医家类二》，中华书局 1965 年版，第 870 页。

④ （金）麻革撰：《阴证略例》序，丛书集成初编本，商务印书馆 1936 年版，第 2 页。

⑤ 刘达科：《金代科举与文学》，《社会科学辑刊》2007 年第 3 期，第 81 页。

⑥ （明）李侃、胡谧纂修：成化《山西通志》卷 15《创修栖云观记》，民国二十二年景钞明成化十一年刻本，第 113 页。

⑦ 同恕《段思温先生墓志铭》"至元十五年，丁樊夫人忧。……后四年，菊轩君卒。"，吴澄《河东县子段君墓表》"年三十九，丁母忧，致哀尽礼。越四年，仲又卒，丧之如父。" 段思温为成己侄，生于元太宗十二年（1240），三十九岁为至元十五年（1278），四年后即是至元十九年（1282）。

⑧ 李桂芝：《辽金科举研究》，中央民族大学出版社 2012 年版，第 510 页。解装，文献源于《遗山集·济南行记》，当属误解文意。

⑨ （金）元好问撰、姚奠中主编：《元好问全集》卷 34《济南行记》，第 609 页。

解飞卿。康熙字典释"裵"有裴回，与"徘""徊"通。而非有"解裴"之人。

宋子贞，《辽金科举研究》载为进士。[①] 实为乡贡进士，非及第进士。《元史·宋子贞传》载："字周臣，潞州长子人也。性敏悟好学，工词赋。弱冠，领荐书试礼部，与族兄知柔同补太学生，俱有名于时。"[②] 宋子贞率众归严实当在金正大二年（乙酉，1225），此后成为严实幕僚，投于蒙古。《（光绪）山西通志》载宋子贞及其从兄宋知柔为乡贡进士。[③] 与《元史》本传记载"领荐书试礼部"相合。《山西通志》天德三年进士条下"宋子贞，长子人，元仕至中书平章政事"，当是记载有误。

第二节　金代进士增补

薛瑞兆《金代科举》一书最早对金代进士进行全面搜检和整理，共辑录进士1457人，其中未包括律科、武举、经童。沈仁国对金天会、明昌时期进士进行辑补。李桂芝《辽金科举研究》附录辑录1925名进士，其中包括律科、武举、经童、明经、部分乡贡进士。裴兴荣依据《全金石刻文辑校》，辑得70位金代（重新核对数据）进士，并进行细致考证。[④]《历代进士登科数据库》辑录1492人，其中包括律科、武举、童子、宏词科。本研究在查阅金代传世文献、墓志碑刻、地方志过程中，发现仍有部分金进士未引起学界关注，未见于上述著作进士题名录中。现按时间顺序将25位新增补进士载录如下：

（1）李舜臣。

（2）王康孺。

（3）郑宇。

以上三位进士出自《傅肇墓志铭》[⑤]，登第科次在金天会十三年（1135）前。

---

① 李桂芝：《辽金科举研究》，中央民族大学出版社2012年版，第336页。

② （明）宋濂等撰：《元史》卷159《宋子贞传》，第3735页。

③ （清）曾国荃修，王轩、杨笃等纂：《（光绪）山西通志》卷15《贡举谱二》，光绪十八年本影印版，第12页。

④ 裴兴荣：《金代进士考补》，《山西档案》2015年第3期，第28—33页。其中部分进士在《辽金科举研究》附录中已经收录，裴作对其登第时间做进一步详细考辨。

⑤ 王新英：《全金石刻文辑校》，吉林文史出版社2012年版，第114—117页。

傅肇，天会七年（1129）出仕，后仕于齐国，阜昌五年（乙卯，天会十三年，1135）去世，时年六十。其女"长曰七娘，适进士李舜臣；……次十五娘，适进士王康孺；次十六娘，适进士郑宇，早卒。"山东、河南地区在北宋统治下最后一次举行科举为宣和六年（1124），从时间来看，傅肇三婿如在北宋进士登第，继续仕至齐国也应有官职称谓，如傅肇第二女"次九娘，适修职郎、沂州新泰县令李易。"另外，从傅肇三女的齿序七、十五、十六来看，夫婿年纪应距离北宋最后一科较远。因此，推测三人也极有可能参加齐国阜昌四年开科之科次，取得进士身份。以待新史料补充考证。

（4）张彦，字邦美，西京云中县西阳河人也，皇统六年词赋进士。2009年发现与大同市平城区军马营村的《张彦墓志铭》，[1]记载张彦登第、授官、迁转等具体信息，为研究金前期进士家庭教育、科考过程和授官迁转提供重要信息。张彦主要得益于家庭教育和自学，"公幼儿学之，承父之教……十岁诵数经"。从科举经历来看，张彦中天会十四年（1136）神童科，授将仕郎。其后主习辞赋，以弱冠年纪登皇统六年词赋进士第，在孙用康榜下，授文资官正八品下承事郎，任大同县丞。由此可知，经童（神童）科授职较低，不受重视，因此经童出身者会选择继续参加进士科考试，获得更高的资历。从任职经历看，大同县丞、应州浑源县主簿、应州节度判官、邵州新平县令、蠡州军事判官、代州五台县令、大同县令，大定十六年终于相州节度判官。张彦自皇统六年（1146）进士及第，至大定十六年（1176）去世，为官三十年，在正八品至正七品地方官中辗转迁任。与张彦任职经历相似的金代进士出身官员不占少数，为官难以升迁高位，这与金统治者对进士出身的官员需求的目标定位，以及官员铨选内部机制运行弊端有关。

（5）赵安亲，天水人，皇统九年前进士。《韩资毅墓志铭》撰者署名："奉信校尉、进士天水赵安亲撰。"[2]天水原为宋地，后入金。《金史·地理志下》载："秦州，下。宋天水郡雄武军节度，后置秦凤路。国初置节度，皇统二年置防御使，隶熙秦路，大定二十七年来属。"[3]奉信校尉，《辽史》《宋史》《金史》之《百官志》

---

[1] 殷宪：《大同新出唐辽金元志石新解》，三晋出版社2012年版，第160—163页。

[2] 《韩资毅墓志》出土于河北省易县，撰于金皇统九年（1149），拓片信息见于中国国家图书馆网站：http://www.nlc.cn/。

[3] （元）脱脱撰：《金史》，中华书局2020年点校本，第693页。

均未记载此官。《三朝北盟会编》"宋绍兴三十一年九月（金正隆六年，1161）"条有"将官奉信校尉宝登"的记载。[1]《刘元德墓志铭》也记载其父刘瑱官"奉信校尉"。[2] 可见，"奉信校尉"一职在金前期曾经使用过。赵安皇统九年前进士及第，却授武散官职，可能与金初授官制度不完善有关。

（6）梁伯缊，大兴路良乡人，皇统进士。袁桷为元初名臣梁德珪撰《封蓟国公谥忠哲梁公行状》记载其六世祖梁伯缊"金皇统进士，官通议大夫，同知河南府事"[3]。

（7）杨新城，天德三年（1151）进士。元好问《中州集》载蔡硅有诗《戏杨新城》曰："长短亭中竟日忙，解鞍初喜水云乡。风前列席花钿秀，雨后行厨杏粥香。春色纷纷惊过眼，歌声故故促传觞。蓬莱殿下同年客，定笑狂夫老更狂。"[4] 诗中记载诗人蔡硅与同旁进士杨新城擢第后与朋友交游宴饮、欣喜放达的心境。据诗中"同年客"可知杨新城与蔡硅同为天德三年进士。

（8）荆国高，大定十七年（1177）前进士。《焦珪墓志铭》载：墓主焦珪"孙女一人，适进士荆国高。"[5] 焦珪逝于大定十七年，时年八十四岁，于大定二十六年（1186）下葬立碑。其孙婿当在大定十七年前登第。

（9）毕山，大定十八年（1178）前进士。《张楠墓志铭》署名为"进士毕山撰并书"[6]。墓主张楠，逝于大定十八年，其子张晃请进士毕山书写墓志，毕山当于大定十八年前及第。

（10）刘景宽，朔州鄯阳人，登第当在大定二十六年（1186）前。《张时中墓志》载：墓主人张时中有女二人"长曰采苹，适同郡王师允，以父□（荫）补敦武，季曰采莲，适鄯阳刘景宽，登进士第，以廉能授平定令"[7]。《金史·地理志下》载："平定州，中，刺史。"平定县为平定州治所。[8] 依大定年间进士授官迁转制度，

① （宋）徐梦莘编：《三朝北盟会编》，上海古籍出版社2008年影印本，第1165页。
② 马洪路：《金信武将军刘元德墓志补正》，北方文物，1985年第3期，第33页。
③ （元）袁桷撰：《清容居士集》32《封蓟国公谥忠哲梁公行状》，钦定四库全书（集部），第6页。
④ （金）元好问：《中州集校注》，中华书局2018年版，第194页。
⑤ 陈朝云、刘梦娜：《大金进义校尉焦君墓志研究》，《中原文物》2017年第2期，第67—68页。
⑥ 《高平金石志》编纂委员会编：《高平金石志》，中华书局2004年版，第413页。
⑦ 颜诚：《河北宣化发现金代石棺墓》，《中国文物报》2005年1月25日。
⑧ （元）脱脱撰：《金史》，中华书局2020年点校本，第677页。

进士一般情况下三任注县令。①金制凡官资以三十月为考，职事官每任以三十月为满。以此推测，刘景宽三任县令，历时九十月，推测其及第时间应在大定十六年（1176）或大定十九年（1179）两科。

（11）张□□，张时中侄，为其撰写墓志。《张时中墓志》载："侄进士张□□。"②

（12）李□，大定间进士，终兰州刺史，李镐父。王恽《题李怀远事系后》载："李镐，字之京，涿之定兴人，父金大定间进士第，终兰州刺史。"③李镐以门劳官至怀远大将军、集庆军节度副使，怀远为李镐官名。④其子李师孟，字希贤，与王恽相交。《秋涧集·跋董右丞师中撰李道源先生阴德记后》载："董号漳川居士，道源名泌，广平人，盖儒而医者。泌九十岁而终于家。子师孟明昌间进士。"⑤此李师孟为明昌时期进士无疑，出身于医学世家。⑥我们应注意区分李镐家族与李泌家族成员。

（13）侯大中，字德卿，泽州高平侯庄人，大定十三年（1173）中进士第。调宁州军事判官。秩满调平遥丞，入为尚书省令史，隶右司典刑狱。泰和二年（1202），迁坊州刺史。五年徙耀州，六年徙岢岚州刺史，七年卒于官，年七十一岁。⑦

（14）侯大钧，大定二十二年（1182）进士第，调清涧城簿尉，将及考，卒于官舍。⑧

（15）王昺，侯大中岳父，具体登第科次不详，推测在金前期。"公先娶进

---

① （元）脱脱撰：《金史》，中华书局 2020 年点校本，第 1241 页。大定十三年，改为第二任权注下令，二十一年，又重新规定第三任注下令。

② 颜诚：《河北宣化发现金代石棺墓》，《中国文物报》2005 年 1 月 25 日。

③ （元）王恽：《王恽全集汇校》，中华书局 2013 年版，第 3025 页。

④ 薛瑞兆：《金代科举》，第 147 页，有进士李怀远，当误。

⑤ （元）王恽：《王恽全集汇校》，中华书局 2013 年版，第 3073 页。

⑥ 李桂芝：《辽金科举研究》，中央民族大学出版社 2012 年版，第 404 页。

⑦ 许永忠：《明清商贾地 金元文教村——从一块金代墓志看石末乡侯庄村的历史》所载墓志铭拓片，高平市人民政府网 http://www.sxgp.gov.cn/zjgp/zpwy/content_55139。

⑧ 许永忠：《明清商贾地 金元文教村——从一块金代墓志看石末乡侯庄村的历史》所载墓志铭拓片，高平市人民政府网 http://www.sxgp.gov.cn/zjgp/zpwy/content_55139。

士王昺女"①，可知王昺进士身份。

（16）赵时可，陵川人，侯大中长女婿，登第时间不详。墓志拓片载："公有女六人，长适陵川进士赵时可。"②

（17）郭延庆，泽州晋城源漳人，明昌初特赐同进士第。

（18）李英，泾州人，明昌前进士登第。

（19）王轮，承安三年（1198）前登第。

郭延庆、李英、王轮三名进士之信息，均来源于《故征事郎长葛县簿郭公墓志铭》。关于郭延庆，《故征事郎长葛县簿郭公墓志铭》记载："会明昌初，诏下有司，凡举人四赴迁试者，特赐同进士第。公得预此选，乡党遂寝其议。"③章宗明昌三年至六年间，特赐多位进士及第、同进士出身。④郭延庆担任泾州教授期间，学生相继登第，遂有声名被特赐进士。郭延庆墓志铭撰写者是李晏之子李仲略，李氏父子对金代中期经义复科起到推动作用，使泽路地区经义科占据优势。⑤郭延庆"处家以经术教人"，以研习经义为主，与李氏父子在学术上有同流之义，又有同乡之谊。郭延庆任职泾州教授时，从其学者李英、李守节相继登第，二人登第科次应在明昌三年前。王轮为郭延庆婿，登第科次应在承安三年前。

（20）贾忻，忻州人，大安元年前登进士第。《陇西郡李公墓志铭》撰写者，自署"大安元年三月十一日承事郎、乡进士贾忻撰"⑥。金文资官品正八品，上曰文林郎，下曰承事郎。⑦大定十四年进士授官较前降低，"文武官皆从下添两重，命状元更授承务郎，次旧授儒林郎，更为承事郎。第二甲以下旧授从仕郎，更为

---

① 许永忠：《明清商贾地 金元文教村——从一块金代墓志看石末乡侯庄村的历史》所载墓志铭拓片，高平市人民政府网 http://www.sxgp.gov.cn/zjgp/zpwy/content_55139。

② 许永忠：《明清商贾地 金元文教村——从一块金代墓志看石末乡侯庄村的历史》所载墓志铭拓片，高平市人民政府网 http://www.sxgp.gov.cn/zjgp/zpwy/content_55139。

③ 《故征事郎长葛县簿郭公墓志铭》，参见裴兴荣、王玉贞：《金代〈故征事郎长葛县簿郭公墓志铭〉考释》，《史志学刊》2019年第2期，第69—74页。

④ （元）脱脱撰：《金史》，中华书局2020年点校本，第242—243页；《章宗本纪二》，第253—254页。

⑤ 赵宇：《金朝中叶科举经义、词赋之争与泽璐经学源流》，《史学月刊》2016年第4期，第81—89页。

⑥ 王新英：《全金石刻文辑校》，吉林文史出版社2012年版，第485页。

⑦ （元）脱脱撰：《金史》，中华书局2020年点校本，第1304页。

将仕郎。"① 贾忻自署承事郎，应为一甲及第，本乡进士，为当地耆老撰写墓志。从贾忻仅署文资官品、并未署实职来看，很有可能大安元年（1209）科进士及第。

（21）马肩龙，字舜卿，宛平人，金末进士。《中州集》载："先世辽大族，有知兴中府者，故又号兴中马氏。祖大中，国初登科，节度全、锦两州。父成谊，字宜之，张槕榜登科，京兆路统军司判官。舜卿在太学，有赋声。……宣宗感悟，赦从坦，授舜卿东平录事，委行台试验。"正大四年（1227），蒙军攻陷德顺州，舜卿不知所终，时年五十三岁。②《金史》本传记载大致相同。《金史·哀宗本纪上》载：正大四年（1227），"大元兵平德顺府，节度使爱申、摄府判马肩龙死之"③。《元史·太祖本纪》载：太祖二十二年（1227）丁亥四月，"帝次龙德，拔德顺等州，德顺节度使爱申、进士马肩龙死焉"④。马肩龙出身进士世家，祖、父皆是进士出身，宣宗初游太学，时年约三十九岁。宣宗授马肩龙东平录事，当是其中第后授官。依据《元史》记载，马肩龙为进士。

（22）张效，字景贤，金后期进士。王恽《故赵州宁晋县善士荆君墓碣铭》载：宁晋县荆祐"女一，适进士张景贤孙怀宝"⑤。荆氏世居宁晋，以雕版刻印书籍著名。⑥ 贞祐年间，为避战祸，荆氏保存《五经》《泰和律义篇》《广韵》等书善本，在当地颇有名望。荆氏家族的联姻对象应是当地士绅中的文化家族。兴定三年（1219），元好问先后作诗提到张效，《寄英禅师师时住龙门宝应寺》诗云："张侯诗最豪，惊风卷狂澜。"⑦ 又有诗《送登封张令》，诗中注释曰："前登封令张效，字景贤，云中人。"后为张效撰写墓志，详述其生平。张效于天兴二年（癸巳，1233）蒙军攻破河南后，返回家乡宁晋。因"异时泪没科举，鞅掌簿书，殁于学业"，所以金亡归乡后，专志于读书，去世于丁未年（1247）。张效，字景贤，于金亡后隐居于宁晋乡里，与荆氏结为姻亲，张效孙娶荆祐之女为妻。从"泪没科

① （元）脱脱撰：《金史》，中华书局 2020 年点校本，第 1241 页。
② （金）元好问：《中州集校注》，中华书局 2018 年版，第 2321 页。
③ （元）脱脱撰：《金史》，中华书局 2020 年点校本，第 410 页。
④ （元）脱脱等撰：《元史》卷 1《太祖本纪》，第 24 页。
⑤ （元）王恽：《王恽全集汇校》，中华书局 2013 年版，第 2628 页。
⑥ （清）张金吾：《金文最》，中华书局 1990 年版，第 592 页。
⑦ （金）元好问撰，姚奠中主编：《元好问全集》卷 2《寄英禅师，师时住在宝应寺》，第 46—47 页。

举"一词来看，张效自认为沉迷于科举考试内容导致荒废学术。因此可以推测荆氏家族姻亲"进士张景贤"，即是张效，景贤为字。[①]

（23）谢通祖，金后期进士。苏天爵撰《皇元故昭文馆大学士兼国子祭酒赠河南行省右丞耶律文正公神道碑铭并序》载：耶律有尚母谢氏，"金进士庆阳总管通祖之女"[②]。谢通祖为耶律有尚外祖父，与以文著称的耶律家族联姻，应是进士及第文才出众。据元好问《龙虎卫上将军耶律公墓志铭》记载，耶律有尚祖父耶律善才逝于壬辰年（金天兴元年，1232），年六十一岁，可知其生于金大定十一年（1171）。[③]谢通祖与耶律善才为姻亲，应大致处于同一时期，推测其进士及第时间为章宗时期。

（24）郝斡，金末进士。王恽《文通先生墓表》记有"郝斡进士"，是为王天铎拟谥号"文通先生之墓"的五位名士之一。王天铎逝于元宪宗七年（1257），年五十六岁。[④]"郝斡"为王天铎撰谥号，当与王天铎年纪相仿或略长，为金末进士。

（25）王魏，金进士，登第时间未知。《雪楼集·王氏阡表》载："王魏，金时进士，宝丰令。"[⑤]

上述 25 位金代进士，主要辑录于文集、地方志及近年来新出土墓志。古人著述署名，如撰者进士登第并授官，不再自署进士，而要题时任最高官衔，包括官职、散官阶品、勋职等。通过对文献所载撰文时间和之前最近科举科次进行对比，或可推断出进士登第具体科次。

综上所述，在整体观察金代进士群体全貌同时，对部分有分歧进士的个体信息给予不同角度的观察和解释，增补进士 25 人，以期为研究进士群体在金代社会生活中的作用和影响提供准确的逻辑起点。

---

①　李桂芝：《辽金科举研究》，中央民族大学出版社 2012 年版，第 488 页。

②　（元）苏天爵：《滋溪文稿》，中华书局 1997 年版，第 105 页。

③　（金）元好问撰、姚奠中主编：《元好问全集》卷 26《龙虎卫上将军耶律公墓志铭》，第 481—482 页。

④　（元）王恽：《王恽全集汇校》，中华书局 2013 年版，第 2316 页。

⑤　（元）程文海撰：《雪楼集》卷 22《王氏阡表》，钦定四库全书影印版，第 26 页。

第四章　金代进士群体的政治参与

金代政治运行的基本特征可以归结为君主制、中央集权、官僚政治、少数统治四大原则。科举制度的建立和完善成为金代官僚组织运作的基本动力，在提供组织运作人力的同时，形成了金代官僚制度基本风格。科举制度开启了金代科第社会形成的契机，影响金代社会的结构与文化。对于女真政权而言，科举能够吸引各族文化精英参与官僚组织的顺利运作。"要解释某一社会事实，仅仅解释它得以产生的原因是不够的，在绝大多数情况下，我们还必须至少说明其在确立社会秩序中的功能。"① 对女真统治下的各族精英阶层来说，进士及第是获取政治地位和权力的最佳方式。在此基础上逐步发展壮大的进士群体促进各族士人阶层高度认同金代统治，成为推动各族精英阶层与女真政权紧密合作的关键因素。进士群体的政治作用在参与中央官僚机构运作和地方基层治理中得以有效体现。

本研究选取姓名、籍贯、仕宦履历、主要事迹、家庭状况记载信息相对较丰富的 305 位进士作为观察样本。在进士选择过程中注意了如下三点：第一，注意文献来源的经典性与丰富性相结合。这些进士来源于《金史》《归潜志》《中州集》《遗山集》这四种金史研究的基本文献。同时从《全金石刻文辑校》中选择记载完备的进士墓志材料。文献与石刻材料相结合，保证进士资料来源客观多元。第二，在进士选择上，依据文献记载的完整度来进行取舍，选取信息丰富、影响力强的进士作为研究对象。这些进士涵盖了进士群体中大多数的人生仕宦经历，在思想意识、政治理念、人生追求、兴趣爱好等方面具有鲜明的群体特征。第三，注意考察进士形象在多种史料中的不同表征。在选择观察对象时，注意关注个体在政治、文化、社会多领域中表现出的精英特质。

---

① Emile Durkheim. 社会组织的规则（*The Rules of the Social Organization Method*）.New York: Free Press,1938:96.

第一节　进士群体参与中央官僚机构政治运作

进士群体通过特定的入仕管道和迁转途径任职于金代中央官僚机构。本节以305位仕宦履历清晰的进士出身官员为实例，讨论以下三个问题：第一，进士群体在金代中央官僚机构中的任职情况，在金代君主专制和少数民族统治的制度运作和权力结构背景下进士群体任职于中央各部门的情况和特点。在此过程中，进士群体如何与女真君主保持良好互动，推进金代各项政务顺利进行。第二，进士群体主要任职于尚书省下属各部、御史台等部门，在处理吏治、经济、礼制等政务时，如何能在遵守儒家政治伦理和寻求女真统治者认同之间保持平衡。第三，女真进士在金代中央官僚机构任职是否有更显著的特点和作用。这三个问题是探索进士群体影响金代政治运作形式逐步朝向文治方向发展，将汉制政治文化传统持续渗透至金代政治决策中的关键。

一、进士群体任职中央官僚机构

金代中央最高行政机构为尚书省，下辖左右司、六部，是为政务中心。与尚书省平行，且主官为从三品以上中央常设机构，包括枢密院、御史台、大宗正府（大睦亲府）、劝农使司（司农司）、翰林学士院、太常寺、殿前都点检司、宣徽院、秘书监、宣抚司（安抚司）。[①] 能够参与中央政府决策，与皇帝常态化商议国家重要事务的高层官员应为中央常设机构的主要负责官员，包括：

宰执（正一品——从二品）；六部尚书（正三品）；枢密使（从一品）、枢密副使（从二品）、签枢密院事（正三品）；御史大夫（从二品）、御史中丞（从三品）；判大宗正事（从一品）、同判大宗正事（从二品）、同签大宗正事（正三品）；劝农使（正三品）、大司农（正二品）；翰林学士丞旨（正三品）、翰林学士（正三品）、翰林侍读学士（从三品）、翰林侍讲学士（从三品）；太常卿（从三品）；殿前都

---

① 机构名称来自于《金史·百官一》《金史·百官二》记载。主官为从三品的中央官属还包括：卫尉司，主掌中宫事务；武卫军都指挥使司，隶属尚书兵部。审官院，承安四年设，大安二年罢。三司，泰和八年由户部三科设，贞祐罢之。这些机构或非中央常设机构，或掌管中官事务，与中央政务关联相对较小，故暂不列入。

点检（正三品）、殿前左、右副都点检（从三品）；左、右宣徽使（正三品）；秘书监（从三品）。

整理自天会二年（1124）开科至正大七年（1230）末科之间进士信息，发现有99位仕宦经历信息相对丰富的进士担任过中央常设机构主要负责官员。从任职机构来看，进士多集中于需要高水平文化素质、行政能力强、具有道德操守及熟悉汉制礼仪的中央机构。因此，进士任职最集中的中央常设机构为尚书省（含六部）、御史台、翰林学士院、太常寺。

（一）进士群体任职尚书省系统

任职尚书省系统具有进士身份的官员包含46位宰执、28位六部尚书。46位宰执中有31位由六部尚书升任，或有过尚书任职经历。具体任职情况见表4-1、4-2所示。

表4-1　金代进士任职尚书省系统主官统计表

序号	姓名	最高官职（显著政绩）	任职时间	民族	及第科次	主要事迹	材料出处
1	翟永固	尚书左丞	大定二年至大定三年	汉族	天会六年	请依旧制廉察官吏，革正隆守令之污	《金史》卷89
2	马讽	刑部尚书	大定二年	汉族	天会六年		《金史》卷90
3	张浩	尚书令	正隆六年至大定三年	渤海	天会八年特赐进士	谏止海陵王伐宋，与世宗讨论讨论科举取士的重要性	《金史》卷83
4	高昌福	工部尚书	大定年间	汉族	天会十年	上书言赋税太重，但不知是否为任职工部尚书期间	《金史》卷128
5	胡砺	刑部尚书	正隆年间	汉族	天会十年		《金史》卷125
6	高衎	吏部尚书	大定初（亡于大定五年）	渤海	天会间	改革吏部铨选滞留时间长的问题	《金史》90《中州集》卷5

续表

序号	姓名	最高官职（显著政绩）	任职时间	民族	及第科次	主要事迹	材料出处
7	石琚	历任吏部尚书、参知政事、尚书右丞、尚书左丞、平章政事、右丞相	大定三年—大定七年（参知政事）；大定七年—大定九年（右丞）大定九年—大定十七年（左丞）；十七年—大定十八年（平章政事）；十八年—十九年（尚书右丞相）	汉族	天眷二年	1. 奏免蔚州采地蕈之役，奏免捕禽兽之罪。2. 与世宗商讨郊祀配享之礼。3. 奏请太子习政事。4. 与宰臣商议禁止百姓铸钱。5. 讨论假托僧道谋反。6. 讨论给予皇族优待。	《金史》卷88
8	梁肃	参知政事	大定十一年—大定二十三年	汉族	天眷二年	1. 吏部尚书任内尚书建议诸道盐铁使文武参注。参知政事任内。2. 建议护卫教读《孝经》；3. 解决民间钱不足的建议，折纳实物代钱。4. 劝诫世宗减少游猎。5. 改变循资格迁转的旧法，完善廉察机制。	《金史》卷89
9	敬嗣晖	参知政事	正隆三年—大定二年大定十一年—	汉族	天眷二年	海陵王宠臣	《金史》卷91

续表

序号	姓名	最高官职（显著政绩）	任职时间	民族	及第科次	主要事迹	材料出处
10	高德基	刑部尚书、户部尚书	大定九年—大定十一年（刑部尚书）大定十一年—十二年（户部尚书）	渤海	皇统二年	1. 刑部尚书期间与宰执争论依法处理死罪。2. 因增高随朝官俸粟折钱，被认为是取悦宰执近臣受罚	《金史》卷90
11	程辉	参知政事	大定十三年—二十六年	汉族	皇统二年	1. 祭祀时用牛。2. 关于世宗幸上京时期，外国使于南京受国书的问题。3. 关于监察官员不履职的处罚。	《金史》卷95
12	王蔚	参知政事、尚书右丞	大定十五年—大定十六年（参知政事）明昌元年（尚书右丞）	汉族	皇统二年	—	《金史》卷95
13	王翛	礼部尚书	明昌元年—明昌二年	汉族	皇统二年	与章宗讨论徒单贞的葬礼	《金史》卷105《归潜志》卷8
14	杨柏雄	礼部尚书	大定六年—大定十二年	汉族	皇统二年	与世宗讨论忠臣与明主之间的关系	《金史》105
15	张亨	户部尚书	大定十四年前后	汉族	皇统六年	有吏才，受时议称赞，但是世宗不欣赏。负责与世宗出巡上京时出资调度工作，减少转输花费。	《金史》卷97
16	胥持国	参知政事尚书右丞	明昌四年—五年（参知政事）明昌五年—承安三年（尚书右丞）	汉族	特赐在皇统六年榜下	任职参知政事时，1. 负责明昌五年河防之事。2. 言区种法，夹谷衡反对。3. 关于铁钱代偿铜钱之法。4. 关于民间矿冶业发展。5. 关于经童科是否直接取士	《金史》卷129

序号	姓名	最高官职（显著政绩）	任职时间	民族	及第科次	主要事迹	材料出处
17	董师中	尚书左丞	承安二年—承安四年	汉族	皇统九年	向章宗进言李喜儿为小人，不当事细物，要在知人，振纲纪。	《金史》卷95《中州集》卷9
18	刘玮	户部尚书参知政事领户部尚书右丞	大定十六年—二十八年大定二八年明昌三—四年	汉族	熙宗时特赐及第	任职户部尚书主要负责治河，大定二十六年任职宰执后论事谨慎，多有不言	《金史》卷95
20	马惠迪	参知政事	大定十六年—大定末	汉族	天德三年	讨论讨伐乌底改的战略，建议以不能对金代边境造成侵扰为目标	《金史》卷95
21	邓俨	户部尚书	明昌初	汉族	天德三年	在尚书省集百官议过程中提出：使民弃末务本以广储蓄的办法	《金史》卷95
22	张汝霖	参知政事尚书右丞平章政事	大定十三年—二十六年（参知政事）二十六年—二十八年（右丞）大定二十八年—明昌元年（平章政事）	汉族	贞元二年特赐进士	1. 与世宗反复讨论荐举人才之事、循资升迁的问题。2. 与刘玮、唐括贡、李晏等人一起讨论改变受外国贺的日期。	《金史》卷83
23	张汝弼	参知政事尚书右丞尚书左丞	大定十一年由参知政事升为右丞大定十三年拜左丞	汉族	正隆二年	1. 商议解决猛安谋克民无田耕种，豪民占田。2. 讨论出使西夏礼节问题。3. 与世宗讨论致仕年限。	《金史》卷83

续表

序号	姓名	最高官职（显著政绩）	任职时间	民族	及第科次	主要事迹	材料出处
24	张万公	参知政事平章政事	明昌二年—四年承安四年—泰和三年	汉族	正隆二年	1. 关于括民田以给军赡的讨论。2. 关于开壕堑以备蒙古犯边的讨论。3. 上奏张炜、田栎、张嘉贞等人外补	《金史》卷95《元好问全集》卷16
25	王启	吏部尚书	明昌五年前后	汉族	正隆二年	——	《中州集》卷8
26	马琪	户部尚书参知政事	明昌初早明昌四年—承安元年	汉族	正隆五年	明昌五年主持治河，解决都水监官员问题	《金史》卷95
27	张暐	礼部尚书	明昌六年—承安三年	汉族	正隆五年	1. 张暐作为计议官，凡军事则议之。2. 温妃藁服丧礼仪、南郊大祀的建议。3. 对僧道度牒发放情况。	《金史》卷10、卷106
28	曹望之	户部尚书	大定年间（大定十二年—十八年之前后）	汉族	正隆六年特赐进士	两次上言减河东税	《金史》卷92
29	魏子平	户部尚书参知政事	大定年间	汉族	金前期	与世宗探讨1. 税收与授田之间的恭喜。2. 以募兵戍边代替征兵。3. 要不要以女真军屯戍宋金边界。4. 对官吏犯罪的态度。5. 对宋襄阳浮桥的用途的讨论。6. 宗庙祭祀礼仪	《金史》卷89

序号	姓名	最高官职（显著政绩）	任职时间	民族	及第科次	主要事迹	材料出处
30	移剌履（耶律履）	礼部尚书 参知政事 尚书右丞	大定二十九年（礼部尚书）大定二十九—明昌元年（参知政事）明昌元年—二年（尚书右丞）	契丹族	特赐进士，大定三年孟宗献榜下	世宗安葬礼的讨论。世宗母亲的称号。熟悉经典和礼制。	《金史》卷95
31	杨伯通	户部尚书 参知政事 尚书左丞	承安二年—四年（参知政事）承安四年（左丞）	汉族	大定三年	—	《金史》卷95
32	高有邻	工部尚书	泰和中	汉族	大定三年		《中州集》卷8
33	孙即康	参知政事 尚书右丞 尚书左丞 平章政事	泰和三年（参知政事）泰和四年—泰和七年（右丞）泰和七年—大安元年（左丞）大安元年—大安三年（平章政事）	汉族	大定十年	参与泰和六年对宋战争的讨论。讨论庙讳曲避。参与诛杀元妃等人	《金史》卷99
34	贾益谦	吏部尚书 参知政事 尚书右丞 尚书左丞	泰和八年（吏部尚书）大安末—贞祐二年（参知政事）贞祐三年（右丞）贞祐三年—四年（左丞）	汉族	大定十年	1. 任职吏部尚书，通检推排民户物力 2. 严河禁。 3. 讨论侨户与土户差役问题 4. 对卫绍王实录的真实性	《金史》卷106

续表

序号	姓名	最高官职（显著政绩）	任职时间	民族	及第科次	主要事迹	材料出处
35	夹谷衡	参知政事 尚书右丞 尚书左丞 平章政事	明昌二年—四年（参知政事） 明昌四年—六年（右丞） 明昌六年—承安二年（左丞） 承安四年（平章政事）	女真	大定十三年	与胥持国讨论区种法，持反对意见。	《金史》卷94
36	尼庞古鉴	参知政事	明昌五年—承安元年	女真	大定十三年		《金史》卷95
37	徒单镒	参知政事 尚书右丞 平章政事 右丞相	明昌元年（参知政事） 明昌二年（尚书右丞） 承安五年—泰和四年（平章政事） 大安三年—至宁元年（右丞相） 贞祐元年—二年（左丞相）	女真	大定十三年	1. 劝谏章宗遵守五常伦理，谏止章宗宠爱李妃。2. 参加对宋战争。3. 对贞祐乱局多有建议。4. 建议和亲。5. 保留按察司。6. 坚决反对南迁，固守中都，加强与东北联系。	《金史》卷99
38	孙铎	户部尚书 参知政事 尚书左丞	承安四年—（户部尚书） 泰和七年（参知政事）—大安初 大安间（尚书左丞）	汉族	大定十三年	关于三合同钞的存废。郑人乡校比喻私议朝政。关于钞法的建议	《金史》卷99 《中州集》卷9

续表

序号	姓名	最高官职（显著政绩）	任职时间	民族	及第科次	主要事迹	材料出处
39	贾铉	礼部尚书参知政事	承安四年—泰和二年（礼部尚书）泰和三年—泰和六年（参知政事）	汉族	大定十三年	1. 关于公事日期限制。2. 关于崇妃薨护丧礼。3. 关于进士考试题目的建议。	《金史》卷99
40	孙德渊	工部尚书兼御史中丞	贞祐二年	汉族	大定十六年	阻止鬻恩例举人，居丧者纳钱就试的建议。	《金史》卷128
41	梁镗	户部尚书参知政事	卫绍王、宣宗时期	汉族	大定十六年	支持与蒙古议和。	《中州集》卷9
42	高汝砺	参知政事尚书右丞尚书左丞平章政事尚书右丞相	贞祐二—正大七年	汉族	大定十九年	1. 关于谷价上涨的对策。2. 关于迁徙河北军户的对策。3. 关于解决迁入河南军户的生计问题。增加民赋税，但不夺田。4. 以稳定为主的田地政策。5. 对于宋议和的看法，取得外交主动。6. 变更钞法。7. 建议榷油。	《金史》卷107《中州集》卷9
43	奥屯忠孝	参知政事尚书右丞	大安三年—贞祐二年（由参知政事为尚书右丞）	女真	大定二十二年	执行括民粮的政策，被张行信阻止	《金史》卷104
44	萧贡	户部尚书	贞祐年间	汉	大定二十二年	—	《金史》卷105《归潜志》卷4
45	武都	户部尚书刑部尚书	大安、贞祐年间	汉	大定二十二年	—	《金史》卷128
46	李革	参知政事	贞祐四年	汉	大定二十五年金史	1. 以律为判断标准。2. 谏止伐宋 3. 谏止毁坏河东耕地。	《金史》卷99
47	高霖	兵部尚书权参知政事	贞祐二年	汉	大定二十五年金史	—	《金史》卷104

续表

序号	姓名	最高官职（显著政绩）	任职时间	民族	及第科次	主要事迹	材料出处
48	赵秉文	礼部尚书	兴定元年、五年分别任职	汉	大定二十五年金史	建议迁都、导河、封建	《金史》卷110《元好问全集》卷17
49	完颜匡	平章政事尚书令	泰和七年（平章政事）泰和八年一大安元年（尚书令）	女真	大定二十八年特赐进士	1. 关于归还南宋川陕关隘之事的建议。2. 谋立卫绍王。	《金史》卷98
50	抹捻尽忠	尚书右丞尚书左丞平章政事	贞祐初至贞祐四年	女真	大定二十八年	关于皇帝与近侍关系的议论。	《金史》卷101
51	粘割贞	工部尚书	兴定二年一兴定三年	女真	大定二十八年	——	《金史》卷122
52	王维翰	参知政事	大安、贞祐间	汉	大定二十八年	——	《金史》卷121
53	耿端义	参知政事	大安二年一贞祐二年	汉	大定二十八年	建议迁都南京	《金史》卷101
54	张翰	户部尚书	贞祐年间	汉	大定二十八年	一直任职于户部，建议五事	《金史》卷150
55	张行信	参知政事尚书左丞	兴定元年一兴定二年（参知政事）正大元年一正大八年	汉	大定二十八年	1. 对宋战争中应先以大国身份遣使详问。2. 监察御史权力过大。3. 对马政、军队馈献、县令增俸等问题的建言。	《金史》卷107《滏水集》卷12《中州集》卷9
56	胥鼎	参知政事尚书右丞平章政事	至宁初（参知政事）贞祐二年（尚书右丞）兴定元年一兴定四年（平章政事）	汉	大定二十八年	1. 镇守河东时期参与军事决策。2. 任职平章政事后，对伐宋提出反对的建议，但没成功。3. 对宣宗的多亲细务的建议，宣宗不能接受。	《金史》卷108《中州集》卷9

续表

序号	姓名	最高官职（显著政绩）	任职时间	民族	及第科次	主要事迹	材料出处
57	完颜闾山	吏部尚书	兴定三年	女真	明昌二年	廷议选户部官以聚敛苛刻为主，闾山发表反对意见。	《金史》卷100
58	纥石烈德	工部尚书	兴定四年	女真	明昌二年		《金史》卷128
59	任天宠	户部尚书	贞祐初	汉	明昌二年		《金史》卷105
60	侯挚	参知政事 尚书右丞 平章政事	贞祐三年—贞祐四年（参知政事） 贞祐四年（尚书右丞） 天兴元年（平章政事）	汉	明昌二年	1. 河朔地区允许自由贩粟。2. 河禁允许由南如北。3. 招募东平流民耕战。4. 反对迁徙海州民于内地。	—
61	完颜阿里不孙	参知政事	兴定元年	女真	明昌五年		《金史》卷103
62	赤盏尉忻	参知政事 尚书右丞	元光二年—正大元年（参知政事） 正大元年—正大五年（尚书右丞）	女真	明昌五年	1. 劝谏哀宗修建宫室。2. 弹劾撒合辇	《金史》卷115
63	李复亨	参知政事	兴定四年—兴定五年	汉	明昌五年	1. 任职参知政事之前建议民间保存冶铁获利。2. 调整官盐的范围。3. 提出解决养马、移民耕田	《金史》卷100
64	赵思文	礼部尚书	正大八年	汉	明昌五年	对金末局势的建议，裁汰冗兵，减军士家口之妄费者。	《归潜志》卷4 《元好问全集》卷18
65	赵伯成	礼部尚书	正大年间	汉	明昌五年	反对铸造新钱，反对榷油	《金史》卷48、107 《中州集》卷8
66	纳合蒲剌都	户部尚书	贞祐、兴定年间	女真	承安二年	1. 精简兵员，重新布防兵力。2. 趁宋败兵之际议和。	《金史》卷122

续表

序号	姓名	最高官职（显著政绩）	任职时间	民族	及第科次	主要事迹	材料出处
67	乌古孙仲端	权参知政事	正大元年—正大五年	汉	承安二年	议降大军事，及诤太后奉佛，涉亡家败国之语，被贬	《金史》卷124
68	石抹世勣	礼部尚书兼翰林侍讲学士	正大年间	契丹	承安五年	反对哀宗北渡	《金史》卷114、121《归潜志》卷4
69	师安石	尚书右丞	正大四年—五年	汉	承安五年	论列三名近侍	《金史》卷108《归潜志》卷6
70	杨慥	权参知政事	正大末年	汉	承安五年		《金史》卷17、18《归潜志》卷5《中州集》卷9
71	张正伦	吏部尚书	正大七年	汉	泰和三年	惩治白撒、合喜等人	《元好问全集》卷20
72	完颜仲德	参知政事、尚书右丞兼枢密副使	天兴元年—天兴三年	女真	泰和三年	哀宗迁蔡后，谏止修建山亭。强调军纪，重罚蔡城作乱兵士	《金史》卷119
73	完颜素兰	参知政事	正大七年	女真	至宁元年	反对修复河中府	《金史》卷109
74	完颜奴申	参知政事自天兴元年兼枢密副使	正大八年——天兴元年	女真	正大前	—	《金史》卷115

注：1. 表中职位以最终任职记数，包含宰执46人[①]；刑部尚书3人；工部尚书4人；吏部尚书5人；礼部尚书7人，户部尚书8人，兵部尚书1人。

2. 为了解具有进士身份的宰执升迁途径对高层决策的影响，部分官职给出前任官职记录。

[①] 据孙孝伟统计金朝宰相科举入仕者为48人。（孙孝伟：《金朝宰相制度研究》，吉林大学博士学位论文，2012年）表3-1所列出的具有进士身份的仕宦经历清晰宰执46人，李蹊因仕宦经历信息不足，未选入表中，张天纲在表3-3中。表中具有进士身份宰执与孙孝伟研究在数量上一致。

表 4-2　金代进士任宰执和六部尚书统计表

宰执		六部尚书					
宰相	执政	吏部	户部	礼部	兵部	刑部	工部
12	34	15	18	14	2	5	10

注：1. 宰执以担任最高官职为准。

2. 六部尚书记入两类，一是职位最高为尚书者；二是宰执中曾担任尚书者，因此记数有重复。

3. 若任职多部尚书，取最终任职。

依表 4-1 所列金代官员任职中央官僚机构情况来看，宰执群体参与中央决策最为充分。这得益于金代宰相集议制度，包括御前奏事和御前议事两个部分。御前奏事，即宰执挑选经过左右司官汇集整理好的六部所呈奏疏中重要、紧急或皇帝特别关注的事务，在朝参或常朝日向皇帝当面奏明。[①] 宰执御前奏事是皇帝做决策的重要依据，因此金代诸帝多鼓励宰执进言。如世宗多次要求宰相奏事，大定二年（1162）正月壬辰，诏曰："朕即位未半年，可行之事甚多，近日全无敷奏。朕深居九重，正赖卿等赞襄，各思所长以闻，朕岂有倦怠。"同月甲午，诏曰："卿等当参民间利害，及时事之可否，以时敷奏不可公余辄从自便优游而已。"[②] 御前议事在奏事之后，皇帝就某些重要事件或者因其他官员上书内容，召集宰执形成君臣共同议事的局面，这是金代政事常规处理方式。

六部尚书直接与皇帝对话参与决策的情况不多，在皇帝—尚书省—六部的机构设置下，六部在尚书省领导下管理中央各类政务。六部在处理各自负责政务后，将相关文案呈交尚书省，其中重要紧急事务由宰执负责与皇帝共议。在一般情况下，六部尚书不参与御前议事，多通过上书言事的方式向皇帝提出建议，以供决策参考。如纳合蒲剌都任职户部尚书，在兴定二年（1216）金宋战争占据优势情

① 田晓雷：《金朝中央政务研究——以尚书省左右司为中心》，《中央民族大学学报（哲学社会科学版）》2018 年第 3 期，第 101 页。文中认为："左右司作为尚书省的文书机构常随宰执一同奏事，在此过程中参与朝议……左右司官面奏皇帝的意见也会得到皇帝的采纳。"由此可见，能够参与金朝中央决策的进士范围可能会更大。

② （元）脱脱撰：《金史》，中华书局 2020 年点校本，第 141 页。

况下向皇帝进言，提出"宋人屡败，其气必沮，可乘此遣人谕说，以寻旧盟"[①]，以及军队汰老弱、选善骑者带弓箭手等切合实际的军事部署建议，都未被采纳。从表4-2所显示信息来看，进士任职六部主官，主要集中在户部、吏部、礼部、工部，任职刑部、兵部的较少。

（二）进士群体任职御史台、翰林学士院

金代进士任职御史台与翰林学士院官占有相当大的比例。进士者任职御史台和翰林学士院从三品以上官员的情况统计如表4-3。

表4-3 金代进士任职御史台、翰林学士院主官统计表

序号	姓名	最高官职（显著政绩）	任职时间	民族	及第科次	主要事迹	材料出处
1	翟永固	翰林学士丞旨（显著政绩）	正隆二年—正隆四年	汉	天会六年	谏止海陵伐宋，忤其意	《金史》卷89
2	张景仁	御史大夫兼翰林学士丞旨	大定二十一年	汉	皇统二年	行事率易，少周密，受到世宗责问	《金史》卷84《归潜志卷8》
3	韩汝嘉	翰林侍读学士	正隆年间	汉	皇统二年	谏止海陵王伐宋，被赐死	《三朝北盟会编》卷231
4	李晏	翰林侍讲学士兼御史中丞	大定中后期	汉	皇统六年	讨论关于县令阙员的问题，关于锦州龙宫寺的二税户问题	《金史》卷96《中州集》卷2
5	刘仲诲	太子少师兼御史中丞	大定十四年—大定十九年	汉	特赐皇统九年进士	——	《金史》卷78

① （元）脱脱撰：《金史》，中华书局2020年点校本，第2810页。

序号	姓名	最高官职 （显著政绩）	任职时间	民族	及第科次	主要事迹	材料出处
6	董师中	御史中丞	明昌年间	汉	皇统九年	1. 上言宗肃不亦除授大兴府事。2. 多次带领台谏谏止章宗出游景明宫。	《金史》卷 95
7	郑子聃	翰林侍讲学士、兼修国史	大定二十年前后	汉	天德三年第三人 正隆二年第一	修《海陵实录》	《金史》卷 125 《中州集》卷 9
8	张万公	御史中丞	大定二十九年—明昌元年	汉	正隆二年	1. 谏止章宗立李妃为后。2. 参与讨论北边屡有侵扰。	《元好问全集》卷 16
10	张暐	御史大夫	承安三年—四年	汉	正隆五年		《金史》卷 106
11	阎公贞	翰林侍读学士	承安元年	汉	大定七年		《金史》卷 97
12	党怀英	翰林学士承旨	承安三年—泰和间	汉	大定十年	明昌二年担任侍讲学士时请求罢修边壕。	《金史》卷 125 《中州集》卷 3
13	张行简	礼部尚书兼侍讲、同修国史 翰林学士丞旨	泰和六年—贞祐三年	汉	大定十九年	1. 给章宗如何追封镐、郑二王以建议。2. 建议与蒙古议和。3. 丁忧致仕官得以免除纳缴弓箭。	《金史》卷 106 《中州集》卷 9
14	蒲察思忠	翰林学士同修国史	贞祐年间	女真	大定二十五年金史	与奥屯忠孝一起党附胡沙虎，建议废卫绍王为庶人	《金史》卷 104
15	孟铸	御史中丞 御史大夫	泰和四年—泰和八年（御史中丞） 崇庆元年—至宁元年（御史大夫）	汉	大定十八年前	1. 建议使用区种法。2. 弹劾纥石烈执中。3. 提刑司改按察司权削望轻。	《金史》卷 100
16	女奚烈守愚	翰林学士	贞祐二年	女真	明昌二年		《金史》卷 128

续表

序号	姓名	最高官职（显著政绩）	任职时间	民族	及第科次	主要事迹	材料出处
17	完颜伯嘉	御史中丞 翰林侍讲学士	兴定二年—兴定四年（御史中丞）兴定五年—元光元年（翰林侍讲学士）	女真	明昌二年	1. 以天旱为理由，要求问责宰相高琪、高汝砺。2. 礼部郎中言事忤旨的看法不应该以言事惩治官员。3. 拒绝高琪、高汝砺提出的修山寨以避兵的看法。4. 建议官员拒绝赴任地方官者给惩罚。5. 反对弃河东保陕西的建议。6. 因功受爵激励军功，授以地方豪强聚保者官称。	《金史》卷100
18	王晦	翰林侍读学士加劝农使	贞祐间	汉	明昌二年	—	《金史》卷121 《归潜志》卷10
19	杨云翼	御史中丞 翰林学士礼部尚书	兴定三年（御史中丞）正大元年—三年（翰林学士）正大三年（复礼部尚书）	汉	明昌五年	1. 与赵秉文反对高琪榷油政策。2. 从社稷角度说明对讲和的看法。3. 对枢密院与尚书省关系的看法，宰相不得预闻军政加重局势恶化。4. 关于君臣关系与事君之义提出看法。	《金史》卷110 《元好问全集》18 《归潜志》卷4
20	纥石烈胡失门	御史大夫	兴定五年—元光二年	女真	明昌五年	同意蒙古纲请求移军河南的建议。	《金史》卷102
21	李英	御史中丞	贞祐初	渤海	明昌五年	1. 加强对人才的考核，四善、二十七最之法。2. 对用官爵赏有军功者的看法。	《金史》卷101 《归潜志》卷5

续表

序号	姓名	最高官职（显著政绩）	任职时间	民族	及第科次	主要事迹	材料出处
22	纳坦谋嘉	御史中丞翰林侍讲学士	贞祐、兴定间	女真	承安五年特赐同进士出身	1. 反对迁都。 2. 谏止伐宋	《金史》卷104
23	张天纲	御史中丞权参知政事	天兴二年——天兴三年	汉	至宁元年	1. 反对伐宋。 2. 力辨妖法之事。	《金史》卷18、119《元好问全集》卷21

注：张天纲参与高层决策主要在任御史中丞时，故放入此表。

表4-4　金代进士任御史台和翰林学士院从三品以上官员统计表

御史台		翰林学士院		
御史大夫	御史中丞	翰林学士丞旨	翰林学士	翰林侍读、侍讲学士
4	8	5	3	7

注：1. 御史台、翰林院官多有兼职，故每个官职重复记数。

2. 张天纲建言主要是以御史中丞身份，故放入此表。

御史台作为中央主要监察机构，负责全国大小官吏的监察与考核。御史大夫与御史中丞职责均为"掌纠察朝仪、弹劾官邪、勘鞫官府公事。凡内外刑狱所属理断不当，有陈诉者付台治之"[①]。御史台特殊职能决定进士任职御史台官尤其关注与人事任命相关的中央决策。董师中对宗肃任职知大兴府事一职提出反对，原因是"宗肃近以赃罪鞫于有司，狱未竟，不宜改除"[②]。孟铸任职御史中丞上书章宗弹劾纥石烈执中，以"明天子在上，岂容有跋扈之臣？"[③]为由，提醒章宗加强皇权的重要性。李英认为应该加强对人才考核，重新用"四善、二十七最"之法，并提出了对有军功之人避免赏赐官爵过重等建议。

翰林学士院官作为皇帝的文学侍从，掌"翰林文雅之职"。世宗即位以后，翰林官员参与政治事务领域有明显扩展。[④]金代翰林学士院官主要职责在于"掌制撰词"[⑤]，同时也具有和唐宋时期翰林官员同样备皇帝顾问的职责，这成为参与

---

① （元）脱脱撰：《金史》，中华书局2020年点校本，第1325页。

② （元）脱脱撰：《金史》，中华书局2020年点校本，第2242页。

③ （元）脱脱撰：《金史》，中华书局2020年点校本，第1236页。

④ 闫兴潘：《金代翰林学士院制度研究》，武汉大学博士学位论文，2014年，第100页。

⑤ （元）脱脱撰：《金史》，中华书局2020年点校本，第1329页。

朝廷政治决策的重要途径。① 翰林学士院官参与中央决策与尚书省官通过比较正式的御前议事方式不同，多是在非正式场合通过回答皇帝的疑问，或者将想要表达的意见委婉陈述给皇帝。海陵王在南侵前特召翟永固、韩汝嘉问亲伐宋事，得到"宋人事本朝无衅隙，伐之无名。纵使可伐，亦无烦亲征，遣将帅可也"②。翟永固的意见是基于当时政治军事形势给出的判断和解决策略，可惜海陵王不能接受，韩汝嘉则因为谏止寝兵讲和被杀。③ 世宗、章宗时期，对翰林官员的意见更多采取宽容接纳的态度，翰林官直接向皇帝提供建议的形式也得以加强。世宗在"听政之隙""御后阁"与李晏讨论"县令阙员取之何道"的问题，李晏建议增加取士人数，重新增设进士科目，成为大定二十八年（1188）复经义科的直接原因。党怀英在明昌三年（1192）开边防壕堑的讨论中"请罢其役"的建议为章宗接受。④ 杨云翼在兴定四年（1220）九月蒙古入侵的应对之策中，没有单纯从战和角度讨论问题，而是"以《孟子》事大、事小之说解之"，从保存百姓的角度劝谏宣宗讲和。⑤ 翰林学士院高级官员大都受皇帝信任且具有较高的文学造诣，与皇帝保持良好的私人关系，所以有更充分的机会在重要政务上发表看法，他们的建议多能得到皇帝接纳。

（三）进士群体任职其他机构

进士任职中央还见于太常寺、秘书监、枢密院、宣徽院等机构主官。其中任职太常卿较集中，秘书监仅见杨邦基，左宣徽使仅见敬嗣晖。进士任职枢密副使多为兼职，女真进士和特赐进士居多。

金代进士较多任职中央机构还有太常寺和枢密院。太常寺负责各种祭祀事务执行，主官太常卿主要负责礼乐、郊庙、社稷、祠祀之事。⑥ 太常卿多由汉进士担任，且多兼任其他职务，参与中央决策不多见。张暐在任职太常卿时，章宗曾询问"古有三恪"的问题，实质上是想明确如何处理辽、北宋的追封才能保证金

---

① 杨果：《中国翰林制度研究》，武汉大学出版社1996年版，第109—115页。
② （元）脱脱撰：《金史》，中华书局2020年点校本，第2098页。
③ （宋）徐梦莘编：《三朝北盟会编》，上海古籍出版社2008年影印本，第1660页。
④ （元）脱脱撰：《金史》，中华书局2020年点校本，第2876页。
⑤ （金）元好问撰、姚奠中主编：《元好问全集》卷18《内相文献杨公神道碑铭》，第365页。
⑥ （元）脱脱撰：《金史》，中华书局2020年点校本，第1330页。

代的正统地位。太常卿多通过百官集议发表对时政的看法，如赵之杰对南宋发动对金战争的预测，以及黄久约讨论郡县阙官原因等，但对中央决策起到的作用有限。

金代进士任职枢密院见胥持国、夹谷衡、完颜匡、胥鼎、完颜仲德、完颜奴申六人，任职均为枢密副使。金代中后期枢密使、枢密副使中，仅见此六位具有进士身份。[①] 作为金代最重要的军事机构，枢密使"掌凡武备机密之事"，[②] 副使为佐贰，战时多为将领，有一定统兵权，多为女真人担任。胥持国为章宗宠臣，胥鼎行省河东，以书生镇守方面，父子二人均得到当朝皇帝的赏识。进士出身者担任枢密院官更多凭借军事才能和重臣身份，并非出于进士所代表的文化特征。从参与中央决策内容来看，多与战事相关。夹谷衡任职枢密院副使，任务是"行院规画边事"，因修完封界被褒奖。[③] 完颜匡在泰和六年金宋战争前，对南宋北侵军事意图做出过准确预测："彼置忠义保捷军，取先世开宝、天禧纪元，岂忘中国者哉。"[④] 胥鼎任枢密副使时提出准许河南粟贩渡河、恢复河东农业经济、谏止强括入粟、关于蒙古入侵战略预测和准备，以及兴定元年谏止西征等，都是基于军事考量提出的对策。[⑤]

二、汉进士任职中央官僚机构

汉进士在中央官僚机构政治运作中发挥作用主要集中在吏治、经济、礼制等方面。处理政务过程中遵守儒家伦理和寻求统治者认同是汉进士遵循的两大主要原则。对金代统治者而言，在保证皇权独尊性的同时，有意识地扩大参与政务决策和执行的官员范围，可以保证政策的有效推行和行政效率的提升。汉进士入仕除部分词赋状元直接被授予应奉翰林文字情况外，要从基层事务做起，依照铨选

---

① 参见张喜丰《金代枢密院研究》，吉林大学博士学位论文，2019 年，第 98—109 页。通过对论文表 2、表 3 中所记载的金中后期枢密使、枢密副使的出身来看，枢密使中无进士出身者，副使仅有以上六位。

② （元）脱脱撰：《金史》，中华书局 2020 年点校本，第 1323 页。

③ （元）脱脱撰：《金史》，中华书局 2020 年点校本，第 2212 页。

④ （元）脱脱撰：《金史》，中华书局 2020 年点校本，第 2297 页。

⑤ （元）脱脱撰：《金史》，中华书局 2020 年点校本，第 2516—2517 页。

制度层层迁转。因此能够身至高位的汉进士多数政事明敏才能卓著，政治目光敏锐，且善于揣摩皇帝心意，能够与女真高层保持良好的关系。世宗谓石琚："女直人往往径居要达，不知闾阎疾苦。卿尝为丞簿，民间何事不知，凡利害极陈之。"① 世宗正是看到女真贵族在处理复杂繁剧政治事务方面能力不足，才更加注重在中央政务决策和执行过程重视具有丰富政务经验的进士出身汉族官员的建议。

（一）汉进士参与吏治整顿与建设

金代官员铨选和迁转过程中过于重视循资，以岁月序迁原则为主，官员升迁缓慢，难以选拔优秀人才，基层职务尤其是县令阙员严重影响政令施行。各级官员只需要迁延岁月积累资历，任内没有重大失误就可以升迁，又造成"因循"之风盛行，行政风格惰怠。对此，世宗与臣下商议首先解决吏部迁转工作效率低下、官员铨选滞留时间过长的问题。大定初，"每季选人至，吏部托以检阅旧籍，谓之检卷，有滞留至后季犹不得去者"。任用长期任职吏部的高衎为吏部尚书，"岁余铨事修理，选人便之。"② 循资导致严重后果是"县令阙员"问题，李晏建言增加进士科目和录取人数，隐含之意应以进士出身者作为县令等临民官的来源。黄久约与世宗关于县令阙员问题有如下对话：

> 时郡县多阙官，久约言："世岂乏材，阂于资格故也。明诏每责大臣以守格法而滞人材，乞断自宸衷而力行之。"世宗曰："此事宰相不属意，而使谏臣言之欤？"即日授刺史者数人。久约又言宜令亲王以下职官递相推举，世宗曰："荐举人材惟宰相当为耳，他官品虽高，岂能皆有知人之监。方今县令最阙，宜令刺史以上举可为县令者，朕将察其实能而用之。③

郡县阙官的本质在于遵守格法循资升迁过于缓慢。世宗寄希望于宰相荐举中高层人才，地方主政官员荐举有才能者任职县令，最终由皇帝掌握官员任免权

---

① （元）脱脱撰：《金史》，中华书局 2020 年点校本，第 2081 页。
② （元）脱脱撰：《金史》，中华书局 2020 年点校本，第 2128 页。
③ （元）脱脱撰：《金史》，中华书局 2020 年点校本，第 2252 页。

力。金制被荐者如"行止不符",举荐者要受到相应处罚。因此张汝霖宁愿回答:"臣等苟有所知,岂敢不荐,但无人耳。"[①] 宁可招致世宗不满斥责,也不愿冒险举荐。南迁后,李英对宣宗进言应重新以"四善、二十七最之法"为标准考评官员。[②] 汉进士出身官员在对待吏治问题上的建议多从入仕、荐举、标准等制度层面出发,按照官僚政治的理想运作形式,以皇权为支持,通过改变制度和程序解决实际问题。金代皇帝对选官权要求有绝对的主导权,因此汉进士需要在皇权允许的情况下参与官员选任相关的讨论。

(二)汉进士参与经济政策制定与执行

汉进士出身官员在参与经济相关决策时显示出巨大的优势和主动性。"所谓食货之法,荦荦大者曰租税、铜钱、交钞三者而已。"[③] 金代租税种类大致可以分为土地税、物力钱、商税、杂税四类。[④] 关于税收不足与征收物力钱问题,世宗与时任参知政事的魏子平有过讨论:

> 上问子平曰:"古者税什一而民足,今百一而民不足,何也?"子平对曰:"什一取其公田之入,今无公田而税其私田,为法不同。古有一易再易之田,中田一年荒而不种,下田二年荒而不种。今乃一切与上田均税之,此民所以困也。"上又问曰:"戍卒逋亡物故,今按物力高者补之,可乎?"对曰:"富家子弟骄懦不可用,守戍岁时求索无厌,家产随坏。若按物力多寡赋之,募材勇骑射之士,不足则调兵家子弟补之,庶几官收实用,人无失职之患。"上从之。[⑤]

金代土地税对猛安谋克户实行牛头税制,对州县民户实行两税制。在实际征税过程中,牛头税相较于夏秋两税要轻得多。[⑥] 魏子平的解释已经触及到不同土

① (元)脱脱撰:《金史》,中华书局 2020 年点校本,第 1984 页。
② (元)脱脱撰:《金史》,中华书局 2020 年点校本,第 2235 页。
③ (元)脱脱撰:《金史》,中华书局 2020 年点校本,第 1102 页。
④ 郭威:《金代户部研究》,吉林大学博士学位论文,2015 年,第 67 页。
⑤ (元)脱脱撰:《金史》,中华书局 2020 年点校本,第 2098 页。
⑥ 张博泉:《金代女真"牛头地"问题研究》,《历史研究》,1981 年第 4 期,第 153 页。

地所有制度导致税收额度不同，是百姓赋税过重的重要原因，只是碍于世宗重视女真旧俗，没有再进行进一步说明。但在世宗提出以物力高者补贴戍卒的看法时，魏子平直接表示女真富家子弟不堪用，不如以相应价值募集军士，既保证成军作战能力，又能使财政减轻压力。

术虎高琪主政建议榷油，受到进士出身汉官员的坚决抵制。高汝砺从设官管理、油价不定、物价增高、质量不齐、夺民生业五个现实因素提出反对意见。在尚书省集议过程中，持反对意见的礼部尚书杨云翼、翰林侍读学士赵秉文、南京路转运使赵瑞、吏部侍郎赵伯成、刑部郎中姬世英、右司谏郭著、提举仓场使时戩，除赵瑞、姬世英、郭著身份未知，其余均为进士。

金代货币有铜币、银币、纸币三种，币制纷繁多变。[①] 关于货币使用出现的问题，进士出身的汉族官员成为皇帝询问商议的对象。章宗泰和二年（1202），召户部尚书孙铎、侍郎张复亨，商议是否要继续使用三合同钞。泰和七年（1207），高汝砺主持改革钞法，暂时性解决货币壅滞问题。杨云翼、孙铎等人也为新钞法实行提出了诸多可行性建议。[②]

进士群体在参与经济问题决策时表现出更积极的态度，提出了系统完整的解决方略。如胥持国提倡区种法，经过"令试种于城南之地，乃委官往监督之，若使民见收成之利，当不率而自效矣。"[③] 经过实地调研和实验确定成效回复以夹谷衡为代表的反对者。贾益谦对宣宗迁汴后出现的"侨户与土民应均差役"问题上持反对意见。通观汉进士出身的官员对金代经济的建议，强调在维持平稳的基础上增加国家收入，总体是理性务实的。进士出身官员能主钱谷、善于理财也是最受统治者看中的政治能力。

（三）汉进士参与礼制相关决策的制定与实行

熙宗、海陵王以降，汉族礼制得到女真统治者认同，女真传统礼仪习俗与汉制逐渐呈现融合趋势。进士出身的汉族官员凭借熟悉儒家经典文化和掌握汉制礼仪繁琐程序，成为金代统治者的礼仪顾问。在与之相关的内外决策上具有相当程

---

① 张博泉：《金代经济事略》，辽宁人民出版社 1981 年版，第 85 页。
② （元）脱脱撰：《金史》，中华书局 2020 年点校本，第 1165 页。
③ （元）脱脱撰：《金史》，中华书局 2020 年点校本，第 1203—1204 页。

度的发言权,将礼制所代表的儒家伦理、等级、权威观念渗透到金代内部政治运行当中。甚至于以遵循礼制要求的道德伦理纲常为名,对皇帝不当行为进行劝谏。具体表现为:

首先,帮助君主理解祭礼蕴含的政治意义。大定十一年(1171),世宗提出"本国拜天之礼甚重。今汝等言依古制筑坛,亦宜。我国家绌辽、宋主,据天下之正,郊祀之礼岂可不行。"① 南郊祭天礼为世宗所重有两个原因:一是女真因辽重拜天之礼,将汉制南郊祭天礼提升到与拜天礼相同的地位,即是对汉制礼仪的接纳与尊重;二是通过南郊祭礼彰显金代的合法性。章宗承安元年(1196),因北方未想要推迟南郊祭礼,征询礼部尚书张暐意见,"岂可逆度而妨大礼。今河平岁丰,正其时也"②。郊祀礼蕴含丰富的政治意义,"古者,一岁郊祀凡再,正月之郊为祈谷,《月令》及孟献子所言是也;十一月之郊为报本,《郊特牲》所言是也。"③ 南郊祭礼是向上帝"报本"之意,象征国家安定平和,更有利于满足"四方倾望之意"。④

其次,引导君主理解丧礼中儒家孝义伦理内涵。明昌二年(1191),章宗欲亲为薨逝的太傅徒单克宁行烧饭礼,张暐依据礼制认为不符合孝懿皇后的丧礼规程。"仰惟圣慈,追念勋臣,恩礼隆厚,孰不感劝。太祖时享,尚且权停,若为大臣烧饭,礼有未安。今已降恩旨,圣意至厚,人皆知之,乞俯从典礼,则两全矣。"⑤ 章宗追念勋臣之意不能超越母亲孝懿皇后丧礼的规程,体现出儒家伦理等级和孝亲观念。移剌履(耶律履)认为世宗即使有遗诏,也当严格按照丧礼规定完成,获得章宗认可。⑥

再次,维护日常礼仪中皇帝及亲族的权威及等级秩序。张行简对宰执受贺礼重于皇太子的细节给予了纠正,要求"宰执上日令三品以下官同班贺,宰执起

---

① (元)脱脱撰:《金史》,中华书局 2020 年点校本,第 741 页。
② (元)脱脱撰:《金史》,中华书局 2020 年点校本,第 2466 页。
③ (元)马端临:《文献通考》,中华书局 2011 年版,第 612 页。
④ (元)脱脱撰:《金史》,中华书局 2020 年点校本,第 2218 页。
⑤ (元)脱脱撰:《金史》,中华书局 2020 年点校本,第 2466 页。
⑥ (金)元好问撰、姚奠中主编:《元好问全集》卷 27《尚书右丞耶律公神道碑》,第 502 页。

立，依见三品官仪式通答揖"①。宰执上日朝拜礼仪高于皇太子答拜礼仪，意味着宰相地位高于皇帝继承人，张行简对礼仪很专业、敏锐认识到微小细节之间的权力象征。值得关注的是，张行简将礼制问题按照程序上报尚书省，却"省延不从"，只能直接上书世宗寻求支持。因此，进士出身的汉族官员维护礼制就意味着维护皇权为尊的权力结构等级，因此在与礼仪相关的决策上，进士常能获得皇帝的支持。

三、女真进士任职中央官僚机构

女真进士通过长时间由基层到中央官职迁转历练，章宗明昌年间开始进入宰执和高层官员行列。女真进士多具有进士资格和女真近臣双重身份，这是在金中后期能够进入到政治核心，影响中央决策的重要原因。

表4-5　金代女真进士任中央机构各部门任职统计表

尚书省							台谏、翰林		其他系统
宰执	吏部	工部	户部	兵部	刑部	礼部	御史台	翰林学士院	枢密院
12	1	2	1				3	2	4

注：1. 共选取女真进士仕宦经历完整者任职从三品以上中央机构官员21人。

2. 尚书省官以最高官职记；御史台、翰林院官以本官职记；4位枢密院官都担任宰执，重复记。

女真进士担任宰执、台官、枢密院官较多，任职专业性较强的职务比例相对汉进士少。主要参与金中后期的重要军政事务，包括选官任官政策、迁都、战争和议、与近侍关系、谏止皇帝兴土木等各方面。与汉进士以吏才明敏、善理钱谷、精于礼仪文字为基础参与政治运行不同，女真进士面对金中后期纷繁复杂的内外局势，展示出更多元的文化特征。

女真进士受儒家文化影响，在参与政治事务过程中显示出重纲常伦理、重施行仁政、重民本的政治思想，符合文治精神要求。章宗欲立李氏为后，徒单镒先是以"五常"为核心思想上疏劝诫，随后以东汉光武帝"再造汉业，在位三十年，

---

① （元）脱脱撰：《金史》，中华书局2020年点校本，第2468页。

无沈面冒色之事，"①劝谏相较于高祖宠戚姬导致诸吕乱政，光武帝更值得借鉴。在朝臣以"元妃本出监户"为理由直谏遭到章宗抵触的情况下，徒单镒以经史微谏，似乎更为章宗接受。夹谷衡与胥持国在"对民有利"的基础之上讨论区种法的推广。完颜闾山兴定三年（1219）任职吏部尚书，以"民劳至矣，复用此辈，将何以堪"②为由否决以聚敛苛刻者为户部官。赤盏尉忻极谏哀宗修建宫室，完颜仲德谏止迁蔡后修建山亭，都是从施行仁政的理念出发，期望挽救金末危局。

女真进士任职枢密院参与军事活动，除去女真人更受统治者信任之外，因娴于弓马骑射也是重要因素。完颜匡在泰和六年（1206）对宋战争中因立下战功，升任权尚书右丞、行省事、右副元帅。在宋战败请和外交往来过程中使金代处于主动地位，重新获得对宋的主动权。③纳合蒲剌都于贞祐四年（1216）提出增强军队战斗力和重新进行战略布局防守的建议也符合南迁后的关中地区局势，可惜未被采纳。④完颜仲德作为一直领兵战至最后的尚书右丞兼枢密副使，遗言："吾君已崩，吾何以战为。吾不能死于乱兵之手，吾赴汝水，从吾君矣。诸君其善为计。"⑤最终投水殉国，可算以死节尽忠的女真进士代表。

女真进士的才能和品德不能一概而论，完颜匡侵占民田，抹撚尽忠弃中都南奔，蒲察思忠与奥屯忠孝一起党附胡沙虎，在金代中央政治运作中起到了不良作用，与徒单镒等人所展示的女真进士的典范形象有很大距离。但总体来看，尽管女真进士的民族与身份更受统治者看中，但女真进士在处理政治事务中体现出忠君爱国、重视伦理、仁政爱民等特质与进士群体政治伦理一致。在金末纷乱危急的形势下，进士群体仍然为挽救行将灭亡的金代尽最大的努力。

---

① （元）脱脱撰：《金史》，中华书局 2020 年点校本，第 2320 页。
② （元）脱脱撰：《金史》，中华书局 2020 年点校本，第 2339 页。
③ （元）脱脱撰：《金史》，中华书局 2020 年点校本，第 2298—2300 页。
④ （元）脱脱撰：《金史》，中华书局 2020 年点校本，第 2810 页。
⑤ （元）脱脱撰：《金史》，中华书局 2020 年点校本，第 2752 页。

第二节 进士群体参与金代地方治理

金代地方行政机构"袭辽制,建五京,置十四总管府,设十九路。其中散府九,节镇三十六,防御郡二十二,刺史郡七十三,军十有六,县六百三十二"①。后逐渐调整,各级机构数目略有变动,基本延续路府、州、县三级体制。"金人之制,颇简于宋、辽,即以路统府、州,而府、州复辖县、镇也。"②据武玉环对县级机构数目研究,章宗时期金全国有696个县,承担管理基层社会的职责。③在诸多地方机构中,金代尤其重视县级机构官员的选拔任用。世宗在"县令之职最为亲民,当得贤才用之"④的选择标准下,多次与大臣探讨"县令阙员"问题的解决途径。通过鼓励各级官员荐举优秀人才、增开科举科目、增加进士录取人数等方式选拔县令,同时制定了严格的考课制度。"四善、十七最"⑤考课法、"辟举县令法"⑥从制度上提出对地方行政官员政务和道德双重要求。进士群体经过严格儒家伦理思想教育与政务能力训练所具备的高素质在以政绩和道德为标准的考课制度下尽显优势。

以县令职责为例,可以归纳为三类职能:一是教化风俗,二是劝农增赋,三是维护稳定。这三类职能同时也是府、州等各级地方官员的工作重点。⑦绝大多数进士自授官之始,要在地方各级机构之间经过多年磨砺,通过朝廷制度性考核才能得到升迁,因此进士群体对地方基层社会结构和百姓生活方式有深刻影响。

一、"教民"为本,化民成俗

金代进士任职地方官员从为政以德、移风易俗的高度出发,将道德教化作为

① (元)脱脱撰:《金史》,中华书局2020年点校本,第590页。

② 顾颉刚,史念海:《中国疆域沿革史》,商务印书馆1999年版,第176页。

③ 武玉环:《论金朝县级官吏的选任与考核》,《吉林大学社会科学学报》2012年第7期,第87—93页。

④ (元)脱脱撰:《金史》,中华书局2020年点校本,第188页。

⑤ (元)脱脱撰:《金史》,中华书局2020年点校本,第1310页。

⑥ (元)脱脱撰:《金史》,中华书局2020年点校本,第1311页。

⑦ 部分路、府、州官员兼领军务,参见王曾瑜《金朝军制》,河北大学出版社1996年版,第29—37页。

治理地方的首要任务。进士接受儒家经典教育，对六经"礼之教化也微，其止邪也于未形，使人日徙善远罪而不自知也。"①，潜移默化中起到安上治民功效有更清晰的认识。通过兴学重教授民以智培养德性，进而实现化民成俗，地方社会最终达到由秩序而和谐。金代地方基层社会成分构成复杂，包括地方各级官员和数量庞大的吏员，女真、汉族豪强势力，从事不同职业的各族平民，还存在一定数量的奴婢。②进士任职地方，在贯彻国家意志处理地方事务、构建稳定社会秩序时，遵从儒家伦理观念，形成了有自身特点的治理风格。《金史·刘仲洙传》载：

> 刘仲洙，大定三年，登进士第。……二十九年，出为祁州刺史，以六善为教，民化之。③

刘仲洙"以六善为教"是进士为官地方需要遵循六类源于儒家经义的为政思想。明末清初学者唐甄在《潜书》中以"六善"作为为政之道，具体包括违己、从人、慎始、循中、期成、明辨，是为六善。④其中"违己"源于《尚书》："有言逆于汝心，必求诸道；有言逊于汝心，必求诸非道。"⑤意为官员为政要合乎儒家思想的要求，不能凭借自己好恶行事。"从人"源于《孟子》："舍己从人，乐取于人以为善。"⑥"慎始"源于《春秋左氏传》："慎始而敬终，终以不困。"⑦"循中"与"明""辨"皆源于《中庸》："无过不及，平常不易"之意。⑧"明辨"也出自中庸作为思考问题的一种方式。关于"六善"思想，未见金人有论，应为元明时期盛行的为政思想。刘仲洙之"六善"为教，也应不出唐甄所言之"六善"范畴。

---

① （清）阮元校刻：《十三经注疏》之六，《礼记正义》卷第五十《经解第二十六》，中华书局2009年版，第3493页。

② 关于金代地方社会等级结构，参见宋立恒《金代社会等级结构研究》，中央民族大学博士学位论文，2005年，第5—6页。

③ （元）脱脱撰：《金史》，中华书局2020年点校本，第2283页。

④ （清）唐甄：《潜书》，中华书局1963年版，第146页。

⑤ （清）阮元校刻：《十三经注疏》之二，《尚书正义》卷第八《太甲下第七》，第348页。

⑥ （清）阮元校刻：《十三经注疏》之十三，《孟子注疏》卷第三下《公孙丑章句上》，第5853页。

⑦ （清）阮元校刻：《十三经注疏》之十三，《礼记正义》卷第五十四《表记第三十二》，第3566页。

⑧ （宋）朱熹：《四书章句集注·中庸章句》，中华书局2015年版，第781—783页。

　　进士到任地方后，首先要亲自拜访地方乡绅耆老，体察当地民情，了解百姓生活的真实情况。泰和元年（1201），邢珣任职永寿县主簿，"下车后，历询耄耋，苟有利害，为之兴除。众以泉闻，遂访其源，得故道，有瓦甓之迹在焉。不旬日间，阙工告成"①。刘迎大定十三年（1173）登进士第，授唐州幕官，有诗《淮安行》和《修城行》记述到任金宋边境唐州城所见当地风俗人情。"迄今井邑犹荒凉，居民生资惟榷场。马军步军自来往，南客北客相经商。迩来户口虽增出，主户中间十无一。里闾风俗乐过从，学得南人煮茶吃。"②唐州地处金宋边境，因与宋进行榷场贸易商人往来贩售货物获利，外来人口增加，但本地户口受到战争影响未能恢复，百姓生活风俗与宋相似，烹茶宴饮，耽于享乐。刘迎于巡行中向当地父老了解到唐州城墙用鸡粪土筑成形如虚设，"淮安城郭真虚设，父老年前向予说。筑时但用鸡粪土，风雨即摧干更裂。"③当即决定用砖石加固城墙造福地方，同时感叹修筑城墙也是对百姓的负担。

　　金代"尊孔崇儒"思想下沉与渗透入地方乡里后，倾向文治的地方官员组织举行重要集会活动，籍此以道诲人，将儒家伦理思想深植于乡民内心。张毂于明昌五年（1194）任职泰定军节度判官，组织修建孔庙，并奏请章宗亲祭。《孔氏祖庭广记》载："修庙功毕，兖州节判张毂，以尼山先生所生之地，庙宇颓毁几尽，遂闻于上。于是出羡钱四千有奇，以曲阜簿刘烨、奉符丞郭仲容、奉符令刘格监修，逾年告成。"④曲阜孔庙增修完工后，原拟章宗亲祭，后因北方战事紧张未能实现，由兖州节度使孙即康行礼告成。张毂通过组织策划修庙并"率儒士行乡饮酒礼"⑤，强化官员在地方礼乐教化中的主导作用。地方官员并不单纯作为集会的组织者，还利用公开场合解决百姓之间的纷争，直接对乡里进行道德伦理教育。《金史·蒲察郑留传》载：

① （清）张金吾：《金文最》，中华书局 1990 年版，第 377 页。
② （金）元好问：《中州集校注》，中华书局 2018 年版，第 540 页。
③ （金）元好问：《中州集校注》，中华书局 2018 年版，第 541 页。
④ （金）孔元错撰：《孔氏祖庭广记》卷 3，四库全书版影印版，第 14 页。
⑤ （元）脱脱撰：《金史》，中华书局 2020 年点校本，第 2922 页。

西京人李安兄弟争财，府县不能决，按察司移郑留平理，月余不问。

会释奠孔子庙，郑留乃引安兄弟与诸生叙齿，列坐会酒，陈说古之友悌

数事，安兄弟感悟，谢曰："节使父母也，誓不复争。"乃相让而归。①

蒲察郑留任陕西路按察使，遇到府县不能解决的兄弟争财案件，说明此案件在乡里有很大影响，不能以常规处理。蒲察郑留作为女真进士出身的官员并未按照通常处理诉讼判断是否区分责任，而是在对乡人有特殊意义的祭祀孔庙会上，让兄弟二人到场与庙学学生相交宴饮，利用孝悌榜样让争财者自行感悟，达到解决争财的问题。此案例的更深层价值在于，在孔庙祭礼上，通过处理兄弟争财事件，对孔庙学生、乡绅士族、普通百姓都有警示和劝导之意。与此相似的还有任天宠任威戎县令，"有兄弟讼田者，天宠谕以理义，委曲周至，皆感泣而去"②。在道德礼仪教化之下，如遇到性情顽劣不堪管教之人，也会根据事件轻重施以刑罚。刘焕任北京警巡使，捕二恶少杖于庭中，同时给予严厉的告诫："孝弟敬慎，则为君子。暴戾隐贼，则为小人。自今以往，毋狃于故习，国有明罚，吾不得私也。"③道德教育与刑罚并用，达到众皆畏惮，毋敢犯者的教化作用。

进士出身的地方官员熟悉儒家经典史籍和礼乐制度，能与地方精英阶层建立良好的合作沟通，善于运用各种手段解决地方社会矛盾。在解决复杂的基层社会问题时，显示出进士群体特有的儒家伦理价值观念。

二、"养民"劝农，以民为本

金代赋役种类繁多，地方官员需要有效保证按时征收缴纳赋税及调配辖区内各类差役。进士出身的地方官员在完成差科要求，实现考绩目标基础上，将保护百姓生命财产、劝民务农增产，减轻百姓负担作为施政目标。儒家民本思想强调为民谋利的价值准则，重点关注"养民"，是施行仁政的重要表现。孔子注重"养

---

① （元）脱脱撰：《金史》，中华书局 2020 年点校本，第 2920 页。

② （元）脱脱撰：《金史》，中华书局 2020 年点校本，第 2459 页。

③ （元）脱脱撰：《金史》，中华书局 2020 年点校本，第 2916 页。

民"思想:"道千盛之国,敬事而信,节用爱人,使民以时"① "养民也惠""使民也义"。② 孟子对"养民"有更进一步的解释:裕民生,薄赋税,使民有恒产,"民之为道也,有恒产者有恒心"③。荀子也强调"裕民以政"和"增民之产"。④ 金代进士以儒家民本思想为指导施政地方,在协调国家和地方在基层控制和赋税需求矛盾上做出努力。

"养民"需要做到民生裕足、轻赋税、惜力役,保障农业生产所需要的时间和环境。刘敏行任职肥乡令,"岁大饥,盗贼掠人为食,诸县老弱入保郡城,不敢耕种,农事废,畎亩荒芜。敏行白州,借军士三十护县民出耕,多张旗帜为疑兵,敏行率军巡逻,日暮则阅民入城,由是盗不敢犯而耕稼滋殖。"⑤ 金初,河北地区兵兴未艾,治安混乱,地方基层缺乏有效统治。刘敏行天会二年(1124)平州榜登第后,任职肥乡令和高平令,以保护民众生命安全,创造条件恢复农业生产为核心要务。从借兵护民农耕得到州县支持来看,刘敏行的护民重农行为获得上级认可并以政绩显著得到升迁。为保证农时,地方官员需要协调各种差役干扰,甚至因保障农业生产受弹劾。程震以辟举法任陈留令,归德行枢密院发民牛运粮徐、邳,与农民耕种时间相冲突,程震请求使者宽限日期,自请承担责任,以避免自然灾害加军事役使造成"吾麦乘雨将入种,牛役兴,则无来岁计矣"⑥ 的严重后果。

金代后期由于战争频繁,土地日塞,赋役增加,百姓生活更加艰难。进士出身的地方官员能在职权范围内做到为民减赋,平均差役,协调与地方军政势力之间的关系,尤其显现出对民本思想的可贵坚持。刘从益任叶县令,面对户口减少,土地大量抛荒但赋税仍旧的情况,"请于大司农,为减一万,民甚赖之,流亡归着四千余家"⑦。赵雄飞任顺安县令,在处理县民佃耕军田无法正常缴纳租税情况,"有夺之牛者,公捕系之,白按察司,严督主兵者,视实种亩如干,收入几何,

---

① (宋)朱熹:《四书章句集注》,中华书局 2015 年版,第 47 页。

② (宋)朱熹:《四书章句集注》,中华书局 2015 年版,第 79 页。

③ (宋)朱熹:《四书章句集注》,中华书局 2015 年版,第 254 页。

④ (战国)荀况:《荀子简释》,中华书局 1983 年版,第 119 页。

⑤ (元)脱脱撰:《金史》,中华书局 2020 年点校本,第 2914 页。

⑥ (金)元好问撰、姚奠中主编:《元好问全集》卷 21《御史程君墓表》,第 412 页。

⑦ (元)脱脱撰:《金史》,中华书局 2020 年点校本,第 2883 页。

输之"①。百姓与镇防军发生纠纷处于绝对弱势，地方官员维护百姓利益将冒一定风险。在处理地方军政势力对百姓务农生计侵扰方面，他们相较于汉进士的审慎理性逐级沟通，女真进士在处理地方军政矛盾方面更具优势。如女奚烈守愚任临沂令，莒州刺史教其奴告临沂人冒地，"守愚列其冤状白州，州不为理，即闻于户部而征还之，流民归业，县人勒其事于石。"②

金代地方豪强和胥吏对赋役差科有一定的影响能力，通过各种手段将豪强富户应担负差役转嫁给普通民户。在地方豪强控制下，很多官员与之勾结共同侵夺百姓利益。破解这种难题不但需要不畏豪强的勇气和责任感，更要制定严谨有效的差役制度，从程序上降低违法操作的空间。《元好问全集·资善大夫礼部尚书张公神道碑铭》载：

> 张正伦任寿张主簿，"时北鄙用兵，科役无适从。公差次物力，为鼠尾簿，按而用之。保社有号引，散户有由帖，揭榜于通衢，喻民以所当出，交举互见，同出一手，吏不得因缘为奸。自是，为县者皆取法焉。③

又《元好问全集·大中大夫刘公墓碑》载：

> 刘汝翼任同知嵩州军州事、兼阳翟县令。县户籍余三万，豪猾所聚，令丞少自检，为所把持，莫有得善代者。公下车，差次贫富，一一籍记之；一夫之役，斗粟之敛，均赋而平及之。大豪以苞苴私见，欲相诬染，公发其奸，并以所贿者晓于众。④

张正伦与刘汝翼对胥吏豪猾把持赋役科差的做法有异曲同工之处，即通过记录各户物力财产情况，使每一户的财产与应担负差役对应。并将信息公开，在程

---

① （金）元好问撰，姚奠中主编：《元好问全集》卷20《顺安县令赵公墓碑》，第393页。
② （元）脱脱撰：《金史》，中华书局2020年点校本，第1922页。
③ （金）元好问撰、姚奠中主编：《元好问全集》卷20《资善大夫吏部尚书张公神道碑铭》，第396页。
④ （金）元好问撰、姚奠中主编：《元好问全集》卷21《大中大夫刘公墓碑》，第424页。

序上杜绝胥吏豪强更改户等财产的机会。从二人面对的不同势力来看，胥吏在国家官僚行政体制控制之内，只要地方官员熟悉政务处理流程，即能控制胥吏。相对而言，豪强大族在地方基层有更加深厚的势力，以至于公开贿赂要挟国家任命的地方官员。进士出身的地方官员熟悉行政事务流程，又能以民本思想作为为政核心理念，所以绝大多数进士出身的官员都能以循吏、良吏的形象任职地方。

兴定元年（1217），实行辟举县令法，重点在于增加赋税和地方控制。《金史·百官一》载：

> 一曰田野辟，二曰户口增，三曰赋役平，四曰盗贼息，五曰军民和，六曰词讼简。六事俱备为上等，升职一等；兼四事者为中等，减二资历；其次为下等，减一资历；否则为不称职，罢而降之，平常者依本格。[①]

辟举县令法号称"得人"有两个重要因素：一是荐举者要为被荐举者行为直接负责，必然会选择"情慎才敏"之士出任县令，才能确保自己获得优良政绩。如若被荐举者品行堪忧，荐举者也要受到牵连。二是辟举法施行后，新进士才有机会避免漫长循资等待成为地方临民官，对士人阶层是一种激励。"有辟举法行，虽未入仕，亦得辟为令。故新进士多便得一邑治民，其省令史亦以次召补。故士人方免沉滞之叹云。"[②]新进士对来之不易的机会倍加珍惜，期望获得进一步升迁，自然要按照六条考课标准在任内做出成绩。因此辟举县令法受到赞誉"极一时之选，而能扶持百年将倾之祚者，亦曰吏得其人故也。"[③]备受赞誉的县令如张天纲、李献甫、张特立、薛居中、刘从益等人绝大多数都是进士，出任县令后以劝课农桑、征收赋役、镇抚地方的能吏之名载誉史册。

元好问任职内乡令有诗："吏散公庭夜已分，寸心牢落百忧薰。催科无政堪书考，出粟保人与佐军？"[④]对地方官员忙碌劳累负担沉重的生活进行了描述，县令与衙署官吏忙到深夜，催收科赋，提供军粟，否则不能通过考课。在这种情况下，

---

① （元）脱脱撰：《金史》，中华书局 2020 年点校本，第 1229 页。
② （金）刘祁：《归潜志》，中华书局 1983 年版，第 74 页。
③ （元）脱脱撰：《金史》，中华书局 2020 年点校本，第 2927 页。
④ （金）元好问撰、姚奠中主编：《元好问全集》卷 8《内乡县斋书事》，第 147 页。

能够担负劝农保民治理地方的职责，也可以作为考查金代进士群体政治作用的微观视角。

三、"治民"以律，维护稳定

金代地方官员的重要职责是维护地方秩序，保证管辖区域内局势安全稳定。通过依法处理刑狱诉讼，严厉打击地方豪强势力，金代进士群体在儒家"德主刑辅"思想指导下治理基层社会，通过礼乐教化使民知礼守法，同时审慎运用刑罚手段，有力维系地方稳定。关于地方官应当如何治民，章宗与张行简之间的讨论或可说明问题。《金史·张行简传》载：

> 上谓行简曰："卿未更治民，今至保州，民之情伪，卒难臆度，如何治之则可？"对曰："臣奉行法令，不敢违失，狱讼之事，以情察之，钤制公吏，禁抑豪猾，以镇静为务，庶几万分之一。"[1]

张行简对章宗阐述治理地方的原则和方法，以"镇静"为目标，以法令为依据，处理狱讼、管制胥吏、抑制豪强，维护地方稳定。因此进士出身的地方官员结合"依律令"与"视情理"处理各种性质的狱讼，做到"导之以政，齐之以刑"。[2]在处理普通偷盗类案件时，注重通过案件调查，推断案情事实经过，显示出较高的执法素质。完颜伯嘉任职莒州刺史，审判县中抓获盗贼来，推断"饥寒为盗，得钱二千，经月不使一钱云何？此必官兵捕他盗不获，诬以准罪耳"[3]，根据事实做出正确判断。李复亨任临晋主簿，护送官马人府，有盗杀马，根据"不利而杀之，必有仇者"推断，从细节"刀蔑马血，火缎之则刃青"入手，最终找到凶手。[4]孙德渊任沙河令，处理盗秋桑被捕获反诬陷主人伤人案时，判断"若逐捕而伤，疮必在后，今在前，乃自刺也"[5]。刘汝翼任阳翟县令，处理黠贼褚二养匄者为子

---

[1] （元）脱脱撰：《金史》，中华书局 2020 年点校本，第 2470 页。
[2] （宋）朱熹：《四书章句集注》，中华书局 2015 年版，第 819 页。
[3] （元）脱脱撰：《金史》，中华书局 2020 年点校本，第 2342—2343 页。
[4] （元）脱脱撰：《金史》，中华书局 2020 年点校本，第 2351 页。
[5] （元）脱脱撰：《金史》，中华书局 2020 年点校本，第 2918 页。

将其杀害诬陷富民之案，"宿贼与褚同系，以计觇之"，用计策获取事实真相，百姓以为神明。① 依律断案注重细节与证据处理民间诉讼，有效传达国家重律明典之意。避免冤案发生，为普通百姓伸张正义，符合基层百姓的根本利益，是进士出身官员受到基层百姓赞誉的重要因素。

处理与地方豪强势力相关的事件，进士出身的地方官多采取强硬姿态，以缓和矛盾和保护百姓利益为目标。依据律法，抑制豪强，维护国家对地方基层的控制力。金代地方豪强成分复杂，势大难制，插手乡里赋役治安等事务，以贿赂、构陷等各种方式拉拢地方官形成利益联盟。地方官员要具有高水平的行政能力和职业操守才能与之抗衡，也多见采用更加强硬有效的手段处理问题。王维翰任永霸令，"县豪欲尝试维翰，设事陈述，维翰穷竟之，遂伏其诈，杖杀之，健讼衰息"②。赵雄飞任南乐簿摄县令，有恶子公然要求接受杖罚挑战权威。赵雄飞先以理谕之，恶子无所顾忌再次犯法，"公械之市三日，切责之，科决无所增，而其受痛至移晷之久。恶子惭恨自敛。迄终更，境内凶狡无复犯者。"③ 雷渊权遂平县事，"击豪右，发奸伏，一县畏之，称为神明"④。可见在处理地方豪强问题上，进士出身的地方官通常会在豪强伺机扩权之时，以强势作风迅速有效压制，否则极有可能会被反制。

在处理女真贵族、豪民或军队等势力威胁地方秩序时，进士出身的地方官员仍然采取"以律治之"的对策。由于惩治对象的特殊身份，也需要冒更大风险。如张特立任宣德州司候，"郡多皇族巨室，特立律之以法，阖境肃然"⑤。李英任职通远令，"番部取民物不与直，摄之不时至，即掩捕之，论如法"⑥。王翛任职同知咸平府，猛安率僮仆强牵民牛，"乃以强盗论，杖杀于市，一路悚然。"后知大兴府又杖杀与贵戚交游犯禁僧人。⑦ 王翛为压服女真权贵不法行为，采取从重量刑

---

① （金）元好问撰、姚奠中主编：《元好问全集》卷 22《大中大夫刘公墓碑》，第 424 页。
② （元）脱脱撰：《金史》，中华书局 2020 年点校本，第 2791 页。
③ （金）元好问撰、姚奠中主编：《元好问全集》卷 20《顺安县令赵公墓碑》，第 394 页。
④ （金）元好问：《中州集校注》，中华书局 2018 年版，第 1672 页。
⑤ （元）脱脱撰：《金史》，中华书局 2020 年点校本，第 2925 页。
⑥ （元）脱脱撰：《金史》，中华书局 2020 年点校本，第 2368 页。
⑦ （金）刘祁：《归潜志》，中华书局 1983 年版，第 82 页。

原则，起到慑服作用。刘祁视之为"金代士大夫以政事最著名者"。在处理此类案件时，女真进士较汉进士更具优势。纳兰胡鲁剌任职曹州刺史，"豪民仆散扫合立私渡于定陶间，逃兵盗劫，皆籍为囊橐，累政莫敢问。胡鲁剌捕治之，穷竟其党，阖郡肃然"①。女真豪民为祸地方，以至于"累政莫敢问"，至纳兰胡鲁剌方才捕治之。可见女真进士任职地方官员，在处理女真豪民时阻力相对较小，更容易获得成功。

综上所述，金代对进士群体的定位与需求，决定了进士群体的政治作用。在参政过程中凭借文治能力获得主动地位，促进女真官僚体制向汉制转变。进士群体不满足于扮演事务执行者的角色，而是将政治理想定位于女真统治阶层的政治共议者。进士群体成员作为金代官僚队伍的重要组成部分，分布在从高层决策官到地方临民官之中，将儒家政治伦理渗入到金代政治的各部分。从女真进士参与政治的实际情况来看，显现出群体特征要较民族特征更为明显。进士出身的官员秉持儒家道德伦理，重视名节，珍视前程，体恤民情，较其他途径入仕的官员有更强的政务能力和文化修养。金代进士群体发挥政治作用与皇权紧密相连。在皇权的强制控制下，进士群体代表的文官体制对勋贵、宗室等各种女真传统势力形成了制衡，金代政治权力运行相对有序。皇权控制力一旦下降，进士群体政治地位和作用也随即受损，无法在权力结构中处于有利地位。

---

① （元）脱脱撰：《金史》，中华书局 2020 年点校本，第 2419 页。

第五章　金代进士群体的文化参与

　　金代文化是汉文化与女真文化冲突与融合的产物，接受以儒家文化为核心的汉文化是金文化发展的主要方向。从群体角度来看，以科举制度为基础，金代进士群体通过关注重视和亲身参与教育，使儒家文化向社会深层传递。金太宗天会二年（1124）始设科取士，直至海陵王天德三年（1151）始置国子监，逐步建立完备的官学教育体系。"虽马上得天下，然列圣继承，一道相授，以开设学校为急务，以爱养人材为家法，以策论、词赋、经义为擢贤之首。"① 金代选择以科举作为选官制度，意味着儒家思想和政治权力之间制度化联结。尽管进士身份不能直接继承，但凭借进士身份进入官僚系统，可以利用政治权力和文化优势促进教育发展。这样以科举制度为纽带，进士群体向皇族传递儒家思想，同时通过官学教育和私人授学，在"国家教养、父兄渊源、师友讲习"② 过程中，将政治权力、儒家思想和群体发展之间的逻辑联系完整建立起来。进士群体在制度机制保障下进入金政权，获取政治地位和权力同时，更要确保在女真族统治下，拥有更明显的文化优势，实现群体获得更广阔发展空间的文化理想，在文学等诸多领域成就斐然。

第一节　进士群体参与皇族教育承载儒家文化

　　女真起于东北一隅，立国百余年，文化上取得与唐宋并立，远胜辽元的成就。故清代史家赵翼说："金源一代文物，上掩辽而下轶元。"③ 金代能在文化上取得如此骄人的成就，与统治者重视女真贵族经史教育是密不可分的。综观金代皇族经

---

① 王新英：《全金石刻文辑校》，吉林文史出版社 2012 年版，第 557 页。
② （金）元好问：《中州集校注》，中华书局 2018 年版，第 2460 页。
③ （清）赵翼：《廿二史札记校正》，中华书局 1984 年，第 622—623 页。

史教育的运行机制，可分为三个层次：皇帝教育、储君教育、亲王教育，均由专门机构人员负责。在女真皇族所接受的诸多种类教育中，进士群体在对女真皇族进行儒家文化教育时，也起到转变女真皇族治国理念，加深女真民族对中华民族文化认同的作用。

一、通过教育推动皇帝接受儒家治国思想

金代诸帝自太祖时期，就表现出对汉文化的浓厚兴趣。至海陵王"其居位时，好为文辞犹不辍"[①]。世宗自幼博览汉文史籍，尝书《田不伐望月婆罗门引》。[②] 章宗"天资聪悟，诗词多有可称者"[③]。这与金代皇帝重视通过教育提升自身汉文化水平密切相关。皇帝选任进士中学问品德皆可称者承担御前讲座的职责，后期逐渐发展为正式经筵制度，进士群体得以向皇帝传递儒家的文化思想和政治理念。

参与金代皇帝御前讲座人员主要包括翰林学士院诸官、议政院讲读官等，随意性较强，没有固定的时间限制。讲座内容丰富，不仅限于进义讲读，也包括其他知识如诗词、礼法、为政之道等。海陵王"讲论每至夜分"，在思考为君之道时，对杨伯雄提出的"贵静"思想进行深刻反思。[④] 章宗"以澄州刺史王遵古为翰林直学士，仍敕无与撰述，入直则奏闻；或霖雨，免入直，以遵古年老且尝侍讲读也"[⑤]。可见翰林学士院诸官承担为皇帝进讲经史的职责。[⑥] 所谓"尝侍讲读"，就是受皇帝信任、学问精深的大臣向皇帝进讲经史，解答疑惑的教学活动。金代皇帝御前讲读内容以儒家经典为主，由学识渊博的儒臣、多为进士担任讲读官，朝廷内外形成了尊崇儒学的新风尚。金代翰林学士院官和益政院官中，进士占有极

---

① （宋）岳珂：《桯史》，中华书局 1981 年版，第 95 页。

② （金）元好问撰、姚奠中主编：《元好问全集》卷 4《世宗御书田不伐望月婆罗门引，先得楚字韵》，三晋出版社 2015 年版，第 77 页。

③ （金）刘祁：《归潜志》，中华书局 1983 年版，第 3 页。

④ （元）脱脱撰：《金史》，中华书局 2020 年点校本，中华书局 2020 年修订本，第 2454 页。

⑤ （元）脱脱撰：《金史》，中华书局 2020 年点校本，中华书局 2020 年修订本，第 264 页。

⑥ 关于金朝翰林官是否承担御前讲读职责，学界有不同认识。王耘认为，金代经筵讲官最初由翰林学士兼任（参见王耘：《金代经筵述略》，《满语研究》2008 年第 1 期，第 139 页）；邹贺认为，金代翰林侍读、侍讲学士的职责是"制撰词命"与经筵讲读并无关系（参见邹贺《宋朝经筵制度研究》，陕西师范大学博士学位论文，2010 年，第 100 页）。

大比重。据学者统计，金代可考各族翰林学士院官员共 228 人，其中确切可知为进士 150 人，占比 65.8%。[①] 皇帝在与翰林官员讲习学问礼法、诗酬应和中提升自身文化素质和政务能力。章宗爱好文学，身边聚集了大批进士出身的翰林院文学之士，如当时文坛名人王庭筠、赵沨、党怀英、阎咏等。在为皇帝御前进讲同时，对唐宋著名文学家著作整理后先给皇帝，成为章宗学习唐宋思想文化的教材。[②]

正大三年（1226），益政院正式设立，以经筵形式为皇帝讲读儒家经典，担当政治顾问。史载担任过益政院讲读官者八人，即杨云翼、完颜素兰、蒲察世达、裴满阿虎带、史公奕、吕造、赵秉文、完颜奴申，均为进士出身（参见表 5-1）。

表 5-1　金代益政院官任职统计表

序号	姓名	民族	身份	前任官职	讲授主要内容	材料来源
1	杨云翼	汉族	明昌五年进士经义第一	礼部尚书兼侍读	《尚书》，不必如经生分章析句，但知为国大纲足矣	《金史》卷 17
2	完颜素兰	女真	至宁元年策论进士第一	翰林直学士	—	《汝南遗事》总论
3	完颜奴申	女真	正大前策论进士	翰林直学士	—	《金史》卷 115
4	蒲察世达	女真	泰和三年策论进士	翰林直学士	—	《汝南遗事》卷 2
5	裴满阿虎带	女真	泰和三年策论进士	翰林直学士	—	《汝南遗事》总论
6	赵秉文	汉族	大定二十五年进士	翰林学士，同修国史	进《无逸直解》、《贞观政要》、《申鉴》	《金史》卷 110
7	史公奕	汉族	大定二十八年进士	翰林修撰	—	《归潜志》卷 7
8	吕造	汉族	承安二年词赋状元	翰林待制	—	《归潜志》卷 7

益政院官以朝中有学问名望的耆旧重臣担任，不仅包括经筵进讲，还要担任顾问，为皇帝提供历史经验，达到解决金末乱政的目的。"以学问该博，议论宏远者数人兼之，日以二人上直备顾问，讲《尚书》《通鉴》《贞观政要》，名则经筵，实内相也。"[③] 赵秉文任翰林学士，"以上嗣德在初，当日亲经史以自裨益，进无逸

---

① 闫兴潘：《金代翰林学士院研究》，武汉大学博士学位论文，2014 年，第 44 页。
② （元）脱脱撰：《金史》，中华书局 2020 年点校本，第 238 页。
③ （元）脱脱撰：《金史》，中华书局 2020 年点校本，第 1367 页。

直解、《贞观政要》《申鉴》各一通"①。杨云翼在益政院讲读时，针对哀宗"讳言过恶，喜听谀言，又暗于用人"②导致大臣多不尽言、临事推诿的风气，向哀宗指出"君臣礼义"的现实命题。解决金末弊政，首先要解决当时朝廷重臣"姑徇事君之虚礼，而不知事君之大义，国家何赖焉"③。哀宗听闻颇受震动。金代君臣期望通过学习儒家经典中治国经验，探寻解决金末内忧外患局面的治国方略。进士群体作为儒家文化的承载者，主动肩负起皇帝传递儒家治国思想，协助女真皇帝将其转化为政治实践的责任。

二、通过教育向储君和诸王传递儒家文化

金代储君教育备受统治者重视，东宫设立专职教育官员负责皇位继承人的教育工作，主要包括太子三师、太子三少、左右谕德、左右赞善。三师、三少"掌保护东宫，导以德义"，谕德、赞善"掌赞谕道德、侍从文章"④。东宫教育官员负责储君教育事宜，有极高的文化素质和道德标准要求。海陵王认为："太子宜择硕学之士，使辅导之，庶知古今，防过失。"⑤世宗经常检视东宫，明确指示："东宫官属尤当选用正人，如行检不修及不称职者，俱以名闻。"⑥海陵王天德四年（1152），东宫属官定制，三师、三少、左右谕德、左右赞善正是承担起教育储君的职责。

太子三师，即太子太师、太子太傅、太子太保，官正二品；太子三少，即太子少师、太子少傅、太子少保，官正三品⑦。论其出身大体可分为宗室、勋贵、侍卫、荫补、进士。进士任职三师、三少人数不多且多为兼职，以儒家修身、孝俭、立本等思想劝谏规诫储君，履行"导以德义"的职责。刘仲海前后为东宫官十五年，按照世宗对太子的教育要求，"东宫讲书或议论间，当以孝俭德行正身事告之"⑧。

---

① （元）脱脱撰：《金史》，中华书局 2020 年点校本，第 2566 页。
② （金）刘祁：《归潜志》，中华书局 1983 年版，第 137 页。
③ （元）脱脱撰：《金史》，中华书局 2020 年点校本，第 2561 页。
④ （元）脱脱撰：《金史》，中华书局 2020 年点校本，第 1386—1387 页。
⑤ （元）脱脱撰：《金史》，中华书局 2020 年点校本，第 1970 页。
⑥ （元）脱脱撰：《金史》，中华书局 2020 年点校本，第 176 页。
⑦ （元）脱脱撰：《金史》，中华书局 2020 年点校本，第 1386 页。
⑧ （元）脱脱撰：《金史》，中华书局 2020 年点校本，第 1885 页。

显宗特加礼敬。石琚任太子少师，不惧"希恩东宫"的猜忌，以"太子天下之本，当使知民事"①向世宗建议对太子进行处理政务的教学训练。

左右赞善、左右谕德多兼职礼部官员或翰林院官，多为进士出身，负责储君的文化教育。

见于记载的左右赞善、谕德之职有12人，进士8人，女真族1人，其余3人出身未明。选取标准为品行端正，学问通博，熟知礼法。如纳坦谋嘉，女真小字及汉字皆通习，为有名行者，成为左谕德教授储君。张暐"最明古今礼学，家法为士族仪表"②，担任显宗左赞善，章宗为皇太孙后，复为左赞善，转右谕德，继续教导储君。东宫执掌教职的属官任用具有延续性，在东宫属官系统内部不断迁升。如张汝霖先后担任太子左谕德、太子詹事、太子少师，都是东宫职官，并且兼任中央或地方要职。张汝霖出身渤海大族，贞元二年（1154）特赐进士，学识过人，有丰富实际政务处理经验，对储君增长知识熟悉政务都是适宜人选。刘仲海为太子右谕德、左谕德、太子詹事、太子少师，前后为东宫官且十五年。东宫属官延续性能够使储君与教师长时间保持师生关系和情感，有利于储君系统学习儒家思想和治国理念，在讲习学问道理同时渗透儒家文化与治国方略。

诸王教育主要由傅、文学负责。傅"掌师范辅导，参议可否，若亲王在外，亦兼本京节镇同知"，文学"掌赞导礼仪，资广学问。"③王府讲学、教读不见于《金史·百官志》记载，但多次出现于本传或文人笔记中，承担教育职能。许安仁，"以讲学被选东宫，有诗传于世。"④完颜匡，"事幽王允成，为其府教读"⑤。王傅一直设于明昌二年或三年，此前由王府文学负责亲王教育⑥。进士是王傅重要来源之一，女真进士科开设后，大批女真策论进士担任王傅一职，如蒲察思忠、完颜阿里不孙、温迪罕达等。在女真族进士中选择既精通儒家文化经典，又通本族文字的文

---

① （元）脱脱等撰：《金史》卷88《石琚传》，第2082页。

② （元）脱脱等撰：《金史》卷106《张暐传》，第2467页。

③ （元）脱脱等撰：《金史》卷55《百官三》，第1367页。

④ （金）元好问：《中州集校注》，中华书局2018年版，第655页。

⑤ （元）脱脱等撰：《金史》卷98《完颜匡传》，第2293页。

⑥ 《金史》卷66《完颜齐传》记载明昌三年，始议置诸王傅。卷96《李愈传》载明昌二年，李愈授曹王傅，兼同知定武军节度使事。（元）脱脱等撰：《金史》卷66《完颜齐传》，第1664页。《金史》卷96《李愈传》，第2257页。

化精英担任诸王教育，体现出金代皇族通过教育对儒家文化与女真文化的吸纳与融合。

王府文学多由进士担任，如世宗子永成于大定七年（1167）封沈王，"以太学博士王彦潜为府文学，永成师事之"[1]。王府文学职掌仅限于向亲王传授各种学问，不涉及杂务。刘玑任文学奏王府杂务，世宗责之："汝职掌教道，何预奏事！"王府文学专职诸王教育，注重任用有词赋文学才能的进士，如赵承元、王彦潜为词赋状元，雷渊为词赋甲科。金代皇族中多见文学修养较高的诸王宗室，是尊师重教的必然结果。

从皇族教育内容来看，儒家经史著作是必修课程。杨伯雄"集古太子贤不肖为书，号《瑶山往鉴》"，进羽猎、保成等箴。[2]显宗要求完颜匡教授诸子"每日先教汉字，至申时汉字课毕，教女直小字，习国朝语"[3]。温迪罕缔达习经史，最为精深。以儒家经史为主的教育内容，使金代皇族自幼接受儒家思想体系。进士群体作为文化载体，向女真统治阶层传递儒家文化，符合其文化需求。[4]

第二节　进士群体参与官学教育宣扬儒家文化

金代官学教育包括汉族官学和女真官学两大体系。中央官学由国子监管理，包括国子学、太学并兼管女真学。地方官学包括府、州、县学，由地方政府负责管辖。进士群体通过担任学官管理学校教授生徒和任职地方兴学养士两种方式促进金代官学教育发展。

一、担任学官助益官学教育

金代官学体制完备，从中央到州府皆有官设学校，诸县学由地方官组织修建，国家给予一定支持。据《元好问全集·寿阳县学记》载：

---

① （元）脱脱等撰：《金史》卷85《豫王永成传》，第2026页。
② （元）脱脱等撰：《金史》卷105《杨伯雄传》，第2454页。
③ （元）脱脱等撰：《金史》卷98《完颜匡传》，第2293页。
④ 姚雯雯：《金朝进士群体在女真皇族教育中的儒家文化功能》，《贵州民族研究》2018年第2期，第199—202页。

近代皇统、正隆以来，学校之制，京师有太学、国子学。县官饩廪，生徒常不下数百人，而以祭酒博士助教之等教督之，外及陪京总管大尹府、节度使镇、防御州，亦置教官。生徒多寡，则视州镇大小为限员。幕属之由左选者，率以提举系衔刺史，州则系籍生附于京府，各有定在。外县则令长司学之成绩，与公廨相授受，故往往以增筑为功。[①]

这是元好问为金亡后重新修建的寿阳县学所撰记文，回顾了金代官学发展繁荣景象。金代官学建有中央官学和地方官学完整体系，任命各级学官进行管理。进士是学官的主要来源，对促进学校教育发展做出了重要贡献。

（一）进士任职中央学官

中央设有国子监掌管全国官学机构，长官为国子祭酒（正四品）、国子司业（正五品）、国子监丞（从六品），负责教育管理工作。国子监下设国子学与太学。学官包括国子学设博士二员（正七品）、助教二员（正八品）、教授四员（正八品）。太学设博士四员（正七品）、助教四员（正八品）。[②]

表5-2　金代中央官学诸学官任职统计

序号	姓名	民族	身份	担任学官	前任官职	材料来源
1	刘玑	汉	天德三年进士	国子祭酒	国子司业	《金史》卷97
2	党怀英	汉	大定十年进士	国子祭酒	翰林待制兼同修国史	《金史》卷124
3	张岩叟	汉	大定十九年进士	太常卿兼国子祭酒	刑部侍郎兼冀王傅	《金史》卷97
4	粘割真	女真	大定二十八年进士	礼部郎中摄国子祭酒	宣德州刺史	《金史》卷122
5	郭俣	汉	大定二十二年进士	国子祭酒	中都、西京按察副使	《金史》卷104
6	萧贡	汉	大定二十二年进士	国子祭酒兼太常少卿	右司郎中	《金史》卷105

① （金）元好问撰、姚奠中主编：《元好问全集》卷32《寿阳县学记》，第575页。
② （元）脱脱等撰：《金史》卷56《百官二》，第1357页。

续表

序号	姓名	民族	身份	担任学官	前任官职	材料来源
7	任天宠	汉	明昌二年进士	国子祭酒	左司郎中	《金史》卷105
8	完颜阿里不孙	女真	明昌五年进士	国子祭酒	威州刺史	《金史》卷103
9	李英	渤海	明昌五年进士	国子祭酒，充宣差提控陇右边事	翰林待制，御前经历官	《金史》卷101
10	冯延登	汉	承安二年进士	国子祭酒权刑部尚书，假翰林学士丞旨充国信使	知登闻鼓院，兼翰林修撰	《金史》卷124 《元好问全集》卷19《国子祭酒权刑部尚书内翰冯君神道碑铭》
11	赵沨	汉	非进士	国子祭酒	——	《金史》卷11
12	纥石烈善才	女真	非进士	国子司业	——	《金史》卷99
13	刘玑	汉	天德三年进士	国子司业	管州刺史	《金史》卷97
14	宗叙	女真	宗室	国子司业兼左补阙	翰林待制，兼修起居注	《金史》卷71
15	刘昂	汉	大定十九年进士	国子司业	平凉路转运副使	《金史》卷126 《中州集》卷4
16	马钦	汉	——	国子司业	贵德县令	《金史》卷129
17	蒙括仁本	女真	——	国子司业	——	《金史》卷11
18	陈克基	汉	天德三年进士	国子监丞	——	《元好问全集》卷31《故规措使陈君墓志铭》
19	许安仁	汉	大定七年进士	国子监丞兼左补阙	左补阙、应奉翰林文字	《金史》卷96 《中州集》卷3
20	乌古论达吉	女真	——	国子监丞	——	《金史》卷10
21	胡景崧	汉	大定二十五年进士	国子监丞兼户部员外郎	西京路转运副使	《元好问全集》卷17《朝散大夫同知东平府事胡公神道碑》
22	马百禄	汉	大定三年进士	国子博士	平阳府判官	《金史》卷97
23	张楫	汉	明昌五年进士	国子博士	应奉翰林文字	《金史》卷104

续表

序号	姓名	民族	身份	担任学官	前任官职	材料来源
24	尼庞古鉴	女真	大定十三年进士	国子助教	即墨主簿	《金史》卷98
25	徒单镒	女真	大定十三年进士	国子助教	中都路教授	《金史》卷99
26	蒙古纲	女真	承安五年进士	国子助教	尚书省令史	《金史》卷102
27	张暐	汉	正隆五年进士	太常博士兼国子助教	尚书省令史	《金史》卷106
28	蒲察思忠	女真	大定二十五年进士	国子助教	淳阴主簿	《金史》卷104
29	文商	汉	明昌五年特赐同进士出身	国子教授	—	《金史》卷10
30	杨瀛	汉	明昌二年进士	国子教授		《全金石刻文辑校》，《杨瀛神道碑》
31	雷渊	汉	至宁元年进士	太学博士	监察御史	《归潜志》卷1《元好问全集》卷21《雷希颜墓铭》
32	王彦潜	汉	皇统九年进士	太学博士	—	《金史》卷85
33	蒲察思忠	女真	大定二十五年进士	太学博士	应奉翰林文字	《金史》卷104
34	姬端修	汉	大定二十五年进士	太学博士	监察御史	《滏水集》卷？
35	杨云翼	汉	明昌五年进士	太学博士	陕西东路兵马都总管判官	《金史》卷110《元好问全集》卷18《内相文献杨公神道碑铭》
36	乌古论仲温	女真	大定二十五年进士	太学助教	—	《金史》卷121
37	完颜伯嘉	女真	明昌二年进士	太学助教	尚书省令史	《金史》卷100
38	王渥	汉	兴定二年进士	太学助教	尚书省令史	《归潜志》卷2

注：1. 因国子校勘和国子书写官不直接参与管理与教学，故未包含在内。

2. 任职不同学官者重复列出。

中央各类学官多由进士担任。史籍中记载 38 位中央学官中，进士出身 32 人，占 84.2%；非进士出身者 6 人，占 15.7%。尤其是直接掌"教授生员、考艺业"的博士和"分掌教诲诸生"的助教几乎全部由进士担任。进士担任中央学官有如下特点：第一，中央各类学官中，主要负责管理监督的国子祭酒、国子司业、国子监丞，多兼任其他官职，除主管教育事务外，还要临时接受朝廷差遣指派外交、修史、议事等职任。如明昌五年（1194），国子祭酒刘玑、尚书右司郎中乌古论庆裔等充夏国王李纯祐册封起复使。^① 贞祐元年（1213）粘割贞"出议和事"^②、正大七年（1230）冯延登"奉国书朝见于虢县御营"^③、都以国子祭酒身份负责出使议和。萧贡任职国子祭酒与陈大任共同刊修辽史，显然是与萧贡出众的文学修养有关。刘昂任国子司业，与御史中丞孟铸、礼部侍郎乔宇议论是否变更钞法，参与朝廷重要事务集议。^④ 可见，国子监官在主要掌管学校教育事务外，还要负责朝廷临时指派的相关职使。第二，从前任官职来看，中央学官的主要来源有翰林院官、尚书省官、地方州县官及学官内部升迁。中央学官的选择以文才学识出众的进士居多，如张暐、刘玑、党怀英、雷渊等人均以才学闻名当世。王彦潜，皇统九年词赋状元；徒单镒，大定十三年女真策论状元；张楫，明昌五年词赋状元；杨云翼，明昌五年经义第一。由此可看出对中央学官选拔尤其看中文化修养。第三，女真策论进士科开科之后，女真进士迅速迁转至中央学官，担任国子助教、太学博士等职，直接参与国子学和太学学生的教授工作。徒单镒大定十五年（1175）就由中都路教授选为国子助教，深受左丞相纥石烈良弼的欣赏。尼庞古鉴"调隆安教授，改即墨主簿，召授国子助教。"^⑤ 说明女真统治者对本族文化人才尤为看中，期望培养女真本族文治人才。

---

① （元）脱脱等撰：《金史》卷 62《交聘表下》，第 1555 页。

② （元）脱脱等撰：《金史》卷 122《粘割贞传》，第 2821 页。

③ （金）元好问撰、姚奠中主编：《元好问全集》卷 19《国子祭酒权刑部尚书内翰冯君神道碑铭》，第 2701 页。

④ （元）脱脱等撰：《金史》卷 48《食货三》，第 1154—1155 页。

⑤ （元）脱脱等撰：《金史》卷 95《尼庞古鉴传》，第 2247 页。

（二）进士任职地方学官

进士任职地方学校学官见于三类情况。第一类，州府设提举学校官，主持学校教育相关的行政事务，包括试补州府官学生源。"凡试补学生，太学则礼部主之，州府则以提举学校官主之。"① 这与元好问"幕属之由左选者，率以提举系衔"② 正相印证，确定进士出身的文资官有兼管州府学校教育的职责，但多为地方行政官员任职。

第二类，州县官学设置教授一员，"选五举终场或进士年五十以上者为之"③，以此可见，恩榜进士常见于直接任教地方州府学。《金史·选举二》载：

> 章宗大定二十九年，敕令后凡五次御帘进士，可一试而不黜落，止以文之高下定其次，谓之恩榜。女直人迁将仕，汉人登仕，初任教授，三十月任满，依本格从九品注授。④

五次御试未能及第者，恩榜赐第，多充任州府教授。如郭延庆"会明昌初，诏下有司，凡举人四赴廷试者，特赐同进士第。公得预此选，乡党遂寝其议。初任泾州教授，其西州边鄙居，学生徒止五七人。公常尽诚训诲，致李英、李守节辈相继登第"⑤。郭延庆四赴廷试，特赐同进士第，之后担任泾州教授，有多位州学学生登第，因此受到乡人赞誉。

第三类，女真策论进士及第后，需要担任州府教授，尤其以大定十三年首科进士"皆除教授"，二十五年"第二第三甲授随路教授"⑥。女真策论进士首任府州教授极大促进了各州府女真学的发展，为女真进士科培养了大批优秀生源。

---

① （元）脱脱等撰：《金史》卷51《选举一》，第1211页。
② （金）元好问撰，姚奠中主编：《元好问全集》卷32《寿阳县学记》，第575页。
③ （元）脱脱等撰：《金史》卷51《选举一》，第1213页。
④ （元）脱脱等撰：《金史》卷52《选举二》，第1243页。
⑤ 《故征事郎长葛县簿郭公墓志铭》，参见裴兴荣、王玉贞：《金代〈故征事郎长葛县簿郭公墓志铭〉考释》，《史志学刊》2019年第2期，第69—74页。
⑥ （元）脱脱等撰：《金史》卷52《选举二》，第1243页。

二、主政地方促进教育发展

金代地方官重视教育参与学校建设始于太宗、熙宗时期。据施宜生《渔阳重修宣圣庙碑》载："天会间，太守高遇、同知赵子涤、军判梁枢、与学生胡忠厚等崇修庙貌，正殿三间，东西之室相向，于是行释奠之礼。"[1] 科举取士施行后，大批及第进士任职地方长贰官的同时还要兼任提举学校官。"凡京府镇州诸学，各以女直、汉人进士长贰官提控共事，俱入官衔。"[2] 且明确将"训导有方，生徒充业，为学官之最"[3] 作为考察政绩的标准之一。在遵奉朝廷之命执行兴学诏令，调配国家下拨经费的同时，进士任职地方采取各种兴学措施，对学校教育投入了极大热情。

（一）新建、增修州府县学校

金初战乱频仍，导致各地庙学毁坏严重，海陵王天德五年（1153），尚书省批剳"随处宣圣庙宇多有损坏，官司不用心提修完致有如此，委随路转运司差佐贰官或幕官一员专一管勾，遇有损坏即便检修"[4]。世宗、章宗时，朝廷屡有兴学诏令下达。进士任职地方遵从国家的兴学政策导向，致力于增修学校，保证教学所需场所。如大定二十二年（1182），进士路元帮助增修赵州州学"为门、为廊庑、为讲堂，土木之功乃备"[5]。以博州庙学为例，可以看到进士在修建庙学过程中发挥的重要作用。博州庙学增修共经历四次：始建于天眷间，学正祁彪与教授赵悫共同规划，以赡学之资、郡人之施，建"版堂三间，两庑十六间，仪门三间，门楼一间。又塑宣圣颜孟三像。既成，郎中甄公格宅有旧十哲像施于学，又绘七十二贤像于两庑，矣可谓之苟完矣"[6]。赵悫字叔通，"宋末汪彦章任郓州教官，叔通为学正，尝预酬唱，故其诗文皆有源委。国初登科，仕至同知南京路转运使事"[7]。东平府，"宋东平郡，旧郓州"，博州为东平府下领防御州，可知赵悫即赵

---

① （清）张金吾：《金文最》，中华书局1990年版，第984页。

② （元）脱脱等撰：《金史》卷51《选举一》，第1214页。

③ （元）脱脱等撰：《金史》卷55《百官一》，第131页。

④ （金）张玮等撰：《大金集礼》卷36《宣圣庙》，光绪二十一年广雅书局刻本，第13—14页。

⑤ （金）元好问撰、姚奠中主编：《元好问全集》卷32《赵州学记》，第574页。

⑥ （清）张金吾：《金文最》，中华书局1990年版，第1016页。

⑦ （金）元好问：《中州集校注》，中华书局2018年版，第2138页。

汭之父，天会间进士。修建经费来源于赡学之资与郡人之施，在州府官方与当地士绅的共同努力下完成修建工程。第二次增修在十余年后，由防判赵绍祖与学正成奉世主持，增讲堂三间，小规模增建。第三次增修在大定十四年（1174）。冯子翼正隆二年（1157）登第，时任博州防判，主持增修新大殿，"防判冯子翼为释奠行礼之隘，以作新大殿请于州，方委正录缙绅路应辰，以赡学钱市材木筑基址"。修学之举受到冯子翼、完颜允节等地方官员的支持。第四次增修在王遵古任同知博州事兼提举庙学事任内，最终完成了修建博州庙学的任务。"以兴作为己任，必欲凡所谓庙学者无一不具焉。……记其费，无虑五百万，皆赡学赢也。"[①]

在修建博州庙学过程中，要取得上级行政长官的支持，还要得到地方有经济实力支持教育士绅阶层的支持才能成功。赵悫、冯子翼、王遵古作为金初及第进士，自身具有较高的学识修养，尤以王遵古从太子司经调任同知博州事，代表儒家教育典范对地方士人有巨大吸引力。科举制施行后，地方士人有稳定参与政权的途径。如果能在地方官和实力人士支持的教学设施和教师齐备的学校就读，对于科举应试者来说是最好的选择。[②]

进士出身地方官员所代表的政治权力可以减少修建学校的阻力。李晏为节度使与宾属计划扩建重修潞州州学，"前有形势之家，冒侵土地，久假不归者，尽归之；邻接相碍参差不能自安者，尽愿敛之。"[③]李晏身居高位，与世宗、章宗渊源颇深，在朝野有很大的影响力，因此才能抑制当地权势之家侵夺州学土地的行为，顺利完成潞州州学的重修。

经费问题是困扰地方州县学的重要问题。泰和元年（1201），"更定赡学养士法：生员，给民佃官田人六十亩，岁支粟三十石；国子生，八百八亩，岁给以所入，官为掌其数"[④]。但从实际情况来看，府州级学校经费不充足，不能满足增修扩建校舍之用。而金代县学从兴建到增修经费完全依赖自筹，因此地方官员与学校教育关系更密切。进士任地方官与当地士绅重教者商议，集资增筑修葺学校，甚有亲出己俸，捐赠私人钱物兴建学校。刘从谦及第后任河中府万全县主簿，捐

① （清）张金吾：《金文最》，中华书局1990年版，第1014—1016页。
② ［日］饭山知保：《金代科举制度变迁与地方士人》，《科学学論叢》，2010年第1期。
③ （清）张金吾：《金文最》，中华书局1990年版，第1125页。
④ （元）脱脱等撰：《金史》卷11《章宗本纪三》，第281页。

己俸，并与进士张琚、丁晟等人商议重修庙学，邑民"富者助材，贫者助力"，建起包括正堂、后堂、廊庑、门楼等建筑的庙学。郏县县学由乡邑士贾麟之率众修建，由党怀英、李元英等人增修祭祀场屋、讲堂。资金来源于"里人之豪于财者王铎闻其义而赴焉，先售大厦三楹移为讲堂，继有同里张毂、董璋辈有子皆业儒，亦愿来助"。最终得钱十万，大材二百余根，小样木三百余条，县学得以增修。[1]高琢任鸡泽县令，"出己俸百千，主簿县尉各五十千"。[2]其余材料工佣费用由郭庆等乡民集资所出，最终顺利完成鸡泽县学兴建。

由此可见，地方学校的创建增修与地方官员的支持关系极为密切。金代县学兴修既无正式规定，又无官拨经费，普及程度较宋元逊色。[3]地方执事者多为"胥徒市人，学者弗与"，结果造成"为政者但区区于簿书期会，以舒目前之患，而以学校为不急之务，漫不省视者十之八九"[4]。在文教事业并非地方官员政绩考评的主要标准，又缺乏经费的情况下，进士任职地方却能热心于学校建设，显得更为可贵。与其他出身官员相比，进士任地方官更加关心和支持地方基层教育发展。

（二）亲自授课监督教学

地方府州县学承担两个重要职责：一是教化地方百姓，宣扬儒家道德伦理，提升民众文化素养，维持基层社会稳定；二是增加本地区士子参加各级科举考试的通过率。儒家学术训练背景使进士对学校教育与政治教化共同作用，保持地方社会稳定的意义有深入透彻的理解。"凡为守令者，民事有大小，政令有先后，莫大于化民，莫先于兴学。"[5]进士及第意味着通过了国家最高标准的学术考察，对于进士科考试的宗旨、程式、内容、注意事项具有发言权。因此，一些对人才培养具有极大热情的进士利用公务闲暇，亲自到地方学校督导授课，为当地士人赞誉。如胡砺，天会十年（1132）词赋第一，

---

[1]（清）张金吾：《金文最》，中华书局1990年版，第371—373页。

[2]（清）张金吾：《金文最》，中华书局1990年版，第1142—1143页。

[3] 张帆：《金代地方官学略论》，《社会科学辑刊》1993年第1期，第85页。

[4]（清）张金吾：《金文最》，中华书局1990年版，第1095页。

[5]（清）张金吾：《金文最》，中华书局1990年版，第971页。

改定州观察判官，定之学校为河朔冠，士子聚居着常以百数，砺督教不倦，经指授者悉为场屋上游，称其程文为"元化格"。[①]

晁会，天眷二年（1139）进士，

泽人经靖康之乱，生徒解散，公锡稍诱进之；贫不能就举者，必厚为津遣；在官下则分俸以给之。至于李承旨致美昆仲，亦出其门，士论归焉。[②]

丁暐仁，皇统二年（1142）进士，

登进士第，调武清县丞。县经兵革后，无学校，暐仁召邑中俊秀子弟教之学，百姓欣然从之。[③]

胡砺以赋见长，韩昉对其评价甚高，与己子共同教育。胡砺任职定州，重视学校发展，定州学校质量为山西地区之冠，依照科举程式进行教学。因此，定州地区士子屡登科第。晁会重视教育督促进学，为泽潞地区教育发展奠定基础。晁会与李晏家族有姻亲关系，在家族聚集的乡里影响巨大。丁暐仁在无力兴修学校时，亲自担任教学工作，获得了乡民支持拥戴。通过教育将儒家思想与士人身份传承渗透到基层社会的最底端。从三人增修学校、出己俸兴学甚至亲自在家中教授学生的事例来看，进士出身的地方官员重视教育更深层的目标是要通过社会示范以及参与教育使儒家伦理文化实现从官方儒学向生活儒学的转化，进而达到由理论经典化为内在人格，完成由他律向自律的转变，最终实现民不治而化的终极目标。

张大节"好奖进士类，沧州徐趄、太原王泽、大兴吕造，经其指授，卒成大名。

① （元）脱脱等撰：《金史》卷125《胡砺传》，第2869页。
② （金）元好问：《中州集校注》，中华书局2018年版，第2105页。
③ （元）脱脱等撰：《金史》卷90《丁暐仁传》，第2130页。

士论以风鉴归之"[①]。明昌二年，任太原尹，"增治殿宇、讲堂、斋堂，翰林赵沨为记。十年登龙虎榜者，学籍凡七人，翰林应奉，王泽首冠多士，而州学复一新。"[②] 张大节为官所到地方均有修建学校，重视教育，教授士子，三位状元出其门下。由此可见，地方官员直接参与学校建设和教学活动，作用不仅局限于促进地方教育发展，还会产生巨大的社会影响。在区域内形成重学养士的文化氛围，直接影响该地区士人通过科举制度进入政权发挥作用的程度。

第三节　进士群体参与私学教育传承儒家文化

除国家兴建官府学校及其教学活动外，一切学识、教育、学校，包括官宦贵族的家教、家学、家塾都属于私学范畴。[③] 从这个意义出发，金代进士群体在私学领域的表现可以从家庭教育、私人授学和书院教育三个方面进行考察。元好问言："承安泰和间，文治熠然勃兴，士生于其时，蒙被其父兄之业，由子弟之学，而为名卿材大夫者，尝十分天下寒士之九。"[④] 金代各类私学成为士人接受教育的重要途径，进士群体通过私学教育接续北宋以来的文化脉络，并将其延伸至蒙元时期。

一、家庭教育传递精英文化

金代进士家庭教育通常为长者亲授，即由家族长辈对晚辈传授儒学经典著作、诗赋文章等学问。教授者包括直系、旁系血亲、姻亲等家族成员。金代出现了众多著名的进士家族，如浑源刘氏、日照张氏、大兴吕氏、河中李氏等，重要原因就是重视家庭教育。金代进士家庭教育从教育主体和教育内容来看，可以分作两类。

第一类，家长（主要为父亲）负责家中子弟由启蒙至科举登第的全程教育，

---

① （金）元好问：《中州集校注》，中华书局 2018 年版，第 2135 页。

② （清）张金吾：《金文最》，中华书局 1990 年版，第 1107—1108 页。

③ 张鸿：《"私学"的词义与私学研究的论域》，《天津师范大学学报（社会科学版）》2018 年第 4 期，第 59 页。

④ （金）元好问撰、姚奠中主编：《元好问全集》卷 24《张君墓志铭》，第 459 页。

这是家学传承中最重要的一种，要求施教者有极高的学术能力以及投入足够的时间精力。此类典范家庭当为莒州日照张氏，张莘卿、张暐、张行简、张行信三代四人，皆为金代名臣。

张莘卿，天德三年进士，

> 未第时，以诗赋教授乡里凡二十年，门人子孙相继登科至十数。……后孙行简大定十九年赐状元及第，皆公亲教之。[1]

张暐，正隆五年进士，

> 斋居与子行简讲论古今，诸孙课诵其侧，至夜分乃罢，以为常。历太常、礼部二十余年，最明古今礼学，家法为士族仪表。[2]

张行简，大定十九年进士第一，

> 家世儒臣，备于礼文之学。……率励子弟，不知为骄侈，虽处富贵，与素士无异。[3]

张行信，大定二十八年进士，

> 寻复致仕家居，惟以抄书教子孙为事，葺园池汴城东，筑亭号"静隐"，时时与侯挚辈游咏其间。[4]

张氏祖孙三代秉持严格的家庭教育传统。自张莘卿开始凭借自身多次参与科举考试之经验，总结出行之有效的词赋科考试内容与方法，以此亲自教授家中子

---

[1] （清）张金吾：《金文最》，中华书局 1990 年版，第 1255—1259 页。
[2] （元）脱脱等撰：《金史》卷 106《张暐传》，第 2467 页。
[3] （金）元好问：《中州集校注》，中华书局 2018 年版，第 2390 页。
[4] （元）脱脱等撰：《金史》卷 107《张行信传》，第 2509 页。

弟，至家中子弟多有登第。张氏家族聚族而居，坚持共同学习讲论学问，家长商讨研习，子弟诵读听讲，这种由浅入深、自幼而长、常年积累达到的知识水平是其他士人家庭无法企及的。张暐及其子行简、行信均先后士登第后，逐渐升至高官。行信位列宰执，仍然在闲暇时坚持亲授子弟读书，这是张氏家族能够在有金一代一直保持较高政治地位的重要因素。张氏重视家庭教育在士人中广受赞誉，如元德明有诗称赞张暐父子："父子文章千载事，田园松菊自由身。"① 与张氏家族相类似的有云中孟氏，自辽末至金末五世皆有进士。孟攀鳞"自束发，从父训，不经他师指授。十三荐名于京师，庚寅擢进士第"②。陈克基亲自教授其子仲谦"君幼颖悟，监丞君授之赋学，即有声同辈中"③。可见金代进士家庭由学问精深家长亲自教学的家学传统并不少见。

第二类由家族中学力出众的长辈负责教授子弟某一段学业或某类学问。高宪，泰和三年（1203）进士，祖父高衎、伯父高守义均为进士，"黄华之甥，幼学于外家，故诗笔字画皆有舅氏之风。天资颖悟，博学强记，在太学中诸人莫敢与抗"④。高宪出身辽东大族，少年时跟随舅父王庭筠学习诗赋和字画，年长后进入太学学习科考举业的相关知识。从高宪在太学的表现来看，高水平的家庭教育使他在太学中表现优异，顺利登科。这种学问传承也常见于翁婿之间，如王元节"浑源刘撝爱其才俊，以女妻之，遂传其赋学。登天德三年词赋进士第。"⑤

家庭教育不仅作为启蒙和科考之用，还通过教以文章写作方法，承载传承文化理念的功用。周昂之父周伯禄，师事玄真先生褚承亮，在文章风格上崇尚古文精神，重视文章气势内涵。在教导其甥王若虚文法时强调："文章工于外而拙于内者，可以惊四筵而不可以适独坐；可以取口称而不可以得首肯……文章以意为主，以字语为役。主强而役弱，则无令不从。今人往往骄其所役，至跋扈难制，甚者反役其主。虽极辞语之工，而岂文之正哉！"⑥ 周昂侄周嗣明，为人有学，长于议

---

① （金）元好问：《中州集校注》，中华书局 2018 年版，第 2725 页。
② （金）李俊民：《庄靖集》，三晋出版社 2006 年版，第 427 页。
③ （金）元好问撰、姚奠中主编：《元好问全集》卷 31《故规措使陈君墓志铭》，第 562 页。
④ （金）元好问：《中州集校注》，中华书局 2018 年版，第 1343 页。
⑤ （元）脱脱等撰、《金史》卷 126《王元节传》，第 2889 页。
⑥ （金）元好问：《中州集校注》，中华书局 2018 年版，第 863 页。

论，"操履端重，学问淳深"①。王若虚先从其舅父周昂学，后从名进士刘中学，"学无不同，而不为章句所困"②，钻研经史，为金代文学之大成者。周嗣明与王若虚都擅长义理之学，诗词文章传承了周昂为文尚古，重视文章诗词的内在精神，反对金末文章重格律词藻、轻文意内涵的文学风格。

从这两类家庭教育可以看出，进士群体在文化教育传承方面的优势远高于一般士人或官宦家族。在几代人中持续保持家庭教育传统，需要家长学识渊博、持身守礼，并且有足够的时间和经济能力支撑整个家族的教育事业。具有进士身份说明在学识水平上已经达到较高水平，入仕为官获得官俸是支持教育的物质保障。在此基础上还要做到严整治家，监督不懈，以身作则为子弟做出崇德尚学的榜样，这才能够保证文化优势在家族间传承。金代多见进士家族，重视家庭教育或许可以给出解释。

二、私人授学保存儒家文化

进士群体私人授学与一般以举业教学为主的私学有所不同。进士开始仕宦生涯之后，公务繁忙，少有时间专门进行教学，但部分学识优异的进士会在有大段空闲时间如丁忧期间或致仕后，选择归还乡里教授学生。高霖"以父忧还乡里，教授生徒，恒数百人"③。张邦直"丁母艰，出馆，居南京，从学者甚众。束脩惟以市书，恶衣粝食，虽士宦如贫士也"④。高霖、张邦直学生众多，达到了相当规模，这类教学持续时间不长，在丁忧期结束复职后，教学活动基本结束。

金后期，政治环境恶化，进士及第后，弃官不仕专门从事教学者日益增多。他们于金元交替之际的乱世中，致力于保存有金一代形成的文化成就，通过教养人才将金代学术思想传至蒙元时期。李俊民承安五年（1200）经义第一及第后不久弃官不仕，"以所学教授乡里，从之者甚盛，至有不远千里而来者"⑤。李俊民以经义中第后，对邵雍《皇级》数术研究颇深，对金后期政局有准确的预测，一直

---

① （金）刘祁：《归潜志》，中华书局1983年版，第13页。
② （金）元好问撰、姚奠中主编：《元好问全集》卷19《内翰王公墓表》，第382页。
③ （元）脱脱等撰：《金史》卷104《高霖传》，第2425页。
④ （金）刘祁：《归潜志》，中华书局1983年版，第49页。
⑤ （明）宋濂等撰：《元史》卷158《李俊民传》，第3733页。

隐居以教授学生为业。李世弼兴定二年（1218）中第后，"不复仕，晚乃授东平县教授以卒"[①]。麻九畴特赐及第后，"未几谢病去"，仍以教授学生和学术研究为业，成为金末著名学者。[②] 金代都城南迁后，山东河北等地汉人世侯兴起，以扩充实力为目标，在辖区内兴学养士，吸纳贤才，延请有名望的金末进士担任教授。如康晔、王磐任教于东平，"招致生徒几百人"[③]。王鹗为张柔所救，"馆于保州"[④]，任张氏私人教师。李世弼、李昶父子依附东平严氏，任东平府学教授。李昶"以父忧去官，杜门教授，一时名士，若李谦、马绍、吴衍辈，皆出其门"[⑤]。从教学内容来看，金末进士私人教学活动已经超越旧有的教育理念，将教学目标从完全依附于科举制度转向追求学术研究，作为私人讲学的基本精神。

有金一代，无论以科举考试亦或传承学术为教育目标，进士私学授徒实现了两个目标：一是增强进士群体在金政权中的影响力和话语权；二是有助于将北宋以来儒家文化传统与女真民族文化融合，对蒙元乃至后世产生了重要影响。刘瞻于天德三年（1151）及第，世宗大定初为史馆编修，"党丞旨世杰、郦著作元舆、魏内翰飞卿从之学。"[⑥] 刘瞻的得意门生有党怀英、郦权、魏搏霄，还有少年时与党怀英同窗好友辛弃疾，[⑦] 此四人均以擅诗赋文学闻名天下。刘中，明昌五年（1194）词赋、经义第，诗清便可喜，赋得楚辞句法，尤长于古文，典雅雄放，有韩柳气象。"教授弟子王若虚、高法扬、张履、张云卿，皆擢高第。学古文者翕然宗之曰'刘先生'。"[⑧] 刘中擅长古文，文风典雅雄放。其弟子王若虚、高法扬皆为经义进士，张履为赵秉文婿。王若虚"文以欧、苏为正脉，诗学白乐天"[⑨]。与刘中、周昂文学风格颇为一致。刘瞻讲学时间在金前期，授学内容以诗赋为主。

① （明）宋濂等撰：《元史》卷 160《李昶传》，第 3761 页。
② （金）元好问：《中州集校注》，中华书局 2018 年版，第 1531 页。
③ （明）宋濂等撰：《元史》卷 159《宋子贞传》，第 3736 页。
④ （明）宋濂等撰：《元史》卷 160《王鹗传》，第 3756 页。
⑤ （明）宋濂等撰：《元史》卷 160《李昶传》，第 3761 页。
⑥ （金）元好问：《中州集校注》，中华书局 2018 年版，第 394 页。
⑦ 聂立申：《金朝党怀英泰山行迹考述》，《山东农业大学学报（社会科学版）》2011 年第 4 期，第 118 页。
⑧ （金）元好问：《中州集校注》，中华书局 2018 年版，第 1017 页。
⑨ （金）元好问撰、姚奠中主编：《元好问全集》卷 19《内翰王公墓表》，第 382 页。

刘中授徒在金中期，逐渐提高对经义重视之后，加重古文和经学教学内容。

从纵向时间角度来看，进士之间的师承关系可以持续几代人之久。张大节，天德三年（1151）进士，以"好奖进士"著称，"自以得学于任侗，待侗子如亲而加厚"①。王特起，泰和三年（1203）进士甲科，"在张代州门下，与屏山为忘年友"②。李过庭，贞祐三年（1215）进士，"少日从太原王正之学，故诗文皆有可观。"③任侗、张大节同为天德三年（1151）词赋进士。王特起"作诗极高，尝有龙德联句，为时所称。"④李过庭"诗文皆有可观"。由此观之，持续四代进士之间不只是传授进士科考试相关知识，更重要的是传承特定的文学风格，这意味着进士群体透过私人授学将自身特有文化传递给整个金代社会。

进士群体作为儒家文化的载体，通过皇族教育向女真统治阶层传递儒家思想和治国理念，促进儒家文化与女真文化的融合发展。进士在官学系统中担任学官，在任职地方期间关注教学场馆设施的建设修葺，亲自督学授课。从表象看，是为实现国家对官员的考课要求，获得晋升资本和自我彰显。在更深层次上，教育作为纽带，极大提升了士人通过科举制度进入金政权的机会。进士出身的地方官员与当地士绅共同热心于教育事业，形成了良好的互动，有助于将儒家思想渗透到社会底端，实现对基层社会控制。为未来可能成为群体成员的年轻士人提供优质的教学条件，并在地方士绅阶层中强化这种影响，加深进士群体在社会中的优越地位。观察女真进士在官学中的表现，在女真进士与女真平民社会中也适用同样结论。在私学领域，进士群体以家庭教育和师徒授学为主要途径，利用文化优势为子弟创造更多通过科举进入官僚体系获得政治权力的机会。

---

① （元）脱脱等撰：《金史》卷97《张大节传》，第2274页。
② （金）元好问：《中州集校注》，中华书局2018年版，第1351页。
③ （金）元好问：《中州集校注》，中华书局2018年版，第2237页。
④ （金）刘祁：《归潜志》，中华书局1983年版，第31页。

第六章　金代进士群体间的关系网络构造

金代社会等级可归结为贵族、品官、平民、奴婢四个等级。[1]进士群体作为品官的重要来源，较多出自于地方具备丰厚田产之家、仕宦官员之家或文化精英之家。女真进士科的设置体现出女真统治者促使女真社会由门第社会向科第社会转变的意图。尽管女真进士总数量不多，却可以看作女真社会结构发生渐变的表现。金代社会政治环境为进士群体提供通过参政议政获取政治权力的基本条件。进士群体以朝堂为中心，通过政治行为影响金代历史发展，但在朝堂之外进士群体的活动性质和生存状态，对社会整体氛围产生了更广阔的影响。金代进士群体依托于各种复杂的社会关系，促成各种社会关系不断生成，符合中国传统社会"其共同体交往的方式是以自我为中心，以熟人社会为半径，以血缘、地缘和学统关系为经纬"[2]。本章主要考查进士群体内部学缘关系、姻亲关系和荐举关系等几类不同层次的社会关系，以及在此基础上进行丰富多样的交游活动，实现彼此的身份认同，进而形成对金代进士群体价值观念和独特风格的整体认识。

第一节　金代进士群体间的关系网络

金代进士群体内部纷繁复杂的社会关系总体上可划分为学缘关系、联姻关系、荐举关系三大类。师生、同学、同年之间的交往主动建构着除血缘、地缘之外的学缘关系。入仕前，年轻士子怀着登科及第步入宦途的目标，除了刻苦攻读备考

---

① 张博泉，武玉环：《金代的人口与户籍》，《学习与探索》1989 年第 2 期，第 135—140 页。王曾瑜认为金代社会各阶级包括奴婢、农民、牧民、工匠、商人、奴隶主、地主。见《金朝户口分类制度和阶级结构》，《历史研究》1993 年第 6 期，第 46—62 页。宋立恒对金代社会等级结构划分为四大类：贵族等级、品官等级、平民等级、奴婢等级，本文即采用其分类。见宋立恒《金代社会等级结构研究》，中央民族大学博士学位论文，2005 年，第 9 页。

② 费孝通：《乡土中国》，生活·读书·新知三联书店 1985 年版，第 21—28 页。

科举之外，还要寻求名师授学指导，与同窗学友一起读书研讨。通过艰辛的进士科考试后，同年进士在为官仕途中互相扶助提携。进士群体内部的联姻关系十分常见，对姻亲对象选择以及第进士、潜在进士及进士家族成员为佳选。入仕后，受荐举制影响，名士公卿对年轻进士的赞誉、提携或举荐影响进士的未来仕途前景，直接促使不同年龄身份地位学识的进士之间通过各种形式紧密交往。金代社会生活中，进士群体内部各种关系互相作用影响，形成进士群体特殊的行为方式和思想观念。

一、进士群体间的学缘

（一）师生

金代进士未及第时，尝以教授乡里为业，教授内容多为科举应试经旨诗赋等必修内容。其中有经济因素的考量，更有通过教授讲习学问提升自身学术修养的目的。在师生之间教授与共学过程中，结成深厚的私人情谊。张大节"自以得学于任偁，待偁子如亲而加厚"[1]。董师中"师王内翰彦潜，而与之同榜登科。彦潜在没后，待其子恩礼殷重，不减骨肉"[2]。师生之间的深情厚意衍生出的尊师重义观念为士人所推崇。

师生之间不仅存在私人情谊，更值得关注的是通过师生关系，进士群体实现对儒家伦理思想和学术风格的继承延续。师与生之间通过分散的单向联系，迅速促使同师门成员之间结识与交往，形成庞大的社会结构网络。这类情形在金代存在相当普遍，如围绕冯璧、刘瞻、刘中、张大节等人形成的师生关系网络。《元好问全集·赠冯内翰二首并序》载：

> 内翰冯公（冯璧），往在京师日，浑源雷渊希颜、太原王渥仲泽、河中李献能钦叔、龙山冀禹锡京甫，皆从之问学。某（元好问）夤缘亦得俎豆于门下士之末。[3]

---

[1] （元）脱脱等撰：《金史》卷97《张大节传》，第2374页。

[2] （金）元好问：《中州集校注》，中华书局2018年版，第2346页。

[3] （金）元好问撰，姚奠中主编：《元好问全集》卷10《赠冯内翰二首并序》，第219页。

以冯璧为中心，形成代表金中后期最高文化水平的青年学术圈。南渡以后，政治局势恶化，"士子潜心文律，视师弟子之传为重"[①]。罗鼎臣、贾庭扬、李浩等从刘汝翼学，得以擢甲乙第。冯璧、刘汝翼作为官员授学，学生进士及第入仕后，会得到更多来自师生关系的助益。这类师生之间的交往超越单纯师徒授学，能形成政治文化理念更贴近的政治联盟。

（二）同学

金代士子为通过进士科考试需要经受严格的学术训练，主要由家庭教育、私人授学、学在官府三种途径完成，其中尤以后两种范围更广泛。私人授学以一位知名学者为中心，从学者数量较少，学生之间交流更深入，易于形成更密切的交往关系。党怀英与辛弃疾同学于刘瞻，也有史料记载二人同学于蔡松年。[②]无论师承于何人，二人之间都因为同学关系而产生深厚友谊，以至于出现广为流传的"筮仕"故事。此事最早见于宋元之际学者谢枋得所撰《祭辛稼轩先生墓记》："公初卜，得离卦，乃南方丙丁火，以镇南也。"[③]王恽《玉堂嘉话》对此事描述得更富有感情色彩：

> 辛弃疾，字幼安，济南人。姿英伟，尚气节，少与泰安党怀英友善。肃慎氏既有中夏，誓不为金臣子，一日与怀英登一大丘，置酒曰"吾友安此，余将从此逝矣。"遂酌别而去。……至元二十年，予按部来游，其石刻宛在。[④]

明人蒋一葵《尧山堂外纪》又载：

> 党怀英文似欧阳，不为奇险语，诗如陶谢，奄有魏晋风。少同辛幼

---

① （金）元好问撰，姚奠中主编：《元好问全集》卷22《大中大夫刘公墓碑》，第424页。
② 邓广铭：《辛稼轩年谱》，上海古籍出版社1979年版，第17—18页。
③ （元）谢枋得：《祭辛稼轩先生墓记》，引自《辛弃疾集编年笺注》附录，中华书局2015年版，第2224页。
④ （元）王恽：《玉堂嘉话》，中华书局2006年版，第64页。

安师事蔡伯坚，为其所识拔。筮仕，决议著。辛得离南归，党得坎，遂
留事金。有《竹溪词》。①

党怀英与辛弃疾少为同窗好友，"筮仕议著"之事未必真实，但二人关系密切、
交情甚笃当是事实。对未来人生理想，二人应有过多次深入讨论。最终辛弃疾选
择南归于宋，力图恢复中原。党怀英则选择仕金，成为金代中期文章宗主。二人
虽选择不同，但登丘置酒，不舍酌别之意体现了同窗多年的深情厚意。

金代从中央到地方建立起完备的教育体系。诸多有意科举的士子接受地方官
学教育后，可以凭借"府荐"或"终场人"②两种身份进入太学学习。金代进士及
第前常见"游太学""有赋声场屋"等学习经历。青年士子在乡校或太学中共同
研习学问的经历是美好真挚、令人难忘的。雷渊与刘从益少为同乡，相交甚笃，
"尝同乡校，同太学，后同朝"③。刘从益逝后，雷渊寄挽诗云：

> 少同里闬早知音，
>
> 投分交情雨旧今。
>
> 乡校联裾春诵学，
>
> 上庠连榻夜论心。
>
> 南山松桂愁霜殒，
>
> 北地乾坤恨日侵。
>
> 不得生刍躬一奠，
>
> 西风吹泪满衣襟。④

雷、刘二族同为浑源望族，且为姻亲世交，二人自幼交好互为知音。雷渊
追忆与刘从益少年时代同学时光，春日在室中读书，晚归寝室谈心抒怀。同学之
间读书交游，"李都运友之、高户部唐卿、赵礼部廷玉读书永平西一山寺。腊月，

---

① （明）蒋一葵：《尧山堂外纪》，齐鲁书社 1995 年版，第 79 页。
② （元）脱脱等撰：《金史》卷《选举一》，第 1211 页。
③ （金）刘祁：《归潜志》，中华书局 1983 年版，第 9 页。
④ （金）元好问：《中州集校注》，中华书局 2018 年版，第 1718 页。

桃树一枝作花，大金蝉集其上，又竹林出一笋。故名所居为‘三秀轩’。后三人皆登上第”①。李特立、高夔、赵思文一起读书于山寺竹林之间，有优游惬意的轻松之感。同学交游在亲厚情谊基础上，客观上起到青年士子积累社会声望，形成人际关系网络的作用。

在即将开始的仕宦生涯中，同学关系对于进士仕途发展有直接影响。党怀英与赵沨交往密切，尝互赠诗词，缘于曾经同学广道先生王去非门下。杨奂《锦峰王先生墓表》载："（王去非）世以儒道著，一时名公巨人，若党怀英、赵沨皆师尊之。"②党怀英向世宗推荐赵沨人才出众，赵沨于大定二十七年（1187）由襄城令擢为应奉翰林文字，得以知贡举，负有文坛盛名。同学通常相交年限较长，互相熟悉，作为一种亲密的人际互动，有足够的认同感和信任感，容易形成相似的政治观念。

（三）同年

同年，即指同科登第进士。金代进入御试人数不定，以词赋科为例，明昌五年（1194），词赋进士221人。③承安五年（1200），经义进士33人。泰和三年（1203），词赋进士186人。④泰和六年（1206）年，录取词赋进士28(或27)人。⑤同年进士籍贯分散，及第前大都互不相识或无深交。及第后通过一系列官方或私人组织的各种活动，同年进士之间相互熟悉，建立友谊，在授官后任地方官、馆阁同僚、省台要职过程中，逐渐发展为更加密切的关系。

唐宋进士及第后都有一系列复杂的带有仪式色彩的聚会活动，包括唱名赐第、

---

① （金）元好问：《续夷坚志》，中华书局2006年版，第61页。

② （元）杨奂：《还山遗稿》卷上《锦峰王先生墓表》，四部丛刊本，第8页。

③ （清）吴汝纶：《深州金石记·安平进士题名碑》，引自《石刻史料新编》第3辑24册，第529页。

④ （清）吴汝纶：《深州金石记·安平进士题名碑》，引自《石刻史料新编》第3辑24册，第529页。

⑤ （元）杨奂：《还山遗稿》卷上《跋赵太常拟试赋稿后》，四部丛刊本，第7页。据杨奂记载泰和六年取士28人。刘祁记载："泰和三年御试，上自出题《日合天统》以困诸进士，至取二十七人。"（金）刘祁：《归潜志》，中华书局1983年版，第111页。

期集^①、造《同年小录》等活动。金代进士及第后的活动仅在金人诗文作品中有少量记载，可补《金史》之阙，具有重要的史料价值。^②金代唱名赐第在御试之后，"御试唱名后，试策则禀奏，宏词则作二日程式"^③。唱名在御试成绩确定之后，直到当众唱名赐第均处于保密状态。杨伯仁得知吕忠翰为廷试第一后"遂宿谏省，俟唱名乃出，海陵嘉其慎密"^④。从海陵王对杨伯仁慎密嘉奖态度来看，应当亲自参与唱名赐第过程的，因此才能获知吕忠翰并未提前得知进士第一的信息。同年进士共同经历唱名赐第过程，正式获取天子门生的身份，同年成为金代官方认可的一种亲密关系。

唐代进士及第后的期集聚会名目有大相识、次相识、小相识、闻喜、樱桃、月灯、打球、牡丹、看佛牙、关宴等。^⑤杏园宴也称之为探花宴。北宋进士及第后赐进士闻喜宴于琼林苑，也称为琼林宴。北宋进士及第后的期集活动中也有探花风俗。据《东轩笔录》载："熙宁中，吴人余中为状元，首乞罢期集，废宴席探花，以厚风俗，执政从之。"^⑥因此，自熙宁六年（1073）后，北宋文献中不见有探花记载。

金代文献中关于期集宴会的记载不多。王寂晚年回忆进士及第后宴饮聚会有诗云：

> 忆惜登科正妙年，
>
> 鞭笞龙凤散神仙。
>
> 金钗赏酒春无价，
>
> 银烛呼卢夜不眠。
>
> 往事悲凉真梦耳，
>
> 故人零落独潸然。

① （五代）王定保：《唐摭言》，上海古籍出版社 2012 年版，第 17 页。期集意味着谢恩后同年进士集会宴饮。

② 裴兴荣：《金代科举诗词的史料价值》，《史志学刊》2017 年第 3 期，第 30—31 页。

③ （元）脱脱等撰：《金史》卷 51《选举一》，第 1227 页。

④ （元）脱脱等撰：《金史》卷 125《杨伯仁传》，第 2872 页。

⑤ （五代）王定保：《唐摭言》，上海古籍出版社 2012 年版，第 18 页。

⑥ （宋）魏泰撰：《东轩笔录》，中华书局 1983 年版，第 68 页。

临街父老应相识，

笑指潘郎雪满颠。

　　王寂诗序中云："天德辛未，家君守官白霫，仆是岁登上第。交游饮博，皆一时豪俊。"[1]，记载王寂天德三年（1151）进士及第后，与同年好友之间交游博戏宴饮的欢快场景。诗中描述宴饮场景应为同年好友之间私人聚会，而非朝廷官方组织的期集。

　　元好问兴定四年（1220）所撰《兴定庚辰太原贡士南京状元楼宴集题名引》[2]和兴定五年（1221）所撰《探花词》五首。[3]由该宴集题名引可见，同籍贯贡士在参加府试（秋试）前也会有期集宴饮活动。受战争影响，兴定元年（1217），宣宗"诏中都、西京、北京等路策论进士及武举人权试于南京、东平、婆速、上京等四路"[4]。因此，河东北路贡士近百人历经艰辛长途跋涉至南京参加府试，自行组织宴集于南京状元楼，对参加科举的现实意义和士子的社会价值进行反思，已经超越一般集会宴饮享乐的目的。至兴定五年（1221）御试及第后，元好问撰《探花词》五首，清晰地描述了金代朝廷为新进士举办的期集宴会，从宴会内容可见金代进士及第后的宴集活动：

其一

禁里苍龙启九关，

殿前鹦鹉唤新班。

沉沉绿树鞭声远，

袅袅薰风扇影闲。

其二

浩荡春风入绣鞍，

可怜东野一生寒。

---

① （金）王寂撰：《拙轩集》卷2，钦定四库全书（集部），第8页。

② 姚奠中主编：《元好问文集》卷37《兴定庚辰太原贡士南京状元楼宴集题名引》，第662页。

③ （金）元好问：《元好问诗编年校注》，中华书局2011年版，第174页。

④ （元）脱脱等撰：《金史》卷15《宣宗本纪中》，第355页。

> 皇州花好无人管，
>
> 不用新郎走马看。

《探花诗》前两首叙述新进士宴集地点是指定宫殿前，由朝廷官方组织宴会。新进士出于皇家恩典在祥和的景致中脱去代表普通人身份的白衣，换上象征官僚身份的绿袍，获得了新的身份。将孟郊《登科后》诗意反用体现金代重视进士科，对及第进士宽容理解的态度。

其三

> 六十人中数少年，
>
> 风流谁占探花筵？
>
> 阿钦正使才情尽，
>
> 犹欠张郎白玉鞭。

其四

> 美酒清歌结胜游，
>
> 红衣先为渚莲愁。
>
> 曲江共说樱桃宴，
>
> 不见西园风露秋。

其五

> 人物风流见蔼然，
>
> 逼人佳笔已翩翩。
>
> 龙津春色年年在，
>
> 莫著新衔恼必先。

《探花词》第三首透视出及第进士期集宴会中互相熟悉交流的丰富信息。唐代探花宴习俗"差少俊二人为探花使，遍游名园。若他人先折得名花，则探花使被罚也"①。北宋沿袭唐俗，"故事，进士期集，尝择榜中最年少者为探花郎。"熙宁间因禁奢华、厚风俗之故而罢。②本次探花宴在六十余位新进士中选取时年二十六岁的张梦祥为探花郎，出身于进士家族"四桂李氏"的李献甫因年长一岁未能获此殊荣。但论及才情，元好问仍然推崇自己的知交好友李献甫。第四首表明金代探花宴与唐代樱桃宴等期集宴会性质相同，内容以新进士之间宴饮赋诗交谊为主题活动。第五首是对新科进士文才风流的颂赞，又提醒告诫新进士虚怀若谷，不能过于夸耀身份。探花宴的意义在新进士心目中象征十年寒窗换来的成功与荣耀，其美好记忆在当事人心中挥之不去，直接外化为同年身份的互相认同。

　　由王寂与元好问诗所记来看，金代进士同年之间通过一系列官方组织带有仪式性质的正式期集和以宴饮享乐为主题的私人宴会互相熟悉交结，建立起以情感为基础的紧密的人际关系网络。进士同年之间在深厚的感情基础上，更容易实现政治观念、政治行为的高度认同。程震与刘从益"同年擢第，相得甚欢。已而同为御史，台纲大振，小人皆侧目，故俱不能久留于朝"③。程震以品行刚直不畏权贵著称，程刘二人为同年，且同任监察御史，为政风格相近，也同样不能久居谏职。冀禹锡闻术虎高琪被诛，寄诗聂元吉云："开函喜读故人书，四海穷愁一豁无。见说帝庭新殛鲧，逆知天意欲亡吴。两宫日月开明诏，万国衣冠入坦途。莫向新亭共囚泣，中兴岂止一夷吾？"④冀禹锡与聂元吉同年，对高琪专政排斥进士任用胥吏强烈不满，冀禹锡将金末败政归结为高琪的用人政策。兴定三年（1219），宣宗下决心诛杀高琪，冀禹锡在寄给同年好友诗中表示朝廷应当重用进士出身才能之士。冀禹锡专门写诗寄给聂元吉，说明二人对朝局政治的发展趋势认识一致，且相互信任。

　　同年之间交游存在仕宦途中相互提携、互相支持的现实因素考量。但同年进士基于共同身份、学术背景、思想伦理基础之上的长期交往，更易产生真切深沉的情感。雷渊"在馆，与诸同年友制词，皆摘其不及以箴之。如诰商衡平叔云：

① （宋）朱胜非：《绀珠集》卷10《探花使》，文渊阁四库全书本，第30页。
② （宋）胡仔纂：《苕溪渔隐丛话后集》，人民文学出版社1962年版，第132页。
③ （金）刘祁：《归潜志》，中华书局1983年版，第49页。
④ （金）刘祁：《归潜志》，中华书局1983年版，第18页。

'将迎闲有，亦须风节之自持。' 诰聂天骥元吉云：'读书大可益人，益勤讲学。'" [1]
雷渊、商衡、聂元吉均为崇庆二年（1213）进士，雷渊是其中性情真挚且才华出众的佼佼者，对同年进士以诤友之态指出不足，给予改进建议彰显同年情义。女真策论进士同样以同年之交为重，至于在危难之际向同年好友倾诉人生最终选择。乌古孙仲端与同年汝州防御裴满思中于汴京围城中小饮，回忆太学同舍事为笑乐，而现实中面对即将到来的生死选择，"人生虽有富贵贫贱不同，要之终有一死耳。" [2] 尽管现实中危局难以逆转，人生最终结局将近，同年之间的温情回忆和互相理解也成为残酷现实中的一点慰藉。同年情谊持续多年，无论是萧贡与张庸之间"赖有同年老兄弟，相思时寄数行书" [3]，亦或是元好问与敬铉暮年相见于顺天天宁僧舍时"三十余年老兄弟，此回情话独难忘"，都表达出在时间沉淀与历经世事之后对同年好友情感的珍视。 [4]

在漫长的官宦生涯中，由师友、同学、同年组成的学缘关系，为进士提供政治支持，感情关怀，观念认同，使进士群体内部联系愈加紧密。

二、进士群体间的联姻

金代进士及第名额与宋朝相比数量减少，但仍有诸多进士家族出现。家中出现通过进士及第进入仕宦成员，延续进士入仕方式便成为提升家族政治地位的重要途径。因此进士家庭为子女选择姻亲对象时，以进士或进士家族成员为最佳选择。通过联姻关系，更多进士家族被涵盖在婚配对象的范围之中，形成进士家族的姻亲网络。通过浑源刘氏家族的姻亲网络覆盖范围，进士群体之间联姻关系对社会的深层影响可见一斑，见表6-1。

---

[1] （金）刘祁：《归潜志》，中华书局1983年版，第10页。

[2] （元）脱脱等撰：《金史》卷124《乌古孙仲端》，第2850页。

[3] （金）元好问：《中州集校注》，中华书局2018年版，第1235页。此诗为萧贡所作。张庸，字维中，二人同登大定二十二年进士第，明昌年间萧贡远赴北境赴任，感慨人事变化，官途崎岖，与同年好友寄诗互相安慰。

[4] （金）元好问撰、姚奠中主编：《元好问全集》卷9《与同年敬鼎臣宿顺天天宁僧色》，第183页。此诗作于蒙古宪宗元年（1251），元好问六十二岁，与同年敬铉暮年困顿中相聚，欣喜中夹杂些许唏嘘。

表 6-1　浑源刘氏姻亲关系表

序号	姓名及籍贯	与刘氏关系	姻亲榜次及最终官职	史料来源
1	雷氏 山西浑源人	刘撝妻	浑源雷氏家族女	王恽 《浑源刘氏世德碑铭并序》
2	雷发	刘撝妻族	天会六年进士	《（光绪）山西通志》卷 15、55
3	雷嗣卿	刘撝妻族	天会十年年进士	《（光绪）山西通志》卷 15、55
4	雷思	刘撝妻族	天德三年进士 同知北京路转运使	《金史》卷110 《归潜志》卷1 《中州集》卷8
5	雷志	刘撝妻族， 雷思弟	贞元二年进士 永定军节度使	《中州集》卷8 《（光绪）山西通志》卷15
6	雷渊	刘撝妻族， 雷思子	崇庆二年进士 翰林修撰	《金史》卷110 《遗山集》卷21 《中州集》卷6 《归潜志》卷1
7	张景仁 辽西人	刘撝长女婿	皇统二年进士， 御史大夫兼翰林学士丞，修 国史	《金史》卷84、《归潜志》卷8、 《三朝北盟汇编》卷245
8	王元节 西京路 弘州人	刘撝次女婿	天德三年进士 密州观察判官	《金史》卷126 《中州集》卷7 《归潜志》卷3
9	王元德 西京路 弘州人	王元节弟	天德三年进士 南京路提刑使	《金史》卷126 《中州集》卷7 《王元德墓志铭》，全金石 刻文辑校第329页。
10	王谏 西京弘州人	元节、元德 之父	天会间进士 武定军节度副使	《王元德墓志铭》，全金石 刻文辑校第329页。
11	赵思文 河北西路中 山府永平县	刘郁妻父	明昌五年进士 礼部尚书	《元好问全集》卷18
12	赵去非 河北西路中 山府永平县	赵思文弟	明昌五年进士 霸州同知	《元好问全集》卷18
13	魏璠 浑源人	刘似女婿	贞祐三年进士 翰林修撰	《金史》卷118 《元史》卷164 《秋涧集》卷82
14	田芝 京兆澧泉 县人	刘祁婿之父	镇南军节度副使	《王恽全集汇校》卷49

　　检视浑源刘氏家族直系姻亲关系网络可以看到，婚姻对象与家族主要活动地域有关。刘撝及其子女的姻亲对象主要是以原籍浑源为中心向西京路其他进士家族扩散。从刘撝与浑源雷氏联姻，直至次女嫁与弘州王氏，体现出进士家族联姻的地缘特征。随着刘撝家族进士的不断增多，政治地位稳步提升，联姻地域范围随之扩大，其姻亲对象中又增加了河北西路中山赵氏、顺圣魏氏等。而刘氏姻亲进士家族又与其他进士家族联姻，形成了更广泛细密的进士家族网络。如赵思文四位妻子中，包括贾益谦侄女、王扩之妹、孙铎之女。可见围绕浑源刘氏姻亲关系之间强盛的政治势力，共同组成了一种独特文化圈。

　　进士家族为子女选择联姻对象时，尽管"婚姻不问阀阅"[1]，但仍会将具备登第潜质的士子列为首选。刘祁《归潜志》云：

　　　　张御史景仁时在布衣，以所业诣翁，翁嘉之。俄翁为有司取士，张
　　赋甚佳，为邻坐者剿之，尽坐同而黜。已而翁知其然，遂以长姑嫁焉。
　　家人辈皆愠，翁不恤也。后三年，翁复为有司，御试，张擢别试魁，骤
　　历清华，以文章擅当世，位至翰林学士、河南尹、御史大夫。尝使宋，
　　有风节，赫然为名臣，世皆以翁有知人之鉴也。[2]

　　刘撝熟知金代词赋科程式规则，因"张赋甚佳"，对张景仁进士及第前景非常乐观，因此决定将长女嫁给时为布衣的张景仁。次女婿王元节父兄及本人均进士出身，且能诗、博学。王元节与刘汲即是姻亲，又同年及第，二人"多唱酬"，可见王刘之间交往密切频繁。刘撝为二女择婿超越门第观念，以是否具备进士及第潜质为标准，说明金代进士家族对姻亲对象进士身份的主动选择。姻亲关系使进士之间有更多交流，在亲缘基础建立了更深入的利益同盟。

　　金代官僚世家为女择婿以进士为佳，将婿为名进士作为家族荣耀。如贾少冲"中天眷二年进士，刘筈欲以妹妻之"[3]。刘氏为金初大族，刘筈时任左宣徽使，欲

----

① （宋）郑樵撰：《通志二十略》卷25《氏族序》，第1页。
② （金）刘祁：《归潜志》，中华书局1983年版，第81—82页。
③ （元）脱脱等撰：《金史》卷90《贾少冲传》，第2122页。

将妹嫁给"家甚贫"的贾少冲，看中的正是贾氏的进士身份和人品才干。赵秉文三女分别嫁给高可约、石阶、张履，"三婿皆名进士也"①。冯延登女妙真，"适进士张愷"②。及第进士或有志于进士科举业的年轻士子更愿意主动选择出身于进士家族的女性作为婚姻对象。河中李氏以妻族梁氏与刘氏近姻之故，求娶"龙山刘致君之女"③。李献能熟知外祖父少年时期趣事，并收藏其著作《龙山集》手稿，可见与外祖刘仲尹保持亲密交往。④主动与名进士刘仲尹结亲，成为日后河中李氏"四桂"进士及第的重要原因。从婚姻双方的主动选择来看，金代科举制度下，进士家族通过主动选择个人才能出众的年轻进士或潜在进士联姻，为家族政治地位持续上升提供助力。进士家族中女性多受过良好的教育，也是年轻进士或未第士子心目中的良配。进士家族之间的联姻有助于进士群体成员形成亲密的社会关系，向金代社会结构施加了更深层次的影响。

三、进士出身官员的互荐

源于荐举制度要求，金代进士出身的官员之间常见相互荐举他职或举以自代情况。大定二年（1162），世宗诏令"随朝六品、外路五品以上官，各举廉能官一员。三年，定制，若察得所举相同者，即议旌除。若声迹秽滥，所举官约量降罚"⑤。荐举才能与德行出众的"忠廉之臣"是随朝六品、外路五品以上官员必须完成的职责。"内外五品以上，岁举廉能官一员，不举者坐蔽贤罪。"⑥如若未能举荐，或者被举之人行止有亏，举荐者要受到处罚。章宗大定二十九年（1189），命有司拟定"选举十事"中谈及荐举者的顾虑，如"虽知亲友有可用者，皆欲远嫌而不引荐"。"求仕官不得私第谒见达官，违者追一官降等奏除。"⑦因此，进士出身的

① （金）元好问撰，姚奠中主编：《元好问全集》卷17《闲闲公墓铭》，第350页。
② （元）脱脱等撰：《金史》卷130《冯妙真传》，第2956页。
③ （金）元好问撰，姚奠中主编：《元好问全集》卷25《赞皇郡太君墓铭》，第464页。
④ （金）元好问：《续夷坚志》，中华书局2006年版，第51页。记载刘仲尹青年时期擢第后任职赞皇尉，遇见才学异士诗学大进之事，此事为外孙李献能言于元好问，可见与外祖之间关系亲密。
⑤ （元）脱脱等撰：《金史》卷54《选举四》，第1287页。
⑥ （元）脱脱等撰：《金史》卷9《章宗本纪一》，第234页。
⑦ （元）脱脱等撰：《金史》卷54《选举四》，第1289页。

官员通过学缘、姻亲等社会关系网络对被荐官员真实的为政情况和人品道德更了解，推举出"廉能才干之士"。大定二十七年（1187）正月乙酉，"以襄城令赵沨为应奉翰林文字。沨入谢，上问宰臣曰：'此党怀英所荐耶？'对曰：'谏议黄久约亦尝荐之。'"① 在翰林学士院极度缺乏文学人才的情况下，党怀英向世宗推荐了自己同年知交赵沨进入翰林院一展所长。

进士出身的官员之间对人格品质和行政能力有相近的评价原则，更容易在价值认同的基础上相互举荐，如"侍御史贾铉以（许）安仁守道端悫，荐于朝。同知济南府事路伯达继上章称其立己纯正，宜加显任，超授礼部郎中，兼左补阙"②。贾铉、路伯达同时推荐许安仁，肯定其人格品质和立身标准。许安仁姻家刘仲洙也因政绩突出，"转运郭邦杰、节度李晏皆举仲洙以自代，升为定海军节度使"③。进士群体成员之间互相援引推荐是仕进的有效途径。周昂《丘家庄早发》诗中云："外物谁能必，人生会有劳。鹍鹏终变化，早晚借风涛。"④ 表达出个人纵使才能卓然，也要借助他人引荐提携才能实现宏伟抱负。

在荐举制度性强制要求之外，有志于获得进士身份的未第士人，同样期望获取进士出身的官员或文化名人给予提携和推荐。刘迎初在乡应试不第时，向以奖掖提携文士著称、时任定海军节度副使的梁肃赠诗《代王簿上梁孟容副公二首》⑤，有"名宦真同一鸡肋，簿书空束两牛腰"之语，表达不愿埋没在繁琐的簿书案牍执中，期望能够受到梁肃的赏识推荐，给予自己发挥才能的机会。赵秉文《寄王学士子端》中问候王庭筠病情，二人相识很早，关系融洽。赵因此诗开始在文坛展露头角，与王庭筠的赞誉和推崇有直接关系。赵秉文明昌六年（1195）入为应奉翰林文字、同知制诰就是受到王庭筠的极力推荐。

金代进士官员之间互荐受到荐举制度的强制约束，总体呈现审慎态度。互荐关系相对学缘、姻亲关系，荐举与被荐举双方受情感因素的影响较少，更趋于政治现实的考量。互荐关系更有利于增强进士群体的政治影响力。

---

① （元）脱脱等撰：《金史》卷8《世宗本纪下》，第215页。
② （元）脱脱等撰：《金史》卷96《许安仁传》，第2260页。
③ （元）脱脱等撰：《金史》卷97《刘仲洙传》，第2282页。
④ （金）元好问：《中州集校注》，中华书局2018年版，第863页。
⑤ （金）元好问：《中州集校注》，中华书局2018年版，第604页。

四、进士群体关系网络的个案观察：以刘从益交游圈为中心

刘从益，字云卿，号蓬门先生，应州浑源人，著有《蓬门先生集》。生于世宗大定二十三年（1183），卒于正大三年（1226）。[①] 出身于有"丛桂蟾窟"[②] 之称金代著名科举世家"浑源刘氏"，大安元年乙科及第。刘从益仕宦经历丰富，历经地方临民官、御史台官、翰林院官，以勤政爱民和直言敢谏著称。文学成就显著，精于经学，工诗，诗文受到赵秉文等人推崇，与雷渊并称"刘雷"。刘祁《归潜志》记载其父刘从益与金代中后期文人名士之间的交游情况，为金代进士社会关系研究提供了丰富资料。

表6-2　刘从益交游圈中社会关系统计表

时间	交游对象及身份	社会关系	交游地点	交往主要事迹	材料来源
登第前	雷渊，崇庆二年进士	同学、同年	太学	同乡校，同太学，后同朝	《归潜志》卷1
	申万全，贞祐二年（三年）乙科	同学	太学	申万全在太学与雷渊、刘从益同舍相善	《归潜志》卷5
大安元年（1209）——贞祐二年（1214）	任履真，喜杂学、精于医	好友	许州长葛	任履真帮助刘从益任职长葛簿期间修入官及太虚观	《归潜志》卷6
	辛愿，中州逸士	好友	许州长葛	与辛愿初识，分别厚赠	《归潜志》卷2
	李纯甫，承安二年进士	好友	许州长葛	与李纯甫等会饮联句	《归潜志》卷8

[①]　王庆生：《金代文学家年谱》，凤凰出版社2005年版，第534页。狄宝心考证刘从益卒于正大二年，参见《金末诗人刘从益卒年新证》，《晋阳学刊》2008年第2期，第122页。

[②]　（金）刘祁：《归潜志》，中华书局1983年版，第120页。

续表

时间	交游对象及身份	社会关系	交游地点	交往主要事迹	材料来源
	高庭玉，大定二十八年进士	好友	许州长葛	贞祐初，高庭玉出为河南府治中，与刘从益、张毂、雷渊、王权、庞铸、孙伯英、魏璠等人相聚会饮。高庭玉被陷害下狱死，余人多被牵连。	《归潜志》卷4
	王权，大安元年进士	同年	许州长葛	同上	《归潜志》卷2
	张毂，大定二十八年进士	好友	许州长葛	同上	《归潜志》卷2
	庞铸，明昌五年进士	好友	许州长葛	同上	《归潜志》卷2
	孙伯英	好友	许州长葛	同上	《元好问全集》卷31
贞祐二年（1214）—兴定四年（1220）	麻九畴，正大四年特赐进士	好友	许州郾城	日与唱酬为友	《归潜志》卷2
	张毂，不为科举计，以诗酒自放	好友	许州郾城	刘从益有诗《再过郾城示伯玉知己》	《中州集》卷6
	李夷，以武举进身	好友	陈州	刘从益为陈州防御使，与李夷相识，为延誉诸公间。	《归潜志》卷2
	刘勋，科举连蹇不第	好友	陈州	刘勋南渡居陈，与刘从益唱酬。	《归潜志》卷3

续表

时间	交游对象及身份	社会关系	交游地点	交往主要事迹	材料来源
	僧德普	好友	陈州	与刘从益善	《归潜志》卷6
	许古，明昌五年进士	好友	汴京	许古被贬，刘从益以诗赠之	《归潜志》卷4
	董文甫，承安间进士	好友	淮阳	刘从益与董文甫谈道竟夕	《归潜志》卷5
	冀禹锡，崇庆二年进士	好友	淮阳	刘从益与冀禹锡雪夜联句	《归潜志》卷8
	李献能，贞祐三年进士	好友	淮阳	刘从益与李献能、李夷联句	《归潜志》卷8
兴定四年（1220）—元光元年（1222）	赵思文，明昌五年进士	姻亲	汴京	赵思文任侍御史，刘从益为监察御史，二人同台	《归潜志》卷4《遗山集》卷18
	程震，大安元年进士	同年	汴京	同为御史，台纲大振	《归潜志》卷5《金史》卷93
	杨恺，承安五年	同官	汴京	同为御史，颇作诗	《归潜志》卷5
	王若虚、赵秉文	同官	汴京	王赵二人府试知贡举、刘从益为监试官	《归潜志》卷2
	李纯甫，承安二年	好友	汴京	谈佛学	《归潜志》卷9

续表

时间	交游对象及身份	社会关系	交游地点	交往主要事迹	材料来源
	赵秉文，大定二十五年进士	前辈知交	汴京	谈儒佛异同，相与折难	《归潜志》卷9
	李献能，贞祐三年进士	好友	汴京	谈儒佛异同，相与折难	《归潜志》卷9
	李献卿，泰和三年进士	好友	汴京	谈儒佛异同，相与折难	《归潜志》卷9
	刘祖谦，承安五年进士	好友	汴京	谈儒佛异同，相与折难	《归潜志》卷9
	曹恒，高汝砺婿，不为科举计	好友	汴京	刘从益为其做赋	《归潜志》卷3
	王宾，贞祐二年进士	好友	汴京	有诗赠刘从益"致君有道莫如律，敢谏不行犹得名"。	《归潜志》卷3
	冯璧，承安二年进士	好友	汴京	与刘从益善	《归潜志》卷3
	张子和，医者	好友	陈州	与刘从益游	《归潜志》卷4
元光二年（1223）—正大二年（1226）	郝居中，枢密院令史出身，坊州刺史，郝俣子	好友	叶县	与刘从益联句	《归潜志》卷9
	李汾，工诗，未第	好友	叶县	与刘从益联句	《归潜志》卷9
	元好问，兴定五年进士	好友	叶县	与刘从益联句	《归潜志》卷9

时间	交游对象及身份	社会关系	交游地点	交往主要事迹	材料来源
	王郁，金末名士	好友	叶县	与刘从益联句	《归潜志》卷9
	史学，正大元年进士	好友	叶县	与刘从益赋诗	《归潜志》卷9
	李献能，贞祐三年进士	好友	叶县	与刘从益赋诗	《归潜志》卷9
	刘祖谦，承安五年进士	好友	叶县	与刘从益父子交	《归潜志》卷4
	吾古孙奴申	好友	叶县	与刘从益相善，刘祁为赋《古漆井》诗	《归潜志》卷5
	移剌买奴	好友	叶县	刘从益有赠诗	《归潜志》卷6
	辛愿、史学家	好友	叶县	刘从益令叶，复来游	《归潜志》卷2
正大三年（1226）—	赵秉文	前辈知交	汴京	赵秉文推荐刘从益进入翰林院为翰林应奉，并参加庆贺聚宴，以"发"字韵作诗。	《归潜志》卷9
	冯延登，承安二年	前辈知交	汴京	冯延登推荐刘从益进入翰林院为翰林应奉	《归潜志》卷4
	张邦直，崇庆二年进士	好友	汴京	刘从益入翰林，与张邦直交游	《归潜志》卷5

续表

时间	交游对象及身份	社会关系	交游地点	交往主要事迹	材料来源
未知具体时间	陈规，明昌五年进士	好友	汴京	后同朝，相见甚欢	《归潜志》卷4
	时戬，金后期进士	世交	——	与刘氏三世交	《归潜志》卷4
	高斯诚，至宁元年进士	好友	——	与刘从益善	《归潜志》卷5
	完颜素兰，至宁元年女真进士第一	好友	——	与刘从益善	《归潜志》卷6

从《归潜志》记载，刘从益交游的43位友人中，进士29人，非进士14人，交游范围广阔。登第前在太学与雷渊、申万全相友善。进士及第后，随着仕宦经历的不断丰富，交游圈不断扩大，交游对象的身份、年龄、民族更富有层次性。

共同兴趣爱好和层次相近的学识修养是进士相交的基础。刘从益对交游对象选择以具有共同志趣爱好，性情相同，认可彼此道德修养和学识水平为基础。尽管由于交游对象年龄身份有差距，但交游双方具有心理平等性，形成人际关系的相互吸引。刘从益与友人多以性情、志趣相投而交游，如与雷渊"上庠同榻夜论心"①，与董文甫谈论六经、论语、孟子等书，"谈道竟夕"②。刘从益任长葛主簿和丁忧淮阳期间两次精彩纷呈的联句聚会更体现出交游友人之间共同的兴趣爱好和高水平的文学修养。从刘从益与友人相交可以看出，金代进士之间以诗文、书画等共同兴趣爱好建立的交游关系，而非完全建立在利益至上的考量上。

刘从益以性情宽厚，学养高深和道德声望吸引了大批士人会聚周围，通过彼此交往，增强进士群体的凝聚力。在刘从益的交游圈中，姻亲、同学、同年、同僚、同好各种复杂关系彼此联结，交游范围由小到大，产生了广泛的社会效应。其中

① （金）刘祁:《归潜志》，中华书局1983年版，第10页。
② （金）刘祁:《归潜志》，中华书局1983年版，第45页。

最显著的影响就是在科举考试过程中，考官熟悉举子文风，使应试者更容易上榜。麻九畴与宋九嘉、雷渊、李献能、刘从益等唱酬为友，在开封府试期间"先子（刘从益）为御史监试，而王翰林从之、李翰林之纯为有司，因相与读举子之文，见其雄丽者，相谓曰：'是必知几。'因擢为魁"[①]。麻九畴行文风格通过诗文酬唱被几位主考官与监试官熟悉，进而擢为府试第一。

进士之间通过交游聚会对政治事件交换观点，形成一致意见，有利于形成良好的政治伙伴关系。刘从益与完颜素兰相友善。[②]完颜从郁与梁持胜私下谈论泰和七年（1207）金企图诱叛南宋蜀将吴曦之事，二人形成"诱人以叛，岂有天下者所宜为？"[③]的共识，都认为如此行事不符合金代大国地位。可见这种交游现象在进士群体间普遍存在，并未受到族属影响。

进士之间互相援引推荐，增强了进士群体在金中后期政治格局中的影响力。如程震受张复亨推荐进入御史台[④]，刘从益凭借赵秉文、冯延登荐为应奉翰林文字。[⑤]刘从益与赵思文、程震同在御史台，对女真权贵、宰执重臣的不当行为进行弹劾，尽管最终被排挤出御史台，但亦可见对朝政的影响。在愈加严峻的内忧外患中，金代女真统治者对进士之间的交游采取防备和控制的态度。高庭玉案牵涉到众多金末著名士人，直接原因就是高庭玉为河南府治中路过许州时，召集众人聚会宴饮，被诬以谋反之罪。这种防备与控制对汉族进士的交游活动更加明显。

第二节　金代进士群体间关系网络构造方式

金代进士处于由亲缘、地缘、学缘等各种社会关系组成的人际关系网络中。随着政治、社会地位的逐渐提升，进士群体内部通过宴饮、互赠诗文、相约出游、辩论、赏画等多种形式，以极大的自信和热情，形成了主题丰富的交游活动，成为进士群体间关系网络构造的主要方式。进士交游原则遵循"凡将迎交接之际，

---

① （金）刘祁：《归潜志》，中华书局1983年版，第15页。
② （金）刘祁：《归潜志》，中华书局1983年版，第61页。
③ （金）元好问：《中州集校注》，中华书局2018年版，第2905页。
④ （元）脱脱等撰：《金史》卷100《李复亨传》，第2352页。
⑤ （金）刘祁：《归潜志》，中华书局1983年版，第41页。

礼貌、语言过则为谄、为曲；不及，则为亢、为疏，所以贵乎得中也。如或失中，与其谄也宁亢，与其曲也宁疏。"① 士人交往遵循原则首要推崇中庸，次则抗疏，最不可取的是谄曲。

一、宴饮

金代进士宴饮场所遍布于公共空间与私人宅第。公共空间宴饮主要包括朝廷组织的游宴庆典、进士相聚于山林亭台会饮以及在酒肆之类场所"嬉游燕赏"。进士参与朝廷组织游宴庆典，以期集最为典型。元好问《探花词五首》将金代进士及第后受到皇家恩赏到宫廷中参加专门为新进士组织的期集场景和心境描写得淋漓尽致。直到蒙古太宗十二年（1240，庚子岁），元好问年过五旬身处困顿中，忆起当年新科进士及第的美好时光，仍有"荒城此日肠堪断，老却探花筵上人"②之诗句。

进士外任地方或致仕隐居时，常会选择山水风光秀美之地与同僚好友会饮，席间或赋诗作文，或共谈理想仕途。党怀英调任莒州军事判官，与时任密州观察判官的友人王元节会饮于丁亭。判官之职执掌簿籍，事务繁杂③，与二人"雅尚气节""为政宽简"的风格相悖，因此会饮之际有诗句"望断西州万里家，又将新火试新茶。青油幕下成何事，两见常山山杏花"④。表达了二人都因任职州幕判官不满产生回乡自由闲居的心情。冯璧致仕后，于嵩山结茅并玉峰下，"诸生从之游，与四方问遗者不绝。赋诗饮酒，放浪山水间，人望以为神仙焉"⑤。

随着金代城市商业的繁荣，酒肆幽坊、燕馆歌楼也成为进士宴饮聚会的去处。因受礼法制度的约束，这类宴饮留下的文字不多，我们仅能从有限的诗文记载中窥见一斑。《归潜志》记载：正大间翰林院诸人"'凡在院诸公，有侯门戚里者，有秦楼谢馆者，有田夫野老者'。侯门戚里者谓雷交权要也，秦楼谢馆者谓李狆

---

① （金）刘祁：《归潜志》，中华书局 1983 年版，第 149 页。
② （金）元好问撰、姚奠中主编：《元好问全集》卷 9《杏花二首》，第 173 页。
③ （元）脱脱等撰：《金史》卷 57《百官三》，第 1399 页。
④ （金）元好问：《中州集校注》，中华书局 2018 年版，第 1861 页。
⑤ （金）元好问：《中州集校注》，中华书局 2018 年版，第 1459 页。

歌酒也，田夫野老者谓王为其乡人通请托也"①。李献能即喜游于酒肆歌馆中。王若虚喜于狎笑，以至于时人嘲笑"王从之无花不饮"②，与其严肃难亲近的外貌不符。正大四年（1227），元好问于内乡令任上与杨宏道、麻革、张澄、杜仁杰等人宴饮，作诗《西斋夜宴》，有"金钗翠钿迎春髻，银烛光摇半夜花"③之句。可见，在酒肆歌馆设宴待客、欣赏歌舞助兴，业已成为常见的宴饮聚会形式。但从时人评价来看，此类宴饮偶尔为之或可称风雅，若如王若虚、李献能常常出入歌馆则会遭到嘲讽，可见礼法观念对进士的交游行为有较强的约束力。

金代进士宴饮最常见于私人宅第之中，以休闲、娱乐、社交为主。宴饮之风最先在由辽宋入金的士人之间盛行，进而扩展至整个进士群体。蔡松年撰《小饮邢品夫家，因次其韵》，诗中有"人生离合几春事，霜雪行侵青鬓双。大梁一官且归去，酒肠云梦吞千缸"④之句。蔡松年应邀于邢具瞻家中小酌，暮春月夜微冷，气氛清新融洽，隐约表达自己有归隐之意。读此诗句很难想象邢具瞻于皇统党狱中的悲惨结局。邢具瞻家中另一场宴饮见于高士谈所作诗《次伯坚韵》《次韵饮品夫家醉中作》⑤的记录，参与宴饮者有蔡松年、刘著、邢具瞻等人，可见在诡谲的政治风波中，士人们仍然保持北宋以来的交游习惯。当时知名士人常于邢具瞻家中宴饮聚会。作为比较有影响力的进士，难免引起金代女真当权者的猜疑，最终高士谈、邢具瞻先后被杀多与此有关。从诸人交往来看，这些由宋入金的士人与金初进士之间的诗酬应和很多，气氛融洽，与后来蔡松年和田珏等人的矛盾形成鲜明对比。

金中期政局平稳，进士交游宴饮之风日盛，"泰和中，朝廷无事，士大夫以宴饮为常"⑥。金代职官俸禄优厚，致仕后仍可获得半俸待遇。⑦出使或有显著政绩

① （金）刘祁：《归潜志》，中华书局1983年版，第108页。
② （金）刘祁：《归潜志》，中华书局1983年版，第99页。
③ （金）元好问撰，姚奠中主编：《元好问全集》卷8《西斋夜宴》，第149页。
④ （金）元好问：《中州集校注》，中华书局2018年版，第144页。
⑤ （金）元好问：《中州集校注》，中华书局2018年版，第234页。
⑥ （金）元好问撰，姚奠中主编：《元好问全集》卷21《雷希颜墓铭》，第416页。
⑦ 武玉环：《金代职官致仕制度考述》，《吉林大学社会科学学报》2016年第1期，第105—112页。

还会有额外赏赐收入。[1] 休假制度完备，有旬假、节假和各种私假。[2] 王寂《奉题少保张公曲阿别墅二首》描述休假时进士的休闲生活，"休沐时时散马蹄，绿荫如染转长堤"[3]。进士任官后，具有固定的俸禄来源和休假时间，每逢休假日，没有公务羁绊，与好友家中宴饮聚会成为休闲放松的重要方式。宴集地点多选择拥有宽阔宅院的进士宅第。如侯挚致仕后"居南京，有园亭蔡水滨，公日在间与耆老谦饮"[4]。明昌进士梁陟之父梁牧"有别墅，金世诸名士日斛泳，从之游"[5]。

私第宴饮离不开餐饮食品的筹备，茶酒是其中必备之物。女真人本就有酿酒饮酒的传统，建立金代后，又承袭北宋酒文化。[6] 宴饮聚会中善饮嗜酒被看作名士风范。许古"性嗜酒，老而未衰。每乘舟出村落间，留饮或十数日不归"[7]。刘从益由叶令召入翰林，诸名进士聚集宴饮，"是日，诸公极欢，皆沾醉而归。"[8] 元好问《朝中措》词曰"小亭幽圃，酴醾未过，芍药初开。驴上一壶春酒，主人莫厌频来。"[9] 词作于元好问于河南永宁隐居时，田园幽静，春色怡人，自带好酒拜访友人小酌，时光恬淡美好。

金代饮茶之风在士人和普通民众之中盛行，尤其金宋边境区域"里间风俗乐过从，学得南人煮茶吃"[10]。金代进士继承北宋士人的饮茶习惯，进士宴饮聚会中以焚香煮茗为风雅乐事，对煮茶工具也有特殊要求。王元节与党怀英丁亭会饮就有诗云："望断西州万里家，又将新火试新茶。"[11] 赵秉文《春雪》曰："急埽枝上玉，为我试新茶。不须待明朋，汤好客更佳。"[12] 金代盛行点茶之术，茶筅为必备茶具，多为竹制，通过茶筅快速击打冲点入碗茶水至咬盏为佳。麻九畴《松筅同希颜钦

---

① 王德朋：《金代汉族士人经济来源辨析》，《社会科学战线》2006 年第 3 期，第 149—150 页。
② 刘晓飞：《金代官吏休假制度研究》，吉林大学硕士学位论文，2009 年，第 10—11 页。
③ （金）元好问：《中州集校注》，中华书局 2018 年版，第 496 页。
④ （金）刘祁：《归潜志》，中华书局 1983 年版，第 59 页。
⑤ （元）袁桷撰：《清容居士集》32《封蓟国公谥忠哲梁公行状》，钦定四库全书（集部），第 6 页。
⑥ 宋德金：《辽金文人与酒》，《社会科学战线》1999 年第 2 期，第 103—105 页。
⑦ （金）元好问：《中州集校注》，中华书局 2018 年版，第 1283 页。
⑧ （金）刘祁：《归潜志》，中华书局 1983 年版，第 94 页。
⑨ （金）元好问撰，姚奠中主编：《元好问全集》卷 43《新乐府二·朝中措》，第 858 页。
⑩ （金）元好问：《中州集校注》，中华书局 2018 年版，第 538 页。
⑪ （金）元好问：《中州集校注》，中华书局 2018 年版，第 1861 页。
⑫ （金）赵秉文：《闲闲老人滏水集》，中华书局 1985 年版，第 59 页。

叔裕之赋》曰："折松为笔得之天，此君幸免戕惨横。初绿形似有代无，不料奇功乃差胜。"[1] 麻九畴与雷渊、李献能、元好问聚会饮茶，随意折松为笔，以斗茶为喻，以好友之间聚会宴饮乐趣洗刷胸中沉郁，更显随性放达之意。

进士聚会宴饮中菜肴种类比较丰富，以面食、肉食和蔬菜为主，来自南方的水果被视为珍品。元德明《谢张使君梦粥馈春肉》描述春肉："牙猪肋厚一尺玉，盐花入深蒸脱骨。韭芽蓼甲春满盘，走送茅斋慰幽独。"[2] 肉食菜肴作为宴会的主菜基本配置受到欢迎。雷渊善饮啖，与李纯甫、张毂等人宴游，互相戏言："之纯爱酒如蝇，希颜见肉如鹰，伯玉好色如僧。"[3] 也有人因为俭啬、宗教礼法或习惯原因，拒绝肉食，只食用蔬菜。崔禧性俭啬，家居只以蔬食为常，故有戏语："崔伯善有肉不餐，要餐也没。"[4] 可见金人宴饮聚会中仍然是以肉食为主要菜肴，因俭啬原因仅食菜蔬不被多数人理解。也有如女奚烈守愚"或谓食肉昏神识，乃戒而不食"[5] 因为个人饮食习惯选择素食的少数进士。来自于南方的水果是比较珍贵罕见的食品，用以馈赠好友作宴饮菜肴。阎长言《送丽酒丽橙与秀实御史》云："骢马朝回画合深，遥知春意领梅心。丽橙娇软丽樽小，聊助风流对浅斟。"[6] 诗人快马远来为好友送上美酒与稀有果品佐餐，二人小酌赋诗，更显深厚情义。

金代进士的宴饮聚会中，不仅仅是享乐意义上的饮酒品茶或文人雅集诗词酬唱，更有对政局的理性思考，展现出进士群体对时局的预测和担忧。《元好问全集·雷希颜墓铭》载：

> 泰和中，朝廷无事，士大夫以宴饮为常。之纯于朋会中，或坚坐深念，咄咄嗟唶，若有旦夕忧者。或问之故，之纯曰："中原以一部族待朔方兵，然竟不知其牙帐所在，吾见华人为所鱼肉去矣。"闻者讪笑之曰："四方承平余五六十年，百岁无狗吠之警，渠不以时自娱乐，乃妖

---

[1]（金）元好问：《中州集校注》，中华书局 2018 年版，第 1527 页。
[2]（金）元好问：《中州集校注》，中华书局 2018 年版，第 1680 页。
[3]（金）刘祁：《归潜志》，中华书局 1983 年版，第 100 页。
[4]（金）刘祁：《归潜志》，中华书局 1983 年版，第 99 页。
[5]（元）脱脱等撰：《金史》卷 128《女奚烈守愚传》，第 2921 页。
[6]（金）元好问：《中州集校注》，中华书局 2018 年版，第 1401 页。

言耶？"未几，北方兵动。之纯从军还，知大事已去，无复仕进意，荡然一放于酒，未尝一日不饮，亦未尝一饮不醉，谈笑此世若不足玩者。①

李纯甫为金中后期进士中最有代表性的人物之一，被元好问誉为"天下称宏杰之士三人"之一，喜谈兵，有经世之心。泰和年间，章宗治下金代表面承平日久，对宋、对蒙战争中仍占据优势。实质上诸多社会问题已经开始显露，却未引起当权者及士人阶层的关注。李纯甫敏锐地意识到金代未来将要面对正在兴起的北方蒙古的军事压力。大安三年（1211）会河堡兵败后，李纯甫亲身充军，真正认识到金代军政制度的根本问题，在写给高宪诗中感慨："虎贲多将种，底用两书生。"②金后期权臣专权，重用胥吏，政治衰败，加之蒙古逐年南侵，呈现内外交困之势。这一时期进士群体的聚会宴饮已经不再是享乐休闲的美好时光，而更多地体现出对政治时局的思考和忧虑。

二、互赠诗文

金代进士热衷于诗文创作，将此视为雅致生活的一部分。诗歌酬唱体现出金代进士以诗人身份，在社交网络中最真实或最艺术化的一面。金代进士诗作体现出"兴观群怨"作用：诗的性情教化作用，"兴于诗，立于礼，成于乐"，学诗则有以兴起其性情之正，学之所先也；③诗的认识作用，"观风俗之盛衰"；诗的交际作用，"群居相切磋"④；诗的政治批判作用，"怨刺上政"。金进士在交往酬唱诗作中将这四类作用表现得淋漓尽致。

金代进士赠友诗、答和诗、题画诗都具有交际性内容，主要包含友人之间赠答、鉴赏、送别、凭吊等丰富内容。在诗作中谈论时事，品评人物，抒发情怀。进士之间出于互相尊敬欣赏等原因会赠诗褒扬赞美对方。张毂赠诗刘从益："丘垤孰与南山尊？公卿皆出山翁门。遗文人共师夫子，阴德天教有是孙。问礼庭中新

---

① （金）元好问撰、姚奠中主编：《元好问全集》卷21《雷希颜墓铭》，第416页。
② （金）元好问：《中州集校注》，中华书局2018年版，第1137页。
③ （宋）张栻：《南轩先生论语解》，中华书局2015年版，第169页。
④ （魏）何晏：《论语集解校释》，辽海出版社2007年版，第346页。

有桂，忘忧堂下旧多萱。人间乐事君兼有，歌我新诗侑寿樽。"① 诗中褒扬赞美刘从益曾祖父南山翁刘撝作为金代词赋文章开山者，是文人士子之师。其子刘祁也是闻名于士人圈中年轻一代文人中的佼佼者。家族兴盛伴随有金一代，对刘从益而言是为"人间乐事"。赵秉文赠田琢诗《从军行送田琢器之》云："田侯落落奇男子，主辱臣生不如死。殿前画地作山西，愿与义军相表里。恨我不得学李英，爱君不减侯莘卿。横道浮尸三十万，潼关大笑哥舒翰。"② 贞祐初，蒙古南侵围困中都，田琢、李英、侯挚等人以进士文臣领军与蒙军作战，赵秉文也曾要求"愿为国家守残破一州，以宣布朝廷恤民之意"③。进士领兵作战，打破了女真贵族"书生不知兵"的认识。这首赠诗也表达出进士群体于金代危急存亡时刻救亡图存的愿望。德高年长受人尊敬的前辈进士赠诗于青年进士，有提携规劝指点之意。雷渊是至宁元年（1213）词赋进士甲科，调任正八品泾州录事，有不赴之意，赵秉文、李革与雷渊在公廨小聚，劝其"男儿生不功名死无益，莫言簿领卑凡职。君不见当时髯张一尉耳，至今双庙令人起"④。以唐末名进士张巡事作为鼓励，建功立业名扬天下之时，仍可以相聚在南楼。赵、李二人作为雷渊的前辈，对刚进入仕途的年轻进士以赠诗方式给予关心和指点，也可看作提携后辈的一种方式。赵秉文赠诗陈规也云："嵩邙竞秀容多可，河洛交流忌独清。"⑤ 陈规为人正直，上书言事不避权贵，引起掌政权臣极度不满。赵秉文写诗规劝陈规要注意言行，为政避免过激，免受排挤迫害。

　　进士之间赠答诗的酬唱应和更常见于平辈知交好友之间。如赵沨《贡院闻雨》诗云："灯暗风翻幔，蛩吟叶拥墙。人如秋已老，愁与夜俱长。滴尽阶前雨，催成镜里霜。黄花依旧好，多病不能觞。"⑥ 赵沨在党怀英举荐进入翰林学士院后，担任会试知贡举官，秋雨夜晚留宿贡院，念及自己年老病弱，以诗作表现凄凉心境。党怀英《次文濡韵》正是对赵沨诗的应和："病眼花生纸，羁怀棘绕墙。挑灯檐溜

---

① （金）刘祁：《归潜志》，中华书局 1983 年版，第 31 页。
② （金）刘祁：《归潜志》，中华书局 1983 年版，第 48 页。
③ （元）脱脱等撰：《金史》卷 110《赵秉文传》，第 2565 页。
④ （金）元好问：《中州集校注》，中华书局 2018 年版，第 794 页。
⑤ （金）元好问：《中州集校注》，中华书局 2018 年版，第 827 页。
⑥ （金）元好问：《中州集校注》，中华书局 2018 年版，第 959 页。

急，到枕漏声长。响彻鸡埘曙，寒迎雁背霜。凄凉三径菊，无梦到壶觞。"①这两首诗的遣词叙述方式相似，党怀英次韵诗对赵沨诗应和，在造句、造字、押韵方面难度更高，两诗最为贴合的是在内心理解对方心境，具有情感上的共鸣。

以诗文赠别是金代进士群体特有的送别方式，在金人文集中，送别诗占有很大比重。金代送别诗具有更丰富的叙事风格，其中包含很多历史信息，成为理解金代进士在特定政治环境中社会交往情况的珍贵史料。送举子赴考赠诗是送别诗中的重要类别。王若虚《送王士衡赴举序》诗云："潦净途平，风高气轻。马骏车清，送君此行。"②王若虚诗中以战作喻，激励王权奋发向上，勇往直前，期望凯歌而还，气氛虽不浓烈，确是充满希望。受王权所托，王若虚为即将赴试的吕鹏举讲解经义科要求，建议："勿怪勿僻勿狠，而并若是者，所向如志，敌攻无勃，可以高视横行矣。"③王若虚对经义科程式的说明恰中要点，明确经典渊源深意，用尺度适宜的文字表达出来，避免词句怪僻奇险，才能取得成功。送别诗中最动人的当属正直之士因得罪被贬官时，友人冒着仕途受阻甚至生命危险去送别时的赠诗，最能看出进士群体的士人品格。许古因得罪术虎高琪被贬凤翔，朝士皆不敢与言。刘从益时为南京榷货使，独以诗送别，有"唯有忠义名，可与天壤俱"④。困境中赠诗，以坚定其信念。正大五年（1228），雷渊罢官，陈规赠《送雷御史希颜罢官南归》诗："连蹇仕途如我老，激昂衰俗在君多。扁舟南去知难恋，万顷烟波一钓蓑。"⑤陈规惋惜雷渊被罢官，联想到自己因正直敢言被权臣排挤，对金末政局感到彻底失望。雷渊答诗和陈规诗韵："寒侵桃李凄无色，雪压池塘惨不波。"⑥意即尽管官场污浊，小人得志，君子遭肆意诽谤打击，受人压抑，但仍然要坚守自己的道德操守。陈雷二人俱为金末以正直敢言，雷厉风行著名的进士，在金末政局无可挽回时，仍有坚守士人品格。二人诗风委婉清丽，却也尽显进士对时局的无奈心境。

① （金）元好问：《中州集校注》，中华书局 2018 年版，第 731 页。
② （金）王若虚著：《王若虚集》卷 44《送王士衡赴举序》，第 549 页。
③ （金）王若虚著：《王若虚集》卷 44《送吕鹏举赴举序》，第 551 页。
④ （金）刘祁：《归潜志》，中华书局 1983 年版，第 37 页。
⑤ （金）元好问：《中州集校注》，中华书局 2018 年版，第 1318 页。
⑥ （金）元好问：《中州集校注》，中华书局 2018 年版，第 1704 页。

凭吊诗是进士诗作中最具悲情色彩的作品。悼念已经亡故的好友，追忆知己的音容笑貌，怀念已经失去的往日时光。陈规悼念刘从益有诗"骢马余威行尚避，仙凫善政去犹思。"[①]杨云翼凭吊刘从益诗"清华方翰府，憔悴忽佳城。"[②]二诗皆有思念刘从益所行善政，为其壮年而逝感到惋惜之意。李纯甫凭吊王庭筠诗有更深刻的内涵，"士价五羊皮，人生黍一炊。盖棺那可忍，挂剑不胜悲。向上谁曾到，而今渠得知。侍臣伤立本，老姥怒羲之。作病无如酒，穷愁正坐诗。"[③]哀悼王庭筠尽管文辞雅致为文人典范，却一生仕途不顺，没有获得名士应有的公正待遇。李纯甫在悼念故人之时，也感慨自己的人生经历。李纯甫壮年而逝，"诸公祭文、挽诗数十篇"，史学《哭之纯》："张侯新作九原人，梁子今为战血尘。四海交游零落尽，白头扶杖哭之纯。"史学在诗中悼念三位知交好友，张毅、梁持胜、李纯甫先后逝世，进士群体逐渐凋零，最后随着金代式微而走向没落。

三、辩论、题画、求书字

金代进士日常交往聚会中，辩论、绘画、书法等文化素养也体现出进士群体的文化特质，在讨论、切磋、鉴赏中推进金代文化发展。进士交游与文化活动融为一体，在各种文化活动中获得身份认同与归属感。

金代进士长于辩论者众多，辩论议题主要围绕儒学经典、文学诗作、义理之学等进行，气氛热烈妙趣横生。金进士中善辩者首推李纯甫，在《送李经》诗中描述了一场精彩的四人辩论：

> 髯张元是人中雄，喜如俊鹘盘秋空。怒如怪兽拔枯松，老我不敢撄其锋。更著短周时缓频，智囊无底眼如月，斫头不屈面如铁。一说未穷复一说，勍敌相扼已铮铮。二豪同军又连横，屏山直欲把降旌，不意人间有阿经。阿经环奇天下士，笔头风雨三千字。醉倒谪仙元不死，时借

---

① （金）刘祁：《归潜志》，中华书局1983年版，第36页。

② （金）刘祁：《归潜志》，中华书局1983年版，第34页。

③ （金）元好问：《中州集校注》，中华书局2018年版，第1171页。

奇兵攻二子。纵饮高歌燕市中，相视一笑生春风。①

张毅、周嗣明二人在辩论中各有特点。张毅性格豪迈不羁，"善谈论，气质豪爽"②，辩论风格雷厉，气势强劲。周嗣明"识高而志大，善谈论而中节，作诗喜简澹，乐府尤温丽，最长于义理之学"③。辩论风格语速缓慢但思维敏捷。二人联合攻防适宜，合纵连横之间将以善辩著称的李纯甫辩驳的无招架之力。李经喜出奇语不蹈袭前人，被誉为"当世李白"。李经与李纯甫二人联合与张周二人对辩，四人辩论言语精彩，兴趣盎然。李纯甫认为天下辩士有三"王仲泽、马元章、纯甫其一也"④。王渥"博通经史，有文采，善谈论，工书法，妙于琴事，诗其专门之学"⑤。马天来"杂学，通太玄数"行为怪诞无朝士风。⑥ 王若虚博学强记，善于辩论。"李屏山杯酒间谈锋辩起，时人莫能抗，从之能以三数语窒之，使嗫不得语，其为名流所推服类此。"⑦ 王若虚的辩才犹在李纯甫之上。进士之间的辩论作为聚会宴饮之上的调剂活动，内容多围绕儒家经典章句、文学评论等进行论辩，以游戏形式进行。

金进士中以善画著名者首推杨邦基，"天眷二年，登进士第……能属文，善画山水人物，尤以画名当世云"⑧。代表作包括《雪谷早行图》《聘金图》《百马图》《秋江捕鱼图》等。画作受到金进士推崇，多有题咏。王寂有《跋杨德懋雪谷早行图》⑨，李俊民《雪谷早行图》⑩，元好问《杨秘监雪谷早行图》⑪ 等，其中李俊民诗"行人抵死贪路，何处家山未归？"为最入人心境之句。王庭筠评价杨邦基画

---

① （金）元好问：《中州集校注》，中华书局 2018 年版，第 1127 页。
② （金）元好问：《中州集校注》，中华书局 2018 年版，第 2158 页。
③ （金）元好问：《中州集校注》，中华书局 2018 年版，第 863 页。
④ （金）元好问：《中州集校注》，中华书局 2018 年版，第 1924 页。
⑤ （金）元好问：《中州集校注》，中华书局 2018 年版，第 1765 页。
⑥ （金）刘祁：《归潜志》，中华书局 1983 年版，第 46 页。
⑦ （金）元好问：《中州集校注》，中华书局 2018 年版，第 1489 页。
⑧ （元）脱脱等撰：《金史》卷 90《杨邦基传》，第 2129 页。
⑨ （金）王寂撰：《拙轩集》卷 2《跋杨德懋雪谷早行图》，钦定四库全书（集部），第 19 页。
⑩ （金）李俊民：《庄靖集》，三晋出版社 2006 年版，第 189 页。
⑪ （金）元好问撰，姚奠中主编：《元好问全集》卷 14《杨秘监雪谷早行图》，第 316 页。

马："杨侯具此眼，透脱向上路。万马落人间，盖证龙眠误。"① 禅味十足，运用佛教语反驳画马恐堕其趣担忧转生为马的观点，赞美杨邦基画马具有不被任何意念事物所拘执，达到彻悟境界。杨邦基画作中最具有政治寓意的作品当属《聘金图》，表现金人的"骄矜之情"。② 真正意义在于表达金对宋的正统地位和大国心态。从画面体现的人物造型来看，女真兵卒或为文雅乐师或为矫健信差，全无负面形象，而宋使则衣冠整齐，神态萧瑟且谦卑拘谨，且受到金代小吏轻慢。③ 从杨邦基的画作及众多进士的题画诗中可以看到女真统治下的金代正统地位在进士群体的意识中已经根深蒂固。

　　金代进士画作和题画诗很多是专门赠送友人而作。杨云翼《李平甫为裕之画系舟山图，闲闲公有诗某亦继作》，是作为前辈赠给文坛新秀的鼓励之作，"我尝读子诗，一倡而三叹。……他日传吾道，政要才行完"④。兴定五年（1221），元好问来京奔赴会试，与京师志同道合的文人雅士共同交游唱酬。李遹为元好问做《系舟山图》，赵秉文、杨云翼、赵元、刘昂霄等同题作画。杨云翼诗中表达了对元好问诗作风格的欣赏，为文坛后继有人而欣慰。庞铸《田器之燕子图》是应好友田琢之请，将明昌年间从军塞外，与一双燕子结下情谊并筑巢赠诗，十年后与燕子重新相见的故事入画并赋诗。"古道益远交情醨，朝恩暮怨云迁移。当时握手悲别离，一旦富贵弃如遗。"⑤ 诗意熨帖感人，诗句遣词清新婉转。飞鸟尚且有情恋友，人情却淡漠无情。这幅画作有众多进士为之题诗，包括庞铸、杨云翼、张楫、李纯甫、王良臣、李献能、赵秉文、田思敬、刁白、王晦、许节、赵永元、张云卿等人。其中庞铸、杨云翼、张楫为明昌五年进士同年，诸人中除赵永元、许节身份不详外，其余均为进士。由此可见进士以画作和题画诗为主题的交游活动参与范围之广，在一定程度上充当金代进士自我认同与群体认同的视觉对象载体。

---

① （金）元好问：《中州集校注》，中华书局 2018 年版，第 750 页。

② 余辉：《金代人马画考略及其它——民族学、民俗学和类型学在古画鉴定中的作用》，《美术研究》1990 年第 4 期，第 38 页。

③ 刘晞仪：《传杨邦基〈聘金图〉的创作背景和辱宋寓意》，《故宫博物院院刊》2012 年第 1 期，第 81—101 页。

④ （金）元好问：《中州集校注》，中华书局 2018 年版，第 1115 页。

⑤ （金）元好问：《中州集校注》，中华书局 2018 年版，第 1257 页。

金进士中善书法首推赵秉文，刘祁认为："赵闲闲平日字画工夫最深，诗其次，又其次散文也。"[①] 常有名进士向赵秉文求字画，赵以为人书扇面失体为由多有拒绝，求字与推拒之间妙趣横生，更见进士之间的亲密交往。如雷渊了解赵秉文喜好，善求其书，"时或邀公食后，出古人墨迹使观之，又出佳研、精纸、名墨在前；或饮以一二杯，待公有书兴，引纸落笔，俄顷数幅。雷旁观，辄称叹，凡一点一画，必曰：'此颜平原也。''此米元章也。'公既喜，遂书不倦。"[②] 从雷渊通过各种办法向文坛前辈求书，让不愿为人题字的赵秉文心甘情愿赠字，可以看出二人之间交往带有一种戏谑又雅致的亲切感。另一趣事是王彪因贫求友人救济，强求赵秉文为其书扇面，赵无奈题诗"黄花入麦稀""麦天晨气润""麦拢风来饼饵香"等以嘲讽，结果"王竟以其书多所获"。王彪，兴定二年（1218）经义进士第一，"为文颇驰骋波澜。性疏放，嗜酒，不拘细事。"[③] 此事在士人中虽然以笑谈出现，为生计向好友求书也属无奈之举，可见金末社会环境中进士生存之艰难。赵秉文时已有重名，本不愿赠书字予王彪换生资，最终还是无奈之下给予扶助，也可见进士之间在困境之间互相关照。

金代进士群体内部以学缘、姻亲、荐举为主形成复杂的社会关系网络。金代进士通过科举进入仕途，寄希望于官途显达，才能实现修齐治平的最高人生理想。在朝堂内部，各种关系围绕政治事件、制度政策、为政理念对进士的日常交往形成直接或间接影响。在朝堂外，进士群体交游内容更丰富，交游空间更广阔。通过宴饮、切磋诗文、辩论、赏画等活动，在遵照"贵乎中"的交往原则，在紧张沉重的政治主题外，享受专属于文化精英阶层特有的雅致生活。在金代特殊的历史条件和地域内，进士群体在社会生活中形成兼具儒者和文人特点，形成融君子与名士人格为一体的理想人格。

---

① （金）刘祁：《归潜志》，中华书局1983年版，第87页。
② （金）刘祁：《归潜志》，中华书局1983年版，第100页。
③ （金）刘祁：《归潜志》，中华书局1983年版，第43页。

结　语

金代进士群体可以归属于广义的社会群体。在时间上与金代科举制产生、完善与终结相始终，空间上与金代行政区域扩张、稳定和消亡共存。金代进士以学识和仕宦作为确定进士身份的核心因素，具有一致的身份特征与认同感。能够通过国家最高级词赋、经义、策论科考试，意味着在学识上优越于其他社会群体，具有适合成为政治精英的文化属性。参与进士科考试获得由金政权赋予的入仕资格，凭借文化价值和行政能力与政权合作，也表现出进士群体对金代廷主动吸纳文化精英进入政权内部的积极回应。金代进士接受儒家伦理思想教育，形成了特有的群体伦理价值取向。

金代文献中与进士相关各种称谓多且杂乱，"进士"作为科名，在金代应具体指代登第进士。通过对词赋进士、经义进士、策论进士、策试进士、辞科进士、特恩赐第、前进士、乡贡进士、里人进士、乡进士等称谓进行考辨，厘清各种进士称谓内涵，是金代进士群体研究基础。金代共开科 37 次，进士实际录取人数在 5500～6443 人之间。本研究对存疑进士的信息从姓名、登第时间、籍贯、经历等各方面进行考释，并对重复收录和非进士进行辨正，在此基础上增补 25 位金代进士，并注明资料来源。

一、进士群体对金代社会各层面产生了广泛深远影响

金代政治运行基本特征可以归结为君主制、中央集权、官僚政治、少数统治四大原则。女真政权建立之初实行勃极烈制是贵族集体统治权力运作形态。在君主专制逐步强化后，对理想官员的要求是忠实执行君主决策，尽心完善政务细节。因此金代进士群体总体上形成偏于政令执行而非批判时政的从政风格。金代统治者对进士群体的定位是在君主专制权力框架下道德与吏能俱佳的政令执行者。然

而进士群体不满足于仅仅扮演事务执行者的角色，而是将政治理想定位于女真统治阶层的政治共议者，期望拥有自主参政议政的权力。在朝堂之上，进士群体积极参与中央决策和地方基层治理。客观而言，进士群体参与中央决策集中在吏治、经济、礼制等有限领域，而在军事、迁都等重大问题决策上话语权不足，这与金代少数统治的政治环境有关。在地方基层治理方面，进士出身的官员在遵从儒家伦理观念移风易俗、构建稳定社会秩序方面显示出特有优势。总体看来，进士出身的官员秉持儒家道德伦理，重视名节，珍视前程，体恤民情，较其他途径入仕官员有更强的政务能力和文化修养。在政治参与过程中，尽管进士与皇权始终无法形成"君待臣以礼，臣事君以忠"的政治氛围，但进士群体仍然遵循儒家思想中益国泽民、忠直守礼、以道抗势的要求，以"修己以安百姓"①作为政治理想。

在朝堂之外，进士群体的活动性质和生存状态，对金代社会的整体氛围产生了更广阔的影响。科举制度保证金代统治下出身于仕宦之家、地方士绅、平民寒素等阶层的各族文化精英有机会进入仕途。在读书、科考的漫长岁月中，需要寻求名师授学指导，同窗学友读书研讨。入仕之后，同年至交在仕途中援引扶助。在姻亲对象选择上，进士家族联姻遵循"同类选择"的原则，将婚配对象自身或家族有无能力教养子弟进士及第作为重要标准。从刘撝、赵秉文等人为女选婿超越门第观念、以是否具备进士及第潜质为标准，可见进士群体内部有意识建构以亲缘为基础的利益同盟。进士群体之间存在学缘、姻亲、荐举等多种不同层次的社会关系。各种关系相互影响，形成进士群体特有的行为方式和思想观念。在复杂的人际关系网络中，进士群体内部通过宴饮、互赠诗文、相约出游、辩论、赏书画等主题丰富的交游活动，形成了文化气息浓厚的雅致生活方式。

二、进士群体在文化教育领域中发挥重要作用

金立国百余年，北方社会经历了深刻变革，在汉文化与女真文化经过激烈碰撞的过程中，进士群体逐步实现对金代政治文化认同，形成了金人"中国观"。在文化生活中则用旷达豪迈与风流特质诠释文人情怀，探寻达到内心宁静和谐，

---

① （清）阮元校刻：《十三经注疏》之十，《论语注疏》卷第十四《宪问第十四》，中华书局2009 年版，第 5462 页。

身心自由的状态。在金代特殊的历史条件和地域内，进士群体在社会生活中形成了兼具儒者和文人特点，融君子与名士人格为一体的理想人格。进士通过最高层级科举考试环节，无论考试内容是诗赋，还是经义或策论，都遵循以文取士的原则，代表最高水平的知识和文化。从金代中后期传记文献如《中州集》《归潜志》中，能够看到一个活跃的具有进士身份的文人群体，以接续唐宋文化自居。进士及第后，"文"的身份特征促使他们自觉参与到金代文化事业中，整理文献典籍，撰写文集笔记，保留大量珍贵的文化资源。面对国土日蹙，政治混乱的金末政局，期望重塑政治文化，维护学术传统。金亡后，诸多"前进士"或依附于汉人世侯，或直接服务于蒙元政权，或隐居乡里著书立说，使得金文化得以存续。

通过皇族教育向女真统治者阶层传递儒家治国理念，促进汉文化与女真文化的融合发展。进士在官学系统中担任学官，在任职地方期间关注学校建设，亲自督学授课，极大地提升了地方士人通过科举取士进入仕途的机会，受到地方士绅阶层的支持。进士群体凭借家族文化优势，注重家庭成员的文化教育，为子弟通过科举入仕管道进入官僚体系获取政治权力创造了更有利的教养环境。

三、女真策论进士的群体同质性

在少数统治下，政治权力与族群身份密切相关。女真进士科专门为女真人开设，在考试程序内容上与词赋、经义二科有差异。女真策论进士兼具女真统治族群与文臣二种身份，政治参与领域较汉进士更广泛。但从群体角度看，女真策论进士认同儒家伦理观念，在政治观念、行政能力、文化素质、社会交往等方面与词赋、经义进士具有同质性，其所表现出的忠君爱国、重视伦理、仁政爱民等政治思想和行为符合文治精神要求。女真策论进士身份得到认可，体现出女真统治者促使女真社会由门第社会向科第社会转变的意图，是金代女真社会结构发生渐变的重要表现。

参考文献

一、古籍文献

[1]（战国）荀况：《荀子简释》，中华书局 1983 年版。

[2]（汉）许慎：《说文解字》，中华书局 2012 年版。

[3]（唐）杜佑：《通典》，中华书局 1988 年版。

[4]（唐）柳宗元：《柳宗元集》，中华书局 1979 年版。

[5]（唐）刘肃：《大唐新语》，中华书局 1984 年版。

[6]（唐）封演：《封氏闻见记》，中华书局 2015 年版。

[7]（唐）袁郊：《甘泽谣，引自唐五代笔记小说大观（上册）》，上海古籍出版社 2000 年版。

[8]（唐）裴庭裕：《东观奏记（上卷）》，中华书局 1994 年版。

[9]（后晋）刘昫：《旧唐书》，中华书局 1975 年版。

[10]（五代）王定保：《唐摭言》，上海古籍出版社 2012 年版。

[11]（宋）薛居正等著：《旧五代史》，中华书局 1976 年版。

[12]（宋）欧阳修，宋祁：《新唐书》，中华书局 1975 年版。

[13]（宋）司马光：《资治通鉴》，中华书局 1956 年版。

[14]（宋）司马光：《温国文正司马公文集》，商务印书馆 1929 年版。

[15]（宋）苏轼：《苏轼文集》，中华书局 1986 年版。

[16]（宋）王谠：《唐语林校正》，中华书局 2008 年版。

[17]（宋）王钦若：《册府元龟》，中华书局 1995 年.

[18]（宋）李心传：《建炎以来系年要录》，中华书局 1988 年版。

[19]（宋）李心传：《建炎以来朝野杂记》，商务印书馆 1936 年

[20]（宋）宋敏求：《唐大诏令集》，中华书局 2008 年版。

[21]（宋）魏泰撰：《东轩笔录》，中华书局 1983 年版。

[22]（宋）徐梦莘编：《三朝北盟会编》，上海古籍出版社 2008 年影印本。

[23]（宋）洪皓：《松漠纪闻》，辽海书社 1984 年影印本 1995 年版。

[24]（宋）洪皓：《金国文具录》，吉林文史出版社 1990 年版。

[25]（宋）李焘：《续资治通鉴长编》，中华书局 2004 年版。

[26]（宋）周密：《癸卯杂识》，中华书局 1988 年版。

[27]（宋）洪迈：《容斋随笔》，上海古籍出版社 1995 年版。

[28]（宋）胡仔纂：《苕溪渔隐丛话后集》，人民文学出版社 1962 年版。

[29]（宋）朱熹：《四书章句集注》，中华书局 2015 年版。

[30]（宋）张栻：《南轩先生论语解》，中华书局 2015 年版。

[31]（宋）叶隆礼：《契丹国志》，上海古籍出版社 1985 年版。

[32]（宋）陆游：《老学庵笔记》，三秦出版社 2003 年版。

[33]（宋）岳珂：《桯史》，中华书局 1981 年版。

[34]（宋）宇文懋昭撰：《大金国志校证》，中华书局 1986 年版。

[35]（宋）郑樵：《通志》中华书局 1995 年版。

[36]（金）元好问：《中州集校注》，中华书局 2018 年版。

[37]（金）元好问：《元好问诗编年校注》，中华书局 2011 年版。

[38]（金）元好问：《元好问文编年校注》，中华书局 2012 年版。

[39]（金）元好问：《续夷坚志》，中华书局 2006 年版。

[40]（金）刘祁：《归潜志》，中华书局 1983 年版。

[41]（金）王若虚：《王若虚集（上）》，中华书局 2017 年版。

[42]（金）王寂：《鸭江行部志》，上海书店出版社 2013 年版。

[43]（金）赵秉文：《闲闲老人滏水集》，中华书局 1985 年版。

[44]（金）段克己，段克成：《石莲庵汇刻九金人集本》，成文出版社 1967 年版。

[45]（金）李俊民：《庄靖集》，三晋出版社 2006 年版。

[46]（金）李纯甫：《鸣道集说》，中文出版社 1977 年版。

[47]（金）谭处端，刘处玄，王处一等：《谭处端刘处玄王处一郝大通孙不二集》，
    齐鲁书社 2005 年版。

[48]（金）麻革撰：《阴证略例（序）》，商务印书馆 1936 年版。

[49]（元）脱脱撰：《金史》，中华书局 2020 年点校本。

[50]（元）脱脱撰：《宋史》，中华书局 1985 年点校本。

[51]（元）脱脱撰：《辽史》，中华书局 2016 年点校本。

[52]（元）马端临：《文献通考》，中华书局 2011 年版。

[53]（元）骆天骧：《类编长安志》，中华书局 1990 年版。

[54]（元）马端临：《文献通考》中华书局 1986 年。

[55]（元）张之翰：《西岩集》，上海古籍出版社 2003 年版。

[56]（元）耶律楚材：《湛然居士集》，中华书局 1988 年版。

[57]（元）鲜于枢：《困学斋杂录》，新文丰出版公司 1985 年版。

[58]（元）王恽：《王恽全集汇校》，中华书局 2013 年版。

[59]（元）王恽：《玉堂嘉话》，中华书局 2006 年版。

[60]（元）王鹗：《汝南遗事》，商务印书馆 1939 年版。

[61]（元）姚燧：《牧庵集》，中华书局 1985 年版。

[62]（元）魏初：《青崖集》，台湾商务印书馆 1986 年版。

[63]（元）苏天爵：《滋溪文稿》，中华书局 1997 年版。

[64]（元）苏天爵：《元朝名臣事略》，中华书局 1996 年版。

[65]（元）苏天爵：《元文类》，商务印书馆 1936 年版。

[66]（明）王阳明：《王阳明全集》，浙江古籍出版社 2010 年版。

[67]（明）蒋一葵：《尧山堂外纪》，齐鲁书社 1995 年版。

[68]（明）李侃修，胡谧纂：《（成化）山西通志》，中华书局 1998 年版。

[69]（清）徐松：《宋会要辑稿》，中华书局 1957 影印本。

[70]（清）赵翼：《陔馀丛考》中华书局 1963 年。

[71]（清）赵翼：《廿二史札记校正》，中华书局 1984 年。

[72]（清）唐甄：《潜书》，中华书局 1963 年版。

[73]（清）张金吾：《金文最》，中华书局 1990 年版。

[74]（清）施国祁：《元遗山诗集笺注》，人民文学出版社 1958 年版。

[75]（清）庄仲方：《金文雅》，成文出版社 1967 年版。

[76]（清）徐松撰，赵守俨点校：《登科记考》，中华书局 1984 年版。

[77]（清）彭定求：《全唐诗》，中华书局 1960 年版。

[78]（清）毕沅：《续资治通鉴》，中华书局 1979 年版。

[79]（清）嵇璜，刘墉：《续通典》，浙江古籍出版社 2000 年版。

[80]（清）沈锡荣：《眉县志》，陕西图书馆铅印本 1910 年版。

[81]（清）朱樟：《泽州府志》，凤凰出版社 1991 年版。

[82]（清）沈定均：《漳州府志》，中华书局 2011 年版。

[83]（清）厉鹗：《辽史拾遗》，商务印书馆 1936 年版。

[84]（清）田文镜：《（雍正）河南通志》，光绪二十八年补刻本影印版。

[85]（清）陈梦雷，蒋廷锡：《古今图书集成·博物汇编艺术典医部》，中华书局 1934 年影印版。

[86] 向南：《辽代石刻文编》，河北教育出版社 1995 年版。

[87] 李修生主编：《全元文》，江苏古籍出版社 1998 年版。

[88] 王新英：《全金石刻文辑校》，吉林文史出版社 2012 年版。

二、著作

[1] 吴美玉：《元遗山诗研究》，嘉兴水泥公司文化基金会 1976 年版。

[2] 王礼卿：《遗山论诗诠证》，中华丛书编审委员会 1976 年版。

[3] 姚从吾：《姚从吾先生全集——辽金元史讲义》，正中书局 1977 年版。

[4] 杨树蕃：《辽金中央政治制度》，台湾商务印书馆 1978 年版。

[5] 李长生：《元好问研究》，文史哲出版社 1979 年版。

[6] 邓广铭：《辛稼轩年谱》，上海古籍出版社 1979 年版。

[7] 金光平，金启孮：《女真语言文字研究》，文物出版社 1980 年版。

[8] 崔文印编：《金史人名索引》，中华书局 1980 年版。

[9] 程千帆：《唐代进士行卷与文学》，上海古籍出版社 1980 年版。

[10] 王延梯：《辛弃疾评传》，陕西人民出版社 1981 年版。

[11] 顾树森：《中国历代教育制度》，江苏教育出版社 1981 年版。

[12] 张博泉，苏金源，董玉瑛：《东北历代疆域史》，吉林人民出版社 1981 年版。

[13] 张博泉：《金代经济事略》，辽宁人民出版社 1981 年版。

[14] 张博泉：《金史简编》，辽宁人民出版社 1984 年版。

[15] 张博泉：《金史论稿（第一卷）》，吉林文史出版社 1986 年版。

[16] 张博泉：《金史论稿（第二卷）》，吉林文史出版社 1992 年版。

[17] 张博泉：《中华一体的历史轨迹》，辽宁人民出版社 1995 年版。

[18] 陶晋生：《女真史论》，台湾食货出版社 1985 年版。

[19] 毛礼锐、沈灌群主编：《中国教育通史》，山东教育出版社 1985 年版。

[20] 费孝通：《乡土中国》，生活·读书·新知三联书店 1985 年版。

[21] 孙进己等：《女真史》，吉林文史出版社 1987 年版。

[22] 王可宾：《女真国俗》，吉林大学出版社 1988 年版。

[23] 宋德金：《金代的社会生活》，陕西人民出版社 1988 年版。

[24] 宋德金:《金史》,人民出版社 2006 年版。

[25] 徐汉明:《稼轩集》,长江文艺出版社 1990 年版。

[26] 金铮:《科举制度与中国文化》,上海人民出版社 1990 年版。

[27] 杨若薇:《契丹王朝政治军事制度研究》,中国社会科学出版社 1991 年版。

[28] 张鸣岐主编:《辽金元教育论著选》,人民教育出版社 1991 年版。

[29] 董克昌:《大金诏令注释》,黑龙江人民出版社 1993 年版。

[30] 程方平:《辽金元教育史》,重庆出版社 1993 年版。

[31] 萧启庆:《论元代蒙古人的汉化.蒙元史新研》,允晨文化 1994 年版。

[32] 王增瑜:《金代军制》,河北大学出版社 1996 年版。

[33] 杨果:《中国翰林制度研究》,武汉大学出版社 1996 年版。

[34] 巩本栋:《辛弃疾评传》,南京大学出版社 1998 年版。

[35] 程妮娜:《金代政治制度研究》,吉林大学出版社 1999 年版。

[36] 毛佩奇主编:《中国状元大典》,云南人民出版社 1999 年版。

[37] 李正民:《元好问研究论略》,社会科学文献出版社 1999 年版。

[38] 李正民、董国炎主编:《辽金元文学研究》,文化艺术出版社 1999 年版。

[39] 顾颉刚,史念海:《中国疆域沿革史》,商务印书馆 1999 年版。

[40] 刘浦江:《辽金史论》,辽宁大学出版社 1999 年版。

[41] 刘浦江:《松漠之间——辽金契丹女真史研究》,中华书局 2008 年版。

[42] 陈学恂主编.《中国教育史研究·宋元分卷》,华东师范大学出版社 2000 年版。

[43] 吴松弟:《中国人口史第三卷:辽宋金元时期》,复旦大学出版社 2000 年版。

[44] 武玉环:《辽金社会与文化研究》,中国社会科学出版社 2014 年版。

[45] 武玉环:《辽金职官管理制度研究》,人民出版社 2019 年版。

[46] 阎凤吾主编:《全辽金文》,山西古籍出版社 2002 年版。

[47] 周峰:《完颜亮评传》,民族出版社 2002 年版。

[48] 黄小勇:《现代化进程中的官僚制:韦伯理论官僚制研究》,黑龙江人民出版社版 2003 年版。

[49] 余英时:《士与中国文化上》,上海人民出版社 2003 年版。

[50] 葛荃:《权力宰制理性:士人、传统政治文化与中国社会》,南开大学出版社 2003 年版。

[51] 赵琦:《金元之际的儒士与汉文化》,人民出版社 2004 年版。

[52] 薛瑞兆:《金代科举》,中国社会科学出版社 2004 年版。

[53] 薛瑞兆:《金代艺文叙录》,中华书局 2014 年版。

[54] 陈成文主编:《社会学》,湖南师范大学出版社 2005 年版。

[55] 王庆生:《金代文学家年谱》,凤凰出版社 2005 年版。

[56] 刘海峰:《科举学导论》,华中师范大学出版社 2005 年

[57] 王德朋:《金代汉族士人研究》,中国社会科学出版社 2006 年版。

[58] 林岩:《北宋科举考试与文学》,上海古籍出版社 2006 年版。

[59] 祝尚书:《宋代科举与文学考论》,大象出版社 2006 年版。

[60] 孔凡礼编:《元好问资料汇编》,学苑出版社 2008 年版。

[61] 罗新:《中古北族名号研究》,北京大学出版社 2009 年版。

[62] 龚延明:《宋史职官志补正》,中华书局 2009 年版。

[63] 徐红:《北宋初期进士研究》,人民出版社 2009 年版。

[64] 赵魁元,常四龙:《高平开化寺》,中国文联出版社 2010 年版。

[65] 向南,张国庆,李宇峰:《辽代石刻文续编》,辽宁人民出版社 2010 年版。

[66] 李桂芝:《辽金科举研究》,中央民族大学出版社 2012 年版。

[67] 殷宪:《大同新出唐辽金元志石新解》,三晋出版社 2012 年版。

[68] 余蔚:《中国行政区划通史(辽金卷)》,复旦大学出版社 2012 年版。

[69] 张希清,毛佩琦,李世愉主编:《中国科举制度通史》,上海人民出版社 2015 年版。

[70] 李大龙:《从"天下"到"中国":多民族国家疆域理论结构》,人民出版社 2015 年版。

[71] 高福顺:《科举与辽代社会》,中国社会科学出版社 2015 年版。

[72] 高福顺:《教育与辽代社会》,人民出版社 2019 年版。

[73] 赵永春:《中国古代东北民族的"中国"认同》,黑龙江人民出版社 2015 年版。

[74] 赵永春:《奉使辽金行程录》,商务印书馆 2017 年版。

[75] 兰婷:《金代教育研究》,吉林大学出版社 2010 年版。

[76] 杨忠谦:《政权对立与文化融合:金代中期诗坛研究》,人民出版社 2010 年版。

[77] 郭长海:《金上京科举制度研究》,哈尔滨工业大学出版社 2013 年版。

[78] 聂立申:《金代泰山文士研究》,吉林大学出版社 2014 年版。

[79] 邓小南:《祖宗之法——北宋前期政治述略》,生活·读书·新知三联书店 2014 年版。

[80] 李昌宪：《金代行政区划史》，上海古籍出版社 2015 年版。

[81] 阎步克：《士大夫政治演生史稿》，北京大学出版社 2015 年版。

[82] 裴兴荣：《金代科举与文学》，中国社会科学出版社 2016 年版。

[83] 李秀莲：《金代"异代"文士的民族认同之路》，中华书局 2017 年版。

三、学术论文

[1] 陈东原：《辽金元科举与教育》，《学风》1932 年第 10 期。

[2][日] 三上次男：《金代前期的汉人统治政策》，《东亚研究所报》1943 年第 21 期。

[3] 方壮猷：《辽金元科举年表》，《说文月刊》1944 年第 12 期。

[4] 曾资生：《宋辽金元的制举概略》，《东方杂志》1944 年第 17 期。

[5] 程千帆：《对于金代作家元好问的一、二理解》，《文史哲》1957 年第 6 期。

[6] 姚从吾：《金元之际元好问对保全中原传统文化的贡献》，《大陆杂志》1963 年第 26 期。

[7] 金光平，金启孮：《〈女真进士题名碑〉译释》，《内蒙古大学学报》1964 年第 1 期。

[8] 陶晋生：《金代的用人政策》，《食货月刊》1979 年第 11 期。

[9] 黄时鉴：《元好问与蒙古国关系考辩》，《历史研究》1981 年第 1 期。

[10] 张博泉：《金代女真"牛头地"问题研究》，《历史研究》，1981 年第 4 期。

[11] 傅璇琮：《关于唐代科举与文学的研究》，《文学遗产》，1984 年第 3 期。

[12] 马洪路：《金信武将军刘元德墓志补正》，《北方文物》，1985 年第 3 期。

[13] 刘祖云：《论社会学中的群体范畴》，《社会学研究》，1986 年第 3 期。

[14] 范寿琨：《金代东北的汉人》，《社会科学战线》，1986 年第 2 期。

[15] 武玉环：《金代中央官制的改革》，《北方文物，1987 年第 2 期。

[16] 武玉环：《论金代县级官吏的选任与考核》，《吉林大学社会科学学报》2012 年第 7 期。

[17] 武玉环：《金代的乡里村寨考述》，《中国边疆史地研究》2013 年第 3 期。

[18] 武玉环：《金代职官致仕制度考述》，《吉林大学社会科学学报》2016 年第 1 期。

[19] 程方平：《赵秉文教育思想琐议》，《教育科学》1988 年第 1 期。

[20] 都兴智:《金代教育述论》,《辽宁师范大学学报（社会科学版）》1988 年第 1 期。

[21] 都兴智:《金代科举制度的特点》,《北方文物》1988 年第 2 期。

[22] 都兴智:《田珏之狱略论》,《北方文物》1995 年第 3 期。

[23] 都兴智:《金代科举的女真进士科》,《黑龙江民族丛刊》2004 年第 6 期。

[24] 都兴智:《金代汉进士授官制度考述》,《考试研究》2014 年第 2 期。

[25] 都兴智:《金代科举考试题目考查》,《北方文物》2015 年第 1 期。

[26] 赵冬晖:《金代科举年表考订》《北方文物》1989 年第 2 期。

[27] 张博泉:《金代教育史论》,《史学集刊》1989 年第 1 期。

[28] 张博泉，武玉环:《金代的人口与户籍》,《学习与探索》1989 年第 2 期。

[29] 张博泉:《时代与元好问》,《晋阳学刊》1990 年第 2 期。

[30] 张鸣岐:《金元之际的庙学考论》,《北京师范大学学报（社会科学版）》1990 年第 6 期。

[31] 余辉:《金代人马画考略及其它——民族学、民俗学和类型学在古画鉴定中的作用》,《美术研究》1990 年第 4 期。

[32][日] 吉垣光一:《关于金代教育——以中央的学校教育为中心》,《亚洲教育史研究》1991 年第 3 期。

[33] 宋德金:《辽金文人与酒》,《社会科学战线》1999 年第 2 期。

[34] 程妮娜:《论金世宗、章宗时期宰执的任用政策》,《史学集刊》1998 年第 1 期。

[35] 王曾瑜:《金代户口分类制度和阶级结构》,《历史研究》1993 年第 6 期。

[36] 刘浦江:《金代猛安谋克人口状况研究》,《民族研究》, 1994 年第 2 期。

[37] 刘浦江:《金代的民族政策与民族歧视》,《历史研究》, 1996 年第 3 期。

[38] 刘浦江:《渤海世家与女真皇室的联姻——兼论金代渤海人的政治地位》,《北大史学（第三辑）》, 1995 年第 1 期。

[39] 刘浦江:《说"汉人"——辽金时期民族融合的一个侧面》,《民族研究》1998 年第 6 期。

[40] 刘浦江:《德运之争与辽金王朝的正统性问题》,《中国社会科学》2004 年第 2 期。

[41] 张帆:《金代地方官学略论》,《社会科学辑刊》1993 年第 1 期。

[42] 王崇时:《论金代女真族文化教育的发展》,《延边大学学报》1995 年第 2 期。

[43] 周怀宇:《金王朝科举制考论》,《安庆师院社会科学学报》1995 年第 4 期。

[44] 董克昌:《金代知识分子政策浅析》,《社会科学战线》1996 年第 6 期。

[45] 胡传志:《李纯甫考论》,《社会科学战线》1996 年第 6 期。

[46] 和希格:《从皇统党狱始末看金代政治》,《内蒙古大学学报（哲学社会科学版）》1996 年第 2 期。

[47] 周腊生:《金代贡举考略》,《四川大学学报（哲学社会科学版),1997 年第 4 期。

[48] 刘海峰:《科举术语与 "科举学" 的概念体系》,《厦门大学学报（哲学社会科学版）》2000 年第 4 期。

[49] 王德忠:《金代社会人口流动及其评价》,《东北师大学报》2000 年第 5 期。

[50] 陈飞:《唐代进士科 "止试赋" 考论——兼及 "三场试" 之成立》,《历史研进士群体与金代社会研究》2002 年第 3 期。

[51] 邓小南:《走向 "活" 的制度史——以宋代官僚政治制度史研究为例的点滴思考》,《浙江学刊》2003 年第 3 期。

[52] 刘达科:《论金代渤海文学》,《江苏大学学报（社会科学版）》2013 年第 3 期。

[53] 李文泽:《金代女真科举考试制度研究》,《四川大学学报》2003 年第 3 期。

[54] 魏崇武, 封龙:《苏门二山学者与蒙元初期的学术和政治》,《中国典籍与文化》2004 年第 2 期。

[55] 徐秉愉:《金代女真进士科制度的建立及其对女真政权的影响》,《台大历史学报》2004 年第 33 期。

[56][日] 饭山知保:《金初华北科举与士人阶层——天眷二年以前为对象》（金初華北における科挙と士人層－天眷二年以前を対象として－）,《中國——社會と文化》2004 年第 19 期。

[57][日] 饭山知保:《从科举、学校政策的变迁看金代士人阶层》（科挙・学校政策の変遷からみた金代士人層）,《史学雜誌》2005 年第 114 期。

[58][日] 饭山知保:《金代汉地在地社会女真人的相位与 "女真儒士"》（金代漢地在地社会における女真人の位相と「女真儒士」について）,《满族史研究》, 2005 年第 4 期。

[59][日] 饭山知保:《金代科举制度变迁与地方士人》,《科举学論叢, 2010 年第 1 期。

[60][日] 饭山知保:《金元时期北方社会演变与 "先茔碑" 的出现》,《中国史研究》2015 年第 4 期。

[61] 方文:《群体符号边界如何形成？——以北京基督新教群体为例》,《社会学研究》2005 年第 1 期。

[62] 吴凤霞：《金代兴学与教育发展》，《史学集刊》2005 年第 1 期。

[63] 吴凤霞：《契丹族史官与金代史学的发展》，《史学史研究》2011 年第 2 期。

[64] 兰婷：《金代女真族教育特点、历史地位及影响》，《社会科学战线》2005 年第 4 期。

[65] 兰婷：《金代女真教育制度》，《黑龙江民族丛刊》2005 年第 6 期。

[66] 兰婷：《金代女真官学》，《社会科学战线》2010 年第 9 期。

[67] 兰婷：《金代私学教育》，《史学集刊》2010 年第 5 期。

[68] 兰婷，王一竹：《金代书院考》，《史学集刊》2011 年第 6 期。

[69] 杨军：《女真文字、女真科举与女真汉化》，《长春大学学报》2006 年第 1 期。

[70] 王德朋：《金代汉族士人经济来源辨析》，《社会科学战线》2006 年第 3 期。

[72] 刘达科：《金代科举与文学》，《社会科学辑刊》2007 年第 3 期。

[73] 陈秀宏：《殿试制度起源考辨》，《古籍整理研究学刊》2007 年第 3 期。

[74] 孙孝伟：《金代科举制度探析》，《长春师范学院学报（人文社会科学版），2007 年第 3 期。

[75] 王耘：《金末士人群体与文化认同——以《归潜志》为中心的历史考察》，《北方论丛》2008 年第 4 期。

[76] 王耘：《金代经筵述略》，《满语研究》2008 年第 1 期。

[77] 孙勐：《北京出土金代东平县君韩氏墓志考释》，《中国历史文物》2008 年第 4 期。

[78] 张其凡、惠冬：《金代"南人"胡化考略》，《史学集刊》2009 年第 7 期。

[79] 余蔚：《金代地方监察制度研究——以提刑司、按察司为中心》，《中国历史地理论丛》2010 年第 7 期。

[80] 余蔚：《完颜亮迁都燕京与金代的北境危机——金代迁都所涉之政治地理问题》，《文史哲》2013 年第 9 期。

[81] 杨忠谦：《科举文化视野下的金代家族与文学》，《民族文学研究》2011 年第 6 期。

[82] 白显鹏：《行身立志卓尔不群——论金代文人刘祁《归潜志》士人群体品评的价值取向》，《东北师范大学学报》2011 年第 1 期。

[83] 高福顺：《边疆治理视阈下的中国古代边疆文教》，《史学集刊》2012 年第 2 期。

[84] 高福顺：《民族多元互动与儒家文化认同下边疆民族区域文教举措的演进特征》，《中国边疆史地研究》2016年第3期。

[85] 高福顺：《辽代进士群体的政治地位与社会作用》，《东北亚研究论丛》2016年第10期。

[86][美]包弼德，林岩，黄艳林：《寻求共同基础：女真统治下的汉族士人（之一）》，《华中学术（第六辑）》2012年第12期。

[87] 夏宇旭：《金代契丹族地方官的政治活动及作用》，《东北师大学报（哲学社会科学版）》2014年第6期。

[88] 闫兴潘：《金代女真进士科非"选女直人之科"考辨》，《湖北民族学院学报（哲学社会科学版）》2013年第1期。

[89] 裴兴荣：《金代科举考试题目出处及内涵考释》，《中央民族大学学报（哲学社会科学版）》2015年第2期。

[90] 裴兴荣：《金代科举诗词的史料价值》，《史志学刊》2017年第3期。

[91] 沈文雪：《金源尚文崇儒与国朝文派的崛起》，《古籍整理研究学刊》2014年第7期。

[92] 赵宇：《金代前期的"南北选"问题——兼论金代汉地统治方略及北族政治文化之庚衍》，《中国社会科学》2016年第4期。

[93] 赵宇：《金代中叶科举经义、词赋之争与泽潞经学源流》，《史学月刊》2016年第4期。

[94] 李大龙：《自然凝聚：多民族中国形成轨迹的理论解读》，《西北师大学报（社会科学版）》2017年第5期。

[95] 薛瑞兆：《金人〈登科记〉勾沉》，《学术交流》2018年第10期。

[96] 王昕：《辽代殿试考辨》，《文史哲》2018年第1期。

[97] 薛瑞兆：《从女真状元夹谷中孚看金代策论选举制度及其文化意义》，《民族文学研究》2019年第2期。